SON BONHEUR AUX COURBES GÉNÉREUSES

UNE ROMANCE DE PETITE VILLE AVEC UNE
HÉROÏNE AUX COURBES VOLUPTUEUSES

À LA RECHERCHE DU HÉROS LITTÉRAIRE PARFAIT
TOME VINGT

MARY E THOMPSON

À LA RECHERCHE DU HÉROS LITTÉRAIRE PARFAIT

Nous y voilà enfin, ma petite merveille. Le dernier livre de la série À la Recherche du Héros Littéraire Parfait. C'est une journée à la fois triste et magnifique. Cette série a suivi vingt couples qui ont trouvé l'amour, se sont découverts et ont fondé une famille. J'aime chacun de ces livres, et je suis tellement honorée que tu aies fait ce voyage avec moi. Du fond du cœur, merci.

LIVRE 20

Son Bonheur aux Courbes Généreuses

Landon

Je n'étais pas censé être soulagé quand ma petite amie depuis trois ans a refusé d'emménager avec moi. Ça aurait dû être mon premier indice que nous n'étions pas faits l'un pour l'autre.

Mon deuxième indice ? Je ne l'ai jamais désirée comme je

désirais Casey. Casey était douce, innocente et un véritable mystère. Pourquoi une mère célibataire fraîchement divorcée avait-elle besoin de mon aide pour séduire les hommes ?

J'ai accepté. Et en guise de paiement, elle devait se faire passer pour ma cavalière au mariage d'un ami.

Ce n'était qu'une seule soirée. Mais la faire rire, la tenir dans mes bras et apprendre à la connaître m'ont donné envie de plus.

Qui apprenait la séduction à qui ?

Casey

J'ai demandé de l'aide à Landon sur un coup de tête. Mais quand je l'ai entendu parler à un client du pouvoir de séduction des fleurs, j'ai eu envie de l'écouter pour l'éternité.

Mon ex-mari ne me manquait pas, mais le sexe, oui. Énormément. Je n'avais pas besoin d'une relation ni d'un nouveau mari. J'avais besoin d'un homme qui me tourmentait avec ses mots et me tentait avec son sourire. Et qui était prêt à m'apprendre bien plus de choses que les fleurs.

CASEY

J'ai enclenché le mode parking d'un coup sec et j'ai tiré sur la poignée. Je suis sortie en trombe, manquant de faire tomber mon téléphone sur l'asphalte. Être en retard était un péché capital dans le monde de la presse, et j'étais une pécheresse invétérée.

J'ai attrapé le dernier numéro de la L'anse MacKellar Gazette en entrant dans le bâtiment, curieuse de savoir ce que mes collègues écrivaient et voulant voir mon nom imprimé. Je commençais à peine à m'y habituer. Depuis mon divorce, j'avais décroché quelques bons reportages, mais pas assez pour que je puisse quitter mes deux autres emplois et travailler à plein temps comme journaliste.

Les journaux papier se mouraient à petit feu un peu partout, mais celui de notre petite ville tenait bon. Je ne doutais pas que c'était grâce à l'afflux d'argent des habitants ces dernières années, sans parler de la notoriété discrète de certains d'entre eux.

Alors que je me précipitais dans le bureau, j'ai réalisé que j'avais une tache sur mon chemisier rose pâle. Merde. J'ai tenu le journal devant pour la cacher, mais ce n'était qu'une question de temps avant que quelqu'un la remarque.

— Merci de vous joindre à nous, Casey, a lancé ma rédactrice en chef, Gretchen, d'un air méprisant.

J'ai hoché la tête, choisissant de ne pas parler pour ne pas causer encore plus de désordre.

Gretchen a continué, me laissant le temps de poser mon énorme sac à main par terre à côté de ma chaise et d'en sortir mon bloc-notes. Elle était de la vieille école et refusait que quiconque prenne des notes sur son téléphone. C'était papier ou rien.

Gretchen a assigné des sujets aux journalistes titulaires et a ouvert le débat à d'autres idées. Quelques-unes ont fusé, et elle a donné son accord pour qu'elles soient explorées. Quand la conversation s'est calmée, je me suis raclé la gorge, impatiente de proposer mon sujet.

— Le maire Knight se marie le mois prochain, j'ai dit.

Gretchen m'a dévisagée. — Nous sommes tous au courant. Pourquoi en parlez-vous ?

— Je pensais que je pourrais faire une série sur le mariage. Un reportage sur les coulisses. Parler des prestataires locaux auxquels ils font appel, de la façon dont il gère le mariage tout en dirigeant la ville. Des choses comme ça.

Gretchen m'a fixée un long moment, les yeux plissés tandis qu'elle examinait ma proposition. — Quel est votre angle d'attaque ?

— Mon angle ?

Gretchen a soupiré comme si j'étais la plus grande idiote du monde.

Peut-être que je l'étais, car j'étais presque sûre que je venais de lui dire quel était mon angle. Mettre en valeur la ville. Le maire. Rendre L'anse MacKellar plus attrayante pour les visiteurs en tant que destination pour des événements majeurs.

— Oui, votre angle. En quoi est-ce que ça intéresserait qui que ce soit ? Gretchen était nouvelle à L'anse MacKellar, mais pas dans le milieu de la presse. Elle était arrivée quand le précédent rédacteur en chef, Erik, avait démissionné.

Erik avait publié des articles sur le maire Omar Knight qui étaient à la fois trompeurs et préjudiciables pour lui. Il m'avait autorisée à publier des articles qui montraient Omar sous un jour positif, mais Erik était un partisan du maire qu'Omar avait remplacé. Quand j'avais présenté un article décrivant tout ce qui s'était passé avant l'entrée en fonction d'Omar, Erik avait démissionné. Il était prêt à publier des articles visant à faire destituer Omar, mais quand il avait vu toutes les preuves contre son copain, il avait jeté l'éponge. Gretchen avait été engagée par la suite, sans aucune loyauté envers l'un ou l'autre camp.

J'ai regardé les autres personnes dans la pièce. L'anse MacKellar était une petite ville. La vie dans une petite ville différait de celle d'une grande métropole. Tout tournait autour de la communauté, de la ville comme un lieu où tout le monde était respecté et travaillait main dans la main. Omar s'en était fait le champion depuis qu'il avait pris ses fonctions de maire, et son mariage était une grande nouvelle.

— J'ai lu vos autres articles sur lui. Il est évident que vous avez un attachement personnel envers lui. Peut-être le béguin ? Je n'approuverai rien qui soit du même acabit. Encore plus d'articles sur la grandeur de cet homme. Vous devez me donner quelque chose de nouveau. Quelque chose de différent. Sauf si vous voulez juste écrire sur le maire. Nous n'avons pas vraiment besoin de quelqu'un qui ne couvre qu'un seul sujet. Le regard de Gretchen a balayé la pièce, attendant que quelqu'un argumente ou soit d'accord.

Malheureusement pour moi, il y a eu plus de hochements de tête qu'autre chose. — Je ne suis pas... C'est... Je pensais que ce serait un bon sujet d'intérêt général. On parle toujours de l'équilibre entre vie professionnelle et vie privée et de la façon de gérer la famille et le travail, et je pensais que ce serait une bonne approche.

— C'est du déjà-vu. Un million de fois. Qu'est-ce que vous avez d'autre ? a demandé Gretchen, l'air de s'ennuyer.

— Euh, je veux dire, ils font appel à beaucoup de prestataires locaux. Ça pourrait être une vitrine de ce que L'anse MacKellar a à offrir aux couples qui cherchent une destination pour un mariage dans une petite ville.

— Personne ne cherche ça.

— Oh, d'accord. Je… je ne sais pas.

— Nous avons besoin de piquant. Nous avons besoin d'un scandale. Gretchen a de nouveau regardé autour d'elle et a obtenu des hochements de tête approbateurs. — Couche-t-il en secret avec sa secrétaire ? N'a-t-il toujours pas tourné la page sur son ex-femme ? On peut l'appeler ? Peut-être la faire venir ? La fiancée a-t-elle des secrets ? Qui est-elle ? Qu'est-ce qu'on peut trouver sur eux ?

— Euh, je ne pense pas qu'aucun d'eux ait ce genre de secrets.

— Alors votre sujet est un papier gnangnan et sans intérêt. Avons-nous vraiment besoin de plus de ce genre de choses ?

— Ce ne serait pas ennuyeux, j'ai marmonné.

— Alors donnez-moi un angle qui le rendrait intéressant. Nous n'avons pas besoin d'autres articles pleins de bons sentiments sur le maire. Nous avons besoin de quelque chose qui incite les gens à acheter le journal. Vous pensez peut-être que ce travail est facile, mais chaque jour, de plus en plus de journaux ferment. Si nous voulons rester ouverts, il nous faut plus que — le maire de la petite ville se marie. Il nous faut quelque chose qui attire l'attention.

J'ai hoché la tête et je me suis mordu l'intérieur de la lèvre. Les larmes me piquaient les yeux, mais j'ai refusé de les laisser couler. Je pensais que c'était une bonne idée. Quelque chose qui serait une série facile à faire. Mais Gretchen ne s'y intéressait pas du tout.

La réunion s'est terminée une minute plus tard, et une fois de plus, je n'avais aucun sujet. J'ai fourré mon bloc-notes dans mon sac et l'ai jeté sur mon épaule alors que Gretchen s'arrêtait devant moi.

— Venez me voir, a-t-elle dit, sortant avant que j'aie pu répondre.

Merde.

Quelques ricanements m'ont suivie hors de la pièce, mais je les ai ignorés. Quel choix avais-je ? La plupart étaient des chroniqueurs réguliers. J'étais encore une journaliste pigiste. Les autres pigistes travaillaient dans toute la région des Mille-Îles, écrivant des articles pour plusieurs journaux locaux. Avec une élève de sixième à la maison et un ex-mari qui n'était pas fiable même quand nous vivions sous le même toit, je ne pouvais pas voyager pour courir après un sujet.

J'ai frappé à la porte de Gretchen, même si elle venait de quitter la salle de conférence et m'avait dit de la suivre.

Elle a levé les yeux, surprise que je sois là, puis m'a fait signe d'entrer. — Fermez la porte.

J'ai dégluti et j'ai serré les paupières pour retenir mes larmes. J'avais déjà trois boulots pour payer mon appartement et permettre à Mikayla de continuer les activités qu'elle aimait. Perdre celui-ci signifierait dire non à quelque chose.

— Asseyez-vous, Casey, a dit Gretchen, en montrant les chaises de l'autre côté de son bureau.

Je me suis assise, laissant mon sac glisser sur le sol. J'ai croisé les mains sur mes genoux, me souvenant tardivement de la tache sur ma chemise.

Gretchen ne l'a pas manquée. Ses lèvres se sont pincées, mais elle n'a fait aucun commentaire. — Votre article sur la rentrée scolaire était bon.

Ce n'était pas ce que je m'attendais à l'entendre dire. — Merci. Quand Gretchen m'avait confié cet article, j'avais été flattée. Avec une fille en sixième, j'étais bien au fait des *subtilités de la rentrée*. Les mots de Gretchen, bien que non dénués de vérité. C'était une femme célibataire sans enfants, heureuse de l'être, et qui frémissait à l'idée de devoir retourner au collège.

J'avais travaillé d'arrache-pied pour écrire un bon article. Un article qui traitait du coût des fournitures scolaires, de la charge supplémentaire pour les parents de gérer tout ce qui était attendu des élèves, et du manque de temps pour les parents qui travaillent et les parents célibataires, et qui exposait la pression sur les enseignants qui ne recevaient pas assez de fonds pour leurs salles de classe et qui utilisaient fréquemment leurs fonds personnels pour créer des espaces confortables pour les élèves.

J'étais fière de cet article. J'avais interviewé des enseignants et des parents, obtenant les deux versions de l'histoire et présentant une position que je jugeais juste. Ma propre fille avait eu du mal les premières semaines au collège avec les responsabilités accrues. Mon opinion, et celle des parents à qui j'avais parlé, était que les professeurs de primaire n'avaient pas préparé les enfants à ce changement, et j'avais suggéré des modifications pour aider les élèves à réussir à tous les niveaux de l'enseignement.

— C'est ça que je veux voir, a dit Gretchen, me surprenant de nouveau. — Il faut que vous ayez une perspective. Vous ne pouvez pas vous contenter d'écrire des articles qui ne mènent à rien. Il doit y avoir une raison d'être à l'article.

— Je comprends.

Gretchen est restée silencieuse une minute, ses mains jointes en clocher devant elle, les coudes sur son immense bureau en verre. Son bureau était le plus ordonné que j'aie jamais vu dans une salle de rédaction. Une seule bannette, vide, se trouvait dans un coin. Un ordinateur portable était fermé devant elle, sans aucun fil visible. Un unique stylo reposait à côté de l'ordinateur, parfaitement aligné avec le bord.

Gretchen s'est penchée en arrière, croisant les chevilles et les bras.

— Que savez-vous du premier mariage du maire ?

J'ai secoué la tête. — Je ne sais pas grand-chose à ce sujet. Je ne suis pas obsédée par lui comme vous l'avez dit. Je n'ai pas le béguin pour lui.

Elle a haussé les épaules, l'air indifférent. — Vous savez ce qu'est un divorce. Vous êtes passée par là, récemment d'après ce que j'ai entendu.

Je n'étais pas sûre qu'elle attende une réponse jusqu'à ce qu'elle croise mon regard et que ses sourcils se lèvent. — Oui. L'année dernière.

— Le maire est ennuyeux. Écrire un autre article sur sa grandeur ne va pas inciter les gens à prendre le journal. Vous savez ce qu'est la vie après un divorce. Je ne me suis jamais embarrassée des contraintes de quelque chose comme le mariage, mais j'ai lu suffisamment de choses sur les dégâts qu'un divorce peut causer à une personne. Qu'est-ce qu'on peut trouver sur le maire ?

— Son divorce remonte à longtemps, d'après ce que je sais.

— Et alors ? L'ex n'a jamais vécu ici, n'est-ce pas ? Est-ce que quelqu'un lui a parlé ? Peut-être qu'elle ne l'a pas oublié. Peut-être qu'il se remarie à cause du scandale entre lui et sa fiancée. D'après ce que j'ai vu, personne ne s'est jamais manifesté pour dire que c'était elle sur cette photo, mais c'était de toute évidence le cas. L'a-t-elle piégé ? Ou a-t-il échangé un mariage avec elle contre un financement pour sa colonie de vacances ?

— Il ne s'est rien passé de tel, ai-je protesté.

Gretchen haussa un sourcil d'un air expert. Les commissures de ses lèvres se retroussèrent. —Puisque vous semblez en savoir tant, vous pouvez sûrement en découvrir plus. Utilisez vos liens avec eux. Il nous faut une raison pour écrire cet article. Je pense que vous pouvez en faire quelque chose de bien, mais il nous faut plus de brainstorming. Plus d'idées. Sinon, l'article est mort-né.

— Je comprends.

— Renseignez-vous sur le maire, et la mariée, et… Elle laissa sa phrase en suspens en ouvrant son ordinateur portable. Elle tapa sur quelques touches, puis reprit. — Revenez vendredi à onze heures. Je vais vous noter dans mon agenda. Si votre proposition est assez bonne, je vous donnerai le feu vert pour une série de quatre articles. Sinon, je la confierai à Mike.

Je ravalai un grognement et hochai la tête. Mike était un requin. Il ne lâchait jamais rien tant qu'il n'avait pas trouvé de casseroles, qu'elles soient pertinentes ou non. Je ne pouvais pas laisser Omar et Natalie être exposés à lui.

— Pas de la guimauve, Casey. Un vrai sujet, dit Gretchen, son regard glissant vers la porte, puis de nouveau vers son ordinateur, me congédiant.

Je compris le message et sortis de son bureau, refermant la porte derrière moi tandis que Gretchen décrochait le téléphone.

J'avais quatre jours pour trouver un sujet. Un sujet sur Omar et Natalie qui ne soit pas de la guimauve et qui ne leur donnerait pas une mauvaise image. Et je n'avais absolument aucune idée de quoi écrire.

DEUX JOURS PLUS TARD, j'essayais toujours de trouver des idées sur Natalie et Omar qui ne soient pas mauvaises pour eux, ou pour la ville. À court d'options, et avec seulement deux jours avant mon rendez-vous avec Gretchen, je me suis présentée au centre communautaire, en espérant tomber sur Natalie avant que les enfants ne sortent de l'école et n'envahissent le programme périscolaire.

— Je peux vous aider ? demanda une voix lorsque j'ai sonné à la porte du centre communautaire.

— Je suis Casey White. Je…

— Oh, Casey. Comment vas-tu ? Comment va Mikayla ?

La porte sonna pour me laisser entrer dans le bâtiment. J'ai entendu des bruits de pas s'approcher et j'ai vu Amelia Rucker. —Salut, Amelia. Nous allons bien. Venir ici manque à Mikayla. Ma fille avait rejoint le programme périscolaire en CM2, chose qu'elle détestait, mais après que j'aie dû prendre un travail, puis deux de plus, pour subvenir à nos besoins, j'avais insisté. Amelia et le reste du personnel l'avaient rendu amusant, et Mikayla avait cessé de se débattre après les premiers jours.

Amelia gloussa. —C'est ce qu'on aime entendre. Mais je suppose que tu n'es pas là pour nous convaincre de la reprendre. Que puis-je faire pour toi ?

— En fait, je cherche Natalie. Est-ce qu'elle est là ?

— Natalie ! cria Amelia, en tournant la tête loin de moi tandis qu'elle hurlait. —Visite ! Amelia me sourit. —Elle a tendance à se cacher, et si elle pense pouvoir s'en tirer, elle fait semblant de ne pas m'entendre.

— Je ne fais pas ça, dit Natalie, apparaissant d'une porte à l'autre bout du gymnase avec un air qui disait que c'était exactement ce qu'elle avait l'intention de faire.

— Si, tu le fais. Sois gentille et parle à Casey. Elle écrit toujours des choses sympas sur nous. Tu devrais la remercier pour ça, dit Amelia, en lançant à Natalie un regard réprobateur tempéré par un léger sourire.

— Je la remercie. À chaque fois. Comment vas-tu, Casey ? Natalie me sourit.

— Bien, la plupart du temps. Mais j'ai besoin de ton aide.

— On n'a pas vraiment de place pour que Mikayla rejoigne le programme, et beaucoup de grands se battent quand ils viennent. On n'a personne de son âge cette année. Natalie plissa le visage.

— J'ai déjà posé la question, dit Amelia.

— Oh. Natalie secoua la tête, sa queue de cheval brune passant par-dessus son épaule. —Alors que puis-je faire pour toi ?

— Je voulais écrire une série d'articles sur votre mariage. Un truc sur les coulisses. Peut-être mettre en avant certaines entreprises locales. Quelque chose sur la façon dont vous conciliez tous les deux le travail et le mariage. Quelque chose comme ça.

— Ça a l'air sympa. Bien sûr. Tu veux venir aux rendez-vous et tout ça avec nous ?

— Euh, eh bien, oui, mais j'ai aussi besoin de quelque chose de plus.

— Plus ? Natalie regarda Amelia, qui haussa les épaules, puis de nouveau moi.

— Ma rédactrice en chef pense qu'un simple article sur votre mariage n'est pas assez intéressant. Elle veut quelque chose...

— Elle veut du croustillant, enchaîna Amelia.

— Elle... oui, ai-je convenu. —Je suis désolée.

— Du croustillant ? Sur Omar et moi ? Comme quoi ? On n'a rien à cacher.

Amelia renifla.

Natalie lui lança un faux regard noir. —Tu sais ce que je veux dire. C'est mal sorti. S'il te plaît, n'imprime pas ça.

Je secouai la tête. —Je ne suis pas là pour vous descendre. Mais si je ne trouve pas un bon angle pour l'article, elle va le donner à quelqu'un qui déformera les choses et se fichera du résultat.

— Pff ! s'exclama Natalie. —On en a déjà bavé. Pourquoi ne peuvent-ils pas nous laisser tranquilles ?

— Je suis désolée. C'est de ma faute d'avoir proposé quelque chose. Je pensais juste que ce serait un bon article. Quelque chose que les habitants apprécieraient.

— Je ne te blâme pas. J'adorerais lire un article sur le mariage du maire. Si ce n'était pas moi qu'il épousait. Natalie sourit d'un air penaud. —On n'a rien de spécial à part son travail. On est juste deux personnes qui ont fini par tomber amoureuses.

— Et sa première femme ? Ou votre colonie de vacances ? Je sais que le financement était tout à fait régulier, mais est-ce que le fait de travailler ensemble a changé les choses ? Peut-être que je peux parler de la façon dont ça a joué un rôle ?

Natalie échangea un regard avec Amelia que je n'ai pas compris. Amelia haussa les épaules.

— Quoi ? ai-je demandé.

— C'était moi la femme sur la photo avec lui, avoua Natalie.

Je hochai la tête. —Euh, oui. Je sais.

— Tu sais ?

— Oui. Je crois que Melody me l'a dit. Mais je ne l'ai jamais dit à personne d'autre. Mais ma rédactrice en chef le sait. Je ne sais pas comment, mais elle l'a mentionné. Elle voulait savoir si vous vous étiez échangé des faveurs après cette photo ou ce qu'il en était.

— Des faveurs ? Non. Elle a été sortie de son contexte, mais ce scandale nous a rapprochés. Il me protégeait. La nuit où cette photo a été prise, nous n'étions pas ensemble. Il a poursuivi le photographe pour essayer de la récupérer, mais le type a refusé. Je pensais que ça allait faire capoter le projet de colonie de vacances, mais ils n'en avaient qu'après Omar.

— Je peux lui proposer ça. Voir ce qu'elle en pense, ai-je dit. —Mais est-ce que ça va te nuire ?

Natalie haussa les épaules. —Je ne pense pas. La colonie de vacances grandit chaque année. On prend autant d'enfants qu'on peut. Et le mariage approche. La photo n'était pas ce qu'elle semblait être, mais il y a encore des gens qui me demandent si je sais qui était la femme et si je m'inquiète qu'elle essaie d'empêcher le mariage.

— Si seulement ils savaient, ai-je dit.

Natalie gloussa. —N'est-ce pas ? Si tu pars là-dessus pour un article, ils le sauront.

— Je ne sais pas si ça suffira à Gretchen. Elle semble assez convaincue qu'il y a plus à dire.

— Elle a un travail à faire, dit Amelia. —Son travail, c'est de vendre des journaux. Il est logique qu'elle cherche quelque chose de juteux qui pourrait aider à ça.

— Mais pourquoi faut-il que ce soit à mon sujet ? demanda Natalie. Sa plainte était bien méritée.

— Encore une fois, je suis désolée pour ça. Je lui parlerai de faire quelque chose qui mènerait à la révélation que tu es la femme sur la photo, et je te dirai ce qu'elle en dit. J'espérais que ce serait suffisant. Sinon, j'avais peur que Mike ne prenne le relais et rende les choses vraiment inconfortables pour Natalie et Omar.

— Si elle approuve, tu peux avoir un accès total à tout pour le mariage. Toutes les choses moches des coulisses. Tout ce que tu veux voir, dit Natalie en frissonnant. —Je crois qu'Omar est plus excité que moi.

— Tu vas passer une excellente journée, dit Amelia.

— Je l'espère. Le meilleur moment pour moi sera quand tout sera terminé et que je pourrai m'éclipser avec mon mari.

Les joues de Natalie s'enflammèrent. —Je veux dire... Ça sonnait mal. Ce n'est pas ce que je voulais dire.

Je pouffai de rire. —Je sais ce que tu voulais dire. Ce n'est qu'une journée. Ce qui compte vraiment, c'est le mariage, pas la cérémonie.

— Oui, c'est ça que je voulais dire. Mon Dieu. J'ai l'impression que j'ai besoin d'un correcteur dans mon cerveau pour changer les mots avant qu'ils ne sortent de ma bouche.

— Ce serait pratique, la taquina Amelia.

Natalie rit de nouveau. —Dis-moi ce que ta rédactrice en chef dit, et on trouvera une solution. Merci, Casey.

— Merci à toi. Je te tiens au courant.

Je suis sortie du centre communautaire en me sentant un peu mieux. Avec un peu de chance, Gretchen accepterait, et Natalie et Omar n'auraient pas de sombres secrets déterrés avant le mariage.

Et si j'étais vraiment chanceuse, peut-être que cet article scellerait mon avenir au journal. Et me donnerait l'occasion de n'avoir qu'un seul travail et plus de temps avec ma fille.

2

LANDON

J'ai plongé mes mains dans la terre meuble, en inspirant profondément alors que l'odeur pénétrante de la terre m'enveloppait. Ça m'ancrait d'une manière que rien d'autre n'avait jamais fait. Ça me rappelait que j'allais bien. Que tout allait bien. Je n'avais aucune raison de m'inquiéter du fait que j'avais trente-cinq ans et que j'étais toujours célibataire. Sans la moindre perspective.

J'ai utilisé cette frustration pour arracher les mauvaises herbes de mon jardin. Le soleil était chaud sur ma nuque, l'air de fin septembre était frais tandis que ma petite ville endormie se réveillait.

Le matin était mon moment préféré de la journée. Le peu de circulation qui passait devant chez moi n'avait pas encore augmenté, et les seuls sons qui me parvenaient étaient ceux de la nature. C'était là où j'étais le plus heureux. Là où personne ne me jugeait ou ne me donnait l'impression de ne pas être à la hauteur.

Je suis passé d'une partie de mon jardin à une autre, en

observant les plantes délicates qui commençaient à s'épanouir. Dans une semaine ou deux, je pourrais récolter mes premières fleurs et mes premiers légumes d'automne. Je redoutais le premier gel, et l'hiver imminent, et l'idée de voir toutes mes magnifiques fleurs être ensevelies sous la neige et entrer en dormance pour quelques mois. Mais le printemps n'était jamais bien loin.

Peut-être que d'ici là, j'aurais remis de l'ordre dans ma vie et que j'aurais l'impression d'avoir quelque chose à offrir à une femme.

J'ai ricané. Peu probable. J'ai accepté le fait que la seule chose que j'avais à offrir était mon jardin. J'étais bien plus doué avec les plantes qu'avec les gens, et avoir l'air désespéré n'allait à personne.

J'ai fini de désherber et d'inspecter les plantes, puis je suis rentré me préparer pour ouvrir la boutique. Fleurir & Cultiver était toute ma vie. J'avais prévu de la partager avec Reegan, mais ce rêve…

Ce rêve ne se réaliserait jamais. Cela faisait un an que c'était fini entre nous, et j'en étais enfin au point où je pouvais l'admettre et l'accepter. Elle était plus courageuse que moi. Plus forte. Elle savait que nous n'étions pas faits l'un pour l'autre, mais après trois ans, je ne voyais pas comment m'en sortir. Tous les aspects de nos vies s'étaient entremêlés. Je l'avais accepté. Je l'aimais, mais je n'étais plus amoureux d'elle, sauf que je ne savais pas comment avancer sans elle.

J'ai entretenu beaucoup de colère envers elle pendant les neuf premiers mois après notre rupture, la blâmant pour tout ça. Je commençais enfin à aller mieux, à accepter ma part de responsabilité et à comprendre que son refus d'emménager avec moi était en réalité pour le mieux.

Mais putain, ça faisait mal quand même. Savoir que j'avais passé tant d'années à planifier un avenir qui n'arriverait jamais. Même si une partie de moi était soulagée que ce ne soit pas arrivé.

Je suis resté bloqué depuis, à essayer de trouver un nouveau rêve. Un rêve qui ne me laisserait pas avec un sentiment de vide intérieur.

J'ai chassé les pensées qui me tourmentaient la plupart des matins pendant que j'accomplissais ma routine, seul, toujours seul, et j'ai ouvert la porte de Fleurir & Cultiver.

Le premier visiteur de la journée n'a pas tardé à entrer. J'ai souri et j'ai aidé le couple de personnes âgées à trouver quelque chose pour leur jardin d'automne. Quand le mari a choisi un bouquet pour sa femme alors qu'elle ne faisait pas attention, puis le lui a offert comme cadeau surprise avant qu'ils ne paient, j'ai ravalé la jalousie amère qui a surgi en moi devant leur douce complicité.

Je voulais ça. Tellement.

— Merci de votre visite, leur ai-je dit avant qu'ils ne partent, en souriant et en me demandant si quelqu'un me regarderait un jour comme elle regardait son mari.

Quand la boutique s'est calmée, j'ai passé des commandes pour l'hiver. Il fallait que je garde des fleurs en stock autant que possible. Ma serre ne pouvait pas suivre, même si j'aurais aimé avoir plus de place. J'ai choisi des graines pour les plantes de printemps que je voulais, j'ai noté sur mon calendrier les dates de plantation de chaque chose, et j'ai aidé les clients qui cherchaient des cadeaux tout au long de la journée.

Je terminais avec mon dernier client de la journée quand j'ai entendu la porte de derrière s'ouvrir et se refermer, suivie par les pas assurés de mon meilleur ami, Andre Davidson.

Andre avait deux ans de plus que moi, et je le lui rappelais aussi souvent que possible. Il avait aussi passé l'été à tomber follement et rapidement amoureux d'une femme qui s'était enfuie de son propre mariage avec un homme qu'elle n'aimait pas, et avait atterri à L'anse MacKellar pour ne plus jamais vouloir en partir. Il m'a fallu un petit moment pour surmonter mon ressentiment injuste qu'Andre ait trouvé quelqu'un alors qu'il ne cherchait même pas, mais Joelle était incroyable et absolument parfaite pour Andre. J'étais content pour eux.

Et un peu jaloux.

Mais surtout content.

— Yo, a dit Andre alors que je fermais la porte à clé et me retournais. Tu viens ce soir ?

Chaque jeudi soir, une bande de gars du coin se retrouvait chez O'Kelley's, un bar en ville. Beaucoup d'entre eux avaient grandi ensemble et se connaissaient depuis des années, mais certains, comme nous, étaient nouveaux dans le groupe. Andre s'y était fait plus d'un contact professionnel. Je ne pouvais pas dire que je n'avais pas bénéficié du groupe non plus, mais j'étais le seul célibataire et j'avais parfois l'impression d'être le dernier homme seul en ville.

— Je n'ai pas encore décidé, ai-je répondu à Andre.

— Pourquoi pas ? Je pensais que tu venais. Andre a ramassé un pas japonais sur lequel était écrit *La vie est plus belle quand on se salit* et il a eu un sourire en coin. Pas mal.

J'ai gloussé. J'aimais bien celui-là aussi. Il m'avait inspiré pour mon pseudo en ligne, même si Andre n'en savait rien. — Je n'ai pas vraiment grand-chose à ajouter à la conversation ces derniers temps. Ce n'est que bébés, mariages et couples heureux.

— On parle d'autres choses. En plus, tu adores les mariages.

J'ai résisté à l'envie de lever les yeux au ciel. Oui, j'adorais les mariages. N'importe quel fleuriste vous dirait que les mariages étaient à la fois une énorme prise de tête et une chose qui les aidait à rester à flot. À l'époque où je pensais que je pourrais avoir mon propre mariage, j'utilisais tous les mariages pour lesquels je fournissais les fleurs comme un peu de recherche.

Maintenant…

— Tu trouveras quelqu'un, a dit Andre, bien trop perspicace à mon goût.

— Peut-être. Mais ce n'est pas la question.

Andre a haussé un sourcil, me lançant un regard qui disait qu'il savait que mes paroles ne valaient rien.

— Je ne sais pas si j'ai envie de rester assis à écouter tout le monde parler de combien la vie est géniale alors que je fais face à un autre hiver long et solitaire, seul.

— Raison de plus pour venir. Peut-être que tu rencontreras quelqu'un.

J'ai ricané. — Chez O'Kelley's. Là où tous ceux qui y vont sont déjà des gens du coin et soit ils ne sont pas célibataires, soit ils sont déjà sortis avec quelqu'un que je connais.

Andre a mis les mains sur ses hanches. Il m'a étudié attentivement, son regard m'évaluant d'une manière qui me donnait envie de me tortiller. — Je pensais que tu étais en bons termes avec Reegan. Est-ce que tu regrettes… ?

— Non, ai-je lâché avant qu'il ne puisse finir sa pensée. — Non. Ce n'est pas Reegan. Bon sang. Putain. J'y vais.

Andre m'a regardé à nouveau, essayant de trouver quelque chose qui n'était pas là. — Je conduis.

J'ai levé les yeux au ciel et je l'ai suivi hors de la boutique. Le connard. Tout ce qu'il avait à faire ces derniers temps, c'était de me demander si je me languissais de Reegan, et je cédais comme une putain de mauviette. Ce n'était pas le cas. Pas du tout. C'était mieux qu'on ait rompu, et après un an, je pouvais admettre, à moi-même et à personne d'autre, que j'étais heureux que ce soit fini. J'étais heureux quand c'est arrivé. D'accord, peut-être pas heureux, mais soulagé. Ce qui était totalement un truc de con, mais vrai.

Mon téléphone a vibré dans ma poche, et je l'ai sorti avant d'ouvrir la portière de son pick-up. J'ai souri en voyant une notification de À la Recherche du Héros Littéraire Parfait.

TROP OCCUPÉ

Encore une fois, je te laisse en suspens. Heureusement que je sais que ça ne te dérange pas. Un compliment que je n'ai jamais oublié ? J'ai dû y réfléchir un moment, mais je dirais que c'est la première fois que ma fille a dit que j'étais la meilleure maman du monde. Je pense que c'était parce que je lui avais fait un gâteau, mais quand même, c'était vraiment très gentil. Et toi ?

J'ai commencé à répondre, mais Andre a klaxonné et a ramené mon attention sur là où j'étais.

Il a baissé la vitre et s'est penché pour me regarder. — Tu écris à qui ?

— Personne. J'ai verrouillé mon téléphone, je l'ai fourré dans ma poche et je suis monté dans le pick-up.

— Ça n'avait pas l'air d'être personne. Tu vois quelqu'un ?

— Non. Ce n'est rien.

— Tu sais très bien que quand tu dis ça, ça me fait penser que c'est quelque chose. C'est qui ?

— J'ai matché avec quelqu'un. On se parle parfois.

— Whoa, quoi ? Quand ?

J'ai haussé les épaules. — Il y a un mois ? Peut-être un peu plus.

— Sérieux ? Vous vous êtes vus ? C'est qui ?

— On ne s'est pas vus. Elle a une vie bien remplie, et moi aussi.

— Vous allez vous voir ?

— C'est quoi ton problème, bordel ? ai-je aboyé.

Andre s'est adossé à son siège et a passé la vitesse. Il a contourné le bord du bâtiment et s'est engagé sur la route avant de répondre. — C'est Reegan ?

— Tu te fous de moi ? Je t'ai déjà dit que je ne suis plus obsédé par elle. On a tourné la page. C'était une bonne chose. C'est une bonne chose.

— D'accord, mais…

— Non. Ne fais pas ça. OK, quand ça s'est terminé avec Reegan, j'étais furieux. J'étais… Je vais bien. Je sais que c'était pour le mieux. On ne se voit plus. Je ne lui parle pas sur À la Recherche du Héros Littéraire Parfait. Tout va bien.

— Comment tu sais que ce n'est pas elle ?

— Je le sais, c'est tout, d'accord ? On peut laisser tomber ?

Andre a ouvert la bouche pour dire autre chose, mais je lui ai jeté un regard noir, et il a fermé son clapet.

Dieu merci.

Il s'est garé le long de la rue, à trois pâtés de maisons d'O'-Kelley's. Nous avons salué quelques personnes en marchant vers le bar, mais sinon, Andre est resté silencieux.

L'O'Kelley's était bondé. Nous nous sommes frayé un chemin à l'intérieur, nous battant pour gagner de la place en nous dirigeant vers le bar, où tout le monde se retrouvait le jeudi soir. Hudson Grant, le propriétaire, a fait un signe de tête en direction du bout du bar où les autres gars étaient assis et debout, regroupés et fusillant du regard quiconque essayait de prendre l'un des tabourets libres qu'ils'avaient réquisitionnés.

— Merci, a dit Ian Jameson en retirant sa main du dossier d'un tabouret vide. J'ai cru que j'allais devoir me battre avec quelqu'un. Content de vous voir, les mecs.

— Merci d'avoir gardé les places, a dit Andre. Qu'est-ce qui se passe ce soir ?

— Un nouveau groupe local a demandé s'il pouvait jouer.

J'ai accepté, mais je n'avais aucune idée qu'ils ramèneraient autant de monde, a expliqué Hudson.

— Mais c'est bon pour les affaires, lui a dit Andre.

— Ouais, mais j'aurais aimé avoir quelques serveurs de plus et un autre barman pour m'aider, a dit Hudson.

— J'ai fait un peu de barman à la fac. Besoin d'un coup de main ? ai-je proposé.

Hudson a haussé un sourcil. — Vraiment ? Ça ne te dérangerait pas ?

J'ai secoué la tête et j'ai glissé du tabouret que je venais de prendre, adressant un signe de tête à Ramsey Holland alors qu'il s'approchait. Ramsey a pris le tabouret avant que quiconque puisse le lui piquer, et j'ai contourné le bout du bar pour rejoindre Hudson.

Hudson m'a expliqué rapidement où tout se trouvait, puis m'a laissé m'occuper de notre groupe pendant qu'il allait voir d'autres clients. J'ai pris les commandes et servi les verres avant de me faufiler le long du bar pour aider les autres clients qui attendaient.

Le groupe a commencé à jouer, un son rock lourd avec un rythme qui a fait se lever leurs fans pour danser et chanter en chœur la plupart des chansons. Hudson et moi avons bien travaillé ensemble, prenant les commandes et satisfaisant les clients pendant que le groupe divertissait la foule.

Lorsque le groupe a fait une petite pause, Hudson m'a remercié de l'avoir aidé. — Je ne sais pas ce que j'aurais fait sans toi. Je n'aurais jamais suivi le rythme.

— Pas de problème. Ça faisait un bail que je n'étais pas passé derrière le bar. C'était sympa.

— C'est comme le vélo, ça ne s'oublie pas ?

J'ai eu un petit rire. — Un truc dans le genre.

— Tes consommations sont gratuites à vie, a dit Hudson.

J'ai secoué la tête pendant que James Rucker criait :
— Eh ! Pourquoi est-ce que je n'ai jamais droit à cette offre ?

Hudson a fait un doigt d'honneur à James. — Quand est-ce que tu as bougé ton cul pour aider ?

James a grimacé. — Je suis flic. Je crois qu'une loi m'interdit de servir des verres.

— Alors pose ton cul et boucle-la, a dit Hudson, une lueur taquine dans les yeux. Ils faisaient partie des premiers, des hommes qui étaient amis depuis des années.

J'ai souri à leurs plaisanteries faciles et j'ai pensé à Trop occupé. Lui parler, c'était comme ça. Facile. Il n'y avait aucune pression entre nous, ce qui était agréable et nouveau pour moi. Je n'avais aucune idée de qui elle était, mais elle disait qu'elle habitait à L'anse MacKellar, alors je me suis demandé si je ne la connaissais pas finalement.

J'ai chassé cette pensée. C'était impossible. Elle était mère célibataire, et elle disait qu'elle travaillait beaucoup pour pouvoir prendre soin de sa fille. Je ne connaissais aucune mère célibataire. Même si elle n'en était pas une, je ne connaissais personne avec qui je ressentais une connexion aussi facile. Quelqu'un à qui je pouvais dire des choses que je n'avouais à personne d'autre.

Le groupe a recommencé à jouer, et la foule s'est pressée pour écouter, danser et chanter en chœur. Lorsqu'ils ont annoncé que c'était fini pour ce soir, ils ont dit à tout le monde de prendre un dernier verre et de revenir bientôt à l'O'Kelley's pour les remercier de les avoir laissés jouer ce soir-là. Le bar a été pris d'assaut, avec trois rangées de clients heureux et excités qui attendaient un autre verre.

Une heure plus tard, la foule s'était clairsemée, et la plupart des hommes du groupe étaient rentrés chez eux retrouver leur famille. Andre est resté, ce qui était bien puisqu'il me ramenait à la maison, mais il avait le nez sur son téléphone et le sourire sur son visage était son *sourire Joelle*.

— Tu es prêt à y aller ? lui ai-je demandé.

Il a rangé son téléphone avant que je puisse voir ce qu'ils

s'envoyaient par texto, mais je n'avais pas besoin de le voir pour savoir que je ne voulais pas le voir.

Hudson m'a de nouveau remercié de l'avoir aidé et a répété que mes consommations seraient gratuites quand je le voudrais. Je l'ai remercié, sachant que je devais bien plus à Hudson qu'une nuit derrière le bar. S'il n'avait pas été là, je serais encore en train de ruminer ma rancune envers Andre et Joelle et j'aurais probablement ruiné la seule relation qui me restait en dehors de ma famille.

— Je ne savais pas que tu étais barman, a dit Andre une fois dans le pick-up.

J'ai hoché la tête. — Deux ans à la fac. C'était un bon boulot. De l'argent correct, beaucoup de numéros de téléphone, et les horaires n'interféraient jamais avec les cours.

— Tu n'avais pas cours le matin ?

— Si, mais j'avais assez de temps après le travail pour dormir quelques heures et être debout. Tu sais que j'aime le matin.

Andre a eu un petit rire. — Oui, c'est vrai. Il s'est garé derrière ma boutique et a mis le pick-up au point mort. — Est-ce que tu vas bien ?

— Oui, papa, je vais bien.

Andre m'a fait un doigt d'honneur. — On s'inquiète pour toi.

— Dis à Joelle que je vais bien. Je te le promets. Je veux ce que vous avez tous les deux, mais je sais que Reegan n'était pas la bonne personne pour l'avoir. Tout va bien. Ça irait encore mieux si tu arrêtais de me demander si je suis encore accroché à elle ou si je lui parle ou si je veux me remettre avec elle ou n'importe quelle autre connerie que tu vas encore trouver.

Andre a eu un sourire en coin. — Ouais, mais comment je ferais pour te faire sortir si je ne faisais pas ça ?

— Connard, ai-je marmonné en ouvrant la portière.

— Merci pour le trajet.

— On se voit demain matin.

Je lui ai fait un signe de la main tandis qu'il faisait marche arrière, puis tournait et disparaissait au coin du bâtiment.

Je suis entré par l'arrière, puis j'ai monté les escaliers jusqu'à mon appartement. J'adorais vivre dans le même bâtiment que mon lieu de travail. Au début, c'était parce que ce n'était pas cher et que j'investissais tout mon argent pour faire de la boutique un succès. Après des années à vivre et à travailler sous le même toit, c'était chez moi. Ce n'était certainement pas spécial, ni luxueux, mais j'aimais y être. C'était juste assez grand pour moi, et c'était tout ce dont j'avais besoin.

J'ai allumé la télé et j'ai pris une bière dans le frigo. Je me suis assis sur le canapé et j'ai sorti mon téléphone, relisant le message de Trop occupé avant de taper une réponse.

SALE VIE

Je trouve que c'est aussi un très joli compliment. On dirait que tu as une fille géniale.

Je ne m'attendais pas à une réponse de sa part, car il lui fallait généralement quelques jours pour me répondre, mais trois petits points sont apparus à côté de son nom, puis un message s'est affiché.

TROP OCCUPÉ

Je voulais dire, quel est le compliment que tu n'as jamais oublié ? Mais oui, elle est assez géniale.

SALE VIE

Honnêtement, je n'en vois pas.

TROP OCCUPÉ

Aucun ? Personne ne t'a jamais fait un
compliment que tu n'as jamais oublié ?

SALE VIE

Non. Des gens m'ont dit qu'ils aimaient mon
travail ou qu'ils m'appréciaient, mais quelque
chose comme ce que tu as dit ? Non.

TROP OCCUPÉ

Je suppose que ça veut dire que tu n'as pas
d'enfants.

SALE VIE

Pas d'enfants. Pas de femme. Pas de mari.
Même pas un animal de compagnie.

TROP OCCUPÉ

Qu'est-ce qui te fait te sentir apprécié ?

SALE VIE

Dans une relation ou quoi ?

TROP OCCUPÉ

En général. De la manière dont tu veux ou
dont tu as besoin de te sentir apprécié.

SALE VIE

Mon travail est important pour moi, donc je
suppose qu'entendre que j'ai bien fait, c'est
bien.

TROP OCCUPÉ

Et dans une relation ?

SALE VIE

Je pensais que tu avais dit en général.

TROP OCCUPÉ

J'ai changé d'avis. De quoi aurais-tu besoin
dans une relation pour te sentir apprécié ?
Pour sentir que ça va bien ?

SALE VIE

Ça, c'est facile. Quelqu'un qui veut les mêmes choses que moi. Une famille, un avenir ensemble, un engagement. Et toi ? De quoi aurais-tu besoin ?

TROP OCCUPÉ

Euh, désolée. Je dois y aller. On se parle bientôt.

Elle s'est déconnectée de l'application avant que j'aie eu le temps de dire quoi que ce soit d'autre. Était-ce à cause de moi ? Ou devait-elle vraiment y aller ?

3

CASEY

Je n'avais pas été aussi nerveuse pour un rendez-vous depuis que j'étais fraîchement sortie de l'école et que j'essayais de décrocher un poste de journaliste à plein temps. Je me suis changée trois fois avant de grogner et d'opter pour la tenue que je portais déjà. Gretchen me connaissait déjà. Il était impossible de l'impressionner, et ça n'allait rien changer. Soit elle aimait ma proposition, soit elle ne l'aimait pas.

J'étais en avance pour notre rendez-vous, et j'ai choisi de ne pas prendre de café avant, car il me rendait généralement nerveuse et je le renversais la moitié du temps. J'allais assurer avec ma proposition, et tout irait bien. Parfaitement bien.

— Casey ! a crié Gretchen en ouvrant la porte.

J'étais assise juste à côté et j'ai sursauté. — Je suis là.

— Oh. Je ne vous avais pas vue. Gretchen a laissé la porte ouverte pour que je la suive à l'intérieur. — Fermez la porte.

J'étais déjà en train de le faire, mais j'ai hoché la tête. La première règle était de ne pas contrarier son patron.

— Qu'est-ce que vous avez pour moi ?

— Eh bien, je pensais qu'on pourrait partir de ce que vous

avez dit sur le fait que Natalie est la femme sur la photo avec le maire Knight. On n'a jamais su publiquement que c'était elle. L'homme qui a pris la photo travaillait pour l'ancien maire et essayait de se débarrasser du maire Knight pour pouvoir se présenter à nouveau.

— Et vous l'avez déjà démasqué, et il s'est enfui pour se cacher. Pourquoi cela vaudrait-il la peine de remuer tout ça à nouveau ?

— J'ai parlé à Natalie, et…

— Quoi ? Vous lui avez dit que nous préparions un article ?

Je me suis agitée sur ma chaise. — Eh bien, oui. Si je voulais avoir accès à elle pour l'article et la suivre à l'approche du mariage, je me suis dit que c'était logique qu'elle soit au courant.

Gretchen s'est adossée à son fauteuil et a soupiré lourdement. Elle a fait craquer son cou d'un côté, puis de l'autre.

Pas intimidant du tout.

— Je suppose que si vous comptez publier quelque chose, oui, il vous faudra son accord. Qu'est-ce qu'elle a dit ?

— Elle a admis que c'était elle sur la photo.

— Et ? Les sourcils parfaitement dessinés de Gretchen se sont haussés.

Et… euh, elle a dit que ce n'était pas public, mais qu'elle serait prête à partager l'histoire.

Gretchen est restée silencieuse un long moment. Elle a joint ses doigts en clocher devant son visage, puis y a posé son menton. — Il nous en faut encore plus. S'agit-il d'un seul article ? Une fois que nous aurons révélé la vérité, plus personne ne s'en souciera. De quoi d'autre allez-vous parler ?

— Hum, eh bien, elle a dit que les gens n'arrêtaient pas de lui demander si elle s'inquiétait à propos de la femme sur la photo. On pourrait aborder l'angle du maire Knight qui a déjà été marié, et d'un homme de pouvoir qui se range après un scandale qui les a rapprochés.

Les sourcils de Gretchen se sont à nouveau haussés. — Les a rapprochés ?

— Natalie a dit qu'il la protégeait. Il a cherché le photographe pour essayer de récupérer la photo, mais l'homme n'a pas voulu la supprimer. Omar… le maire Knight essayait de protéger Natalie et de s'assurer que le camp d'été ne souffrirait pas à cause de cette photo.

— Eh bien. Ça, c'est intéressant. Le sourire narquois de Gretchen n'avait rien d'amical. — Je crois que vous tenez une histoire, finalement. Je l'approuve. Commencez à travailler avec elle au plus vite. Voyez ce dont vous avez besoin. Allez à tous ses rendez-vous avec elle, et inscrivez-vous à son agenda. Je veux que vous obteniez la version des deux. Et voyez si vous pouvez trouver quelque chose sur l'ex-femme, la famille qui a fait don du terrain, et toute autre personne dans leur vie. Une sorte d'angle d'intérêt public. Vous pourrez intégrer tout cela à ce qu'ils font pour se préparer pour le mariage.

J'ai hoché la tête, peu sûre d'aimer la façon dont elle présentait les choses. — Mais de manière positive, n'est-ce pas ? Parce que ce sont de bonnes personnes.

— Oui, positive. Je ne vais pas me faire accuser de jeter en pâture le maire que tout le monde adore.

— D'accord.

— Quand a lieu le mariage ?

— Dans quatre semaines.

— Parfait. Je veux votre premier article sur mon bureau lundi pour une parution dans l'édition de mardi. Si vous arrivez à le rendre assez captivant, on pourra en faire une chronique régulière jusqu'au mariage.

— Ce serait génial. Merci, Gretchen. Une chronique régulière ? Ce serait plus qu'un bon article. Ça voudrait dire être publiée dans le journal chaque semaine. Ça voudrait dire savoir que j'avais un revenu régulier.

Gretchen s'est tournée vers son ordinateur, m'ignorant.

Je me suis levée pour partir, attrapant mon sac et fermant la porte derrière moi en sortant de son bureau. J'ai réprimé un sourire, ne voulant pas que les autres voient que j'avais décroché une bonne mission. Tous ceux qui travaillaient dans les journaux n'étaient pas sans pitié, mais il y en avait plus d'un qui aurait été heureux de débarquer pour vous piquer votre article.

Surtout s'ils avaient de meilleures relations avec le rédacteur en chef et une place bien établie.

Je me suis dirigée vers la porte, ayant besoin de me rendre à mon deuxième travail pour pouvoir rentrer à la maison à l'heure où Mikayla descendait du bus. Je savais qu'il valait mieux éviter de me changer sur le parking du journal, mais je ne pouvais pas non plus rester dans l'allée de la maison que je devais nettoyer. J'ai roulé quelques minutes, puis je me suis changée rapidement. J'ai enfilé un jean sous ma jupe et déboutonné mon chemisier. En débardeur moulant et en jean, j'ai cherché mon t-shirt. Ma main a attrapé le coton et l'a passé par-dessus ma tête.

Faire le ménage chez les gens m'apportait une tranquillité que mes autres emplois n'offraient pas. Le travail était routinier et facile. Je n'étais pas dégoûtée par des choses qui rebutaient d'autres personnes, et l'argent était correct. L'entreprise était locale, détenue par deux cousines qui aimaient pouvoir aider les gens à rendre leurs maisons propres et belles. Elles m'ont embauchée sans faire d'histoires, et je pouvais prendre les missions qui s'intégraient à mon emploi du temps.

Encore mieux, je ne travaillais jamais le soir ou le week-end et j'étais payée à la tâche, pas à l'heure.

J'ai sonné à la porte de la maison et j'ai souri quand Mme

Gentry a ouvert la porte. — Comment allez-vous aujourd'hui ?

— Bonjour, Casey. Nous faisons de notre mieux. Comment allez-vous ?

— Je vais bien, merci. Nettoyage habituel aujourd'hui, c'est bien ça ?

— Oui. J'ai essayé de suivre le rythme, mais vous savez que je ne suis pas très douée pour ça.

Je lui ai tapoté la main et secoué la tête. — Vous êtes un trésor, Mme Gentry. Je vous en prie, ne vous inquiétez pas pour ça. C'est pour ça que je suis là.

Elle a fait la moue et a gonflé son carré. M. Gentry avait insisté pour embaucher quelqu'un pour nettoyer la maison quand Mme Gentry était tombée d'un escabeau. Depuis un an, c'était moi qui nettoyais leur maison toutes les deux semaines. Ils avaient dans les quatre-vingts ans, et Mme Gentry avait toujours eu une maison impeccable, mais c'était bien pour eux d'avoir quelqu'un qui s'occupait de ce qui était en hauteur et en bas. Je nettoyais toute la maison, mais elle insistait toujours sur le fait qu'elle pouvait s'occuper des tâches de base. Je les faisais quand même.

J'ai apporté à l'intérieur mon balai à franges et mon aspirateur ainsi que le seau de chiffons que j'utilisais. Mes patronnes tenaient absolument à ce que nous utilisions des produits non toxiques et le moins de produits chimiques possible.

Mme Gentry est allée dans le salon, où M. Gentry était dans son fauteuil, incliné et regardant la télé. — Casey est là.

— Bonjour, Casey ! a lancé M. Gentry en me faisant un signe de la main depuis son siège.

— Bonjour, M. Gentry. Comment allez-vous aujourd'hui ?

Son visage s'est crispé. — Je me sens un peu plus lent cette semaine. On a eu beaucoup de choses la semaine dernière, n'est-ce pas, mon Amour ?

J'étais fascinée par la façon dont il appelait sa femme « mon Amour ». Plus de soixante ans de mariage et il lui parlait toujours comme si elle était la chose la plus précieuse à ses yeux. — Qu'est-ce que vous avez eu au programme ?

— Les enfants font tous quelque chose ces derniers temps, a dit Mme Gentry. — Entre les sports, les événements et même les simples activités, ça devient chargé.

— Et vous n'êtes pas le genre de grands-parents, ou d'arrière-grands-parents, à ne pas être présents et impliqués, ai-je dit avec un sourire. Ils m'avaient raconté que leurs trois enfants étaient tous restés à L'anse MacKellar, s'étaient mariés et avaient eu des enfants qui étaient également restés en ville. Sur les cinq petits-enfants, quatre étaient mariés avec des enfants, et le cinquième terminait ses études de médecine et cherchait à revenir dans la région d'ici un an.

Mme Gentry a ri. — On veut en profiter au maximum tant qu'on le peut. Ma chute m'a rappelé que je ne suis pas invincible.

— Personne ne l'est. Et être en bonne santé signifie que vous pouvez faire toutes les choses que vous aimez. Même si ça vous épuise.

— Oh, ça, je peux le faire, a dit Mme Gentry, s'approchant de moi alors que je prenais les assiettes dans l'évier pour les charger dans le lave-vaisselle.

J'ai balayé ses paroles d'un geste de la main. — Je sais que vous pouvez le faire. Et vous le faites quand je ne suis pas là. Mais quand je suis ici, ça fait partie de mon travail.

Elle a souri, et ses joues foncées se sont soulevées dans un large sourire. — Vous êtes trop bonne avec nous.

— Je suis heureuse de faire tout ce que je peux. Et vous savez que vous pouvez m'appeler si vous avez besoin de quoi que ce soit d'autre. Je sais que vous avez beaucoup de famille dans le coin, aussi, mais je ne suis pas loin.

Mme Gentry a hoché la tête. — Merci, ma chère.

— Je vous en prie. J'adorais faire le ménage chez eux. Ils me racontaient des histoires sur leur vie et sur ce à quoi la ville ressemblait au fil des ans. Mme Gentry essayait toujours de me dire qu'elle pouvait faire quelque chose pour lequel j'étais payée, et je lui rappelais gentiment que cela faisait partie de mon travail.

Si jamais le fait d'être mariée devait me manquer, c'était bien quand je passais du temps avec eux. La plupart du temps, ne pas avoir de partenaire ne me dérangeait pas le moins du monde. Kyle n'était bon qu'à une seule chose, et au final, même ça, ce n'était pas toujours si génial. Une grossesse accidentelle après quelques mois de relation nous a liés bien plus longtemps que nous l'aurions voulu.

Pourtant, il est resté avec moi. Il n'a jamais été un mari formidable, mais je n'ai pas été une épouse formidable non plus. Je lui en voulais de m'avoir mise enceinte, de m'avoir volé mes rêves. Il ressentait la même chose. Nous avons essayé, pendant des années, mais le divorce était inévitable.

C'est Kyle qui a fini par le dire. Il n'était pas heureux et ne l'avait pas été depuis longtemps. Il avait besoin de changement et a décidé que ce changement se trouvait dans le lit d'une autre femme. Pas pendant notre mariage, mais il n'a pas perdu de temps avant de se glisser entre les draps d'une autre.

Ça m'a laissée plus qu'un peu blasée. Je ne cherchais pas un autre mari. Mais il y avait des moments où la connexion physique du sexe me manquait. C'était le seul moment où Kyle et moi étions heureux. Le seul moment où j'avais l'impression que tout allait bien entre nous.

Et c'est pourquoi je n'avais toujours pas recontacté Sale vie. Il voulait une famille. Une relation. Une connexion.

J'aurais dû m'y attendre. Pour quelle autre raison quelqu'un serait-il sur une application de rencontres ? Ce n'est pas pour ça que j'y étais, mais je devais supposer que, avec toutes les options d'applications de rencontres, celle qui n'autorisait pas les photos ne serait pas celle où les gens iraient chercher un coup d'un soir.

J'ai laissé mon esprit vagabonder pendant que je nettoyais la maison, en discutant avec M. et Mme Gentry tout en travaillant. À leur âge, je ne pensais pas qu'il y avait beaucoup de sexe. Non pas que je veuille me l'imaginer, mais quand elle s'est cassée la hanche, le sexe n'était pas une option. D'autres choses les unissaient. Des choses que je n'avais jamais connues.

Des choses que je n'étais pas sûre de connaître un jour.

Quand j'ai eu fini de nettoyer, Mme Gentry m'a posé des questions sur ma vie amoureuse, et j'ai su qu'il était temps de partir. J'ai trouvé des excuses pour m'éclipser, même si j'allais être très en avance pour aller chercher le bus, et je leur ai dit que je les reverrais dans deux semaines.

Je n'ai pas perdu de temps et j'ai quitté leur allée en marche arrière, prête à échapper à l'inquisition.

J'ai décidé de prendre le chemin le plus long pour rentrer chez moi. Je n'habitais pas loin des Gentry, mais comme j'avais le temps, j'ai conduit jusqu'à la sortie de la ville pour quelques minutes de tranquillité.

En quittant leur quartier, j'ai remarqué Fleurir & Cultiver un peu plus loin dans la rue. La boutique de fleurs était magnifique. Il n'était pas nécessaire de s'arrêter, mais je n'ai pas pu résister quand j'ai vu l'enseigne lumineuse et accueillante à l'extérieur.

Je ne me souvenais pas de la dernière fois que quelqu'un m'avait offert des fleurs. Ce n'est certainement pas Kyle qui s'en serait donné la peine. Est-ce que ça remontait à mon mariage ?

Je suis entrée, me faufilant entre les présentoirs qui contenaient plus que quelques bouquets explosant de couleur, de gaieté et de vitalité. J'ai entendu des voix, mais je n'y ai pas prêté attention jusqu'à ce que j'entende la femme dire quelque chose à propos d'un mariage.

Fleurir & Cultiver était le seul fleuriste de la ville, et je supposais que Natalie l'utiliserait pour son mariage.

Je me suis rapprochée de l'endroit où les gens parlaient pour écouter leur conversation. Je ne pouvais pas les voir de là où je me trouvais, mais ce n'était pas le plus important.

— Les fleurs disent toutes sortes de choses, a dit un homme de derrière un présentoir. — Les roses sont toujours un classique, mais si vous voulez quelque chose d'unique ou de différent, il y a tellement d'options.

— Comme quoi ? a demandé la cliente.

— Eh bien, les pivoines sont le symbole d'une relation heureuse. Les œillets signifient l'affection. Il a ri.

— Je ne suis pas fan de celles-là, a dit la femme.

— Ce n'est pas grave. Il y en a tellement d'autres. Les orchidées sont élégantes et fortes. Les gardénias symbolisent la beauté et l'espoir.

— Et celle-ci, qu'est-ce que c'est ? a demandé la femme.

Je me suis rapprochée pour voir ce qu'elle regardait. J'ai aperçu l'homme qui parlait. Il portait un tablier autour de la taille, rempli d'outils et parsemé de terre. Son regard était empreint d'une adoration et d'un amour purs.

Je me suis surprise à être jalouse de la femme à qui il parlait.

— Les pois de senteur sont l'une de mes fleurs préférées. Il en a pris un dans le récipient où ils se trouvaient. — Ils signifient le plaisir absolu, ce qui est approprié pour le jour de votre mariage. Ils sont un excellent ajout à n'importe quel bouquet, et ils fonctionnent très bien en centres de table. Vous pouvez même en ajouter quelques-uns à votre suite nuptiale pour vous le rappeler à votre retour après une longue journée de bonheur.

La femme a ri doucement. — Je pense que nous en avons absolument besoin.

— C'est bien ce que je me disais.

Je me suis rapprochée, ayant besoin d'en savoir plus. Rien qu'en l'écoutant parler, j'avais envie d'en entendre davantage.

— Et les marguerites ? a-t-elle demandé.

Il a ri. — Je dirais qu'elles vous conviennent parfaitement. Saviez-vous qu'elles symbolisent l'amour véritable et les nouveaux départs ?

Elle a reniflé. — J'adore ça.

— C'est parfait.

— Merci beaucoup de m'aider avec ça, Landon. C'est incroyable.

Landon ? Le Landon de Reegan ? Oh, non. Je devais partir. Être là était une mauvaise idée.

Je me suis retournée pour partir, et mon sac à main surdimensionné a heurté le côté d'un présentoir. La tour de récipients noirs, tous remplis de fleurs, a vacillé.

Je suis restée là, à regarder la tour qui chancelait. La scène semblait se dérouler au ralenti. Dommage que je bougeais encore plus lentement.

J'ai tendu la main, espérant stabiliser la tour, juste au moment où elle a basculé pour de bon et s'est écrasée sur le sol avec un fracas qui a attiré l'attention de Landon et de la mariée à qui il parlait.

— Merde, ai-je sifflé, en regardant l'eau se déverser de chacun des entonnoirs noirs. J'ai attrapé la tour au moment où j'ai senti quelqu'un s'accroupir à côté de moi.

— Ne te soucie pas de ça. Ça va ?

J'ai regardé à côté de moi et je me suis sentie captivée par la lumière qui dansait dans ses yeux chocolat.

Je suppose que je n'ai pas répondu assez vite, car il m'a

touchée. Sa main sur mon bras m'a surprise, et j'ai sursauté, manquant de faire tomber une autre tour sur nous.

— Je suis vraiment désolé. Tu es blessée ? Je t'ai égratignée ?

J'ai secoué la tête, ma voix rattrapant enfin mon cerveau. — Ça va. Désolée. Je… je suis vraiment désolée. Je ne regardais pas où j'allais.

— Ce n'est pas grave. Je suis toujours couvert de terre, alors ce n'est pas un peu d'eau qui va m'inquiéter. Cette lumière a pétillé dans ses yeux tandis qu'il souriait. De petites rides sont apparues au coin de ses yeux, comme s'il était quelqu'un qui aimait rire et le faisait sans retenue.

J'ai laissé échapper un petit rire, reconnaissante qu'il ne me crie pas dessus pour avoir fait un tel désordre. — Merci. Je vais juste… J'ai de nouveau tendu la main vers la tour.

— Ne t'inquiète pas. Je peux m'en occuper dans quelques minutes.

— Je ne voulais pas interrompre votre rendez-vous.

— Ce sont des choses qui arrivent. Tant que tu vas bien ?

— Ouais. Oui. Je vais bien. Tout va bien. Je me suis relevée, manquant de heurter une autre tour. — Je vais y aller avant de ruiner tout ton magasin. Je suis vraiment désolée.

— Pas de problème. Promis.

— Ouais. D'accord. Merci. Salut ! J'ai serré mon sac contre moi et je me suis dépêchée vers la porte, m'éloignant le plus possible de Landon et de ses yeux bien trop séduisants.

Dommage que ses yeux n'étaient pas la seule partie séduisante de sa personne.

4

Je suis rentrée à la maison avant le bus, les joues encore en feu en repensant à mon comportement. Landon. Merde. L'écouter parler était hypnotique. J'aurais pu rester là toute la journée. La façon dont il décrivait les fleurs comme si elles étaient érotiques.

Je me suis éventé le visage. Je ne pouvais pas penser à lui de cette façon. Je ne pouvais pas penser à lui du tout.

Reegan n'était pas une bonne amie, mais nous avions des amis en commun. Ils formaient le genre de couple que tout le monde s'attendait à voir se remettre ensemble, un jour ou l'autre. Après trois ans passés ensemble, leurs vies étaient inextricablement liées. Il était inévitable qu'ils finissent par arranger les choses.

Peu importait que cela fasse un an qu'ils aient rompu. Je n'allais pas me fourrer au milieu de ça.

En plus, je ne voulais pas de relation.

Une aventure, ce serait...

Non ! Non. Je ne pouvais pas envisager une aventure avec Landon. Il n'était pas vraiment disponible. Et j'étais trop vieille pour lui.

Le bus est passé dans la rue en direction de l'immeuble, m'offrant la distraction dont j'avais besoin pour me concentrer sur ce qui comptait vraiment. Ma fille.

Quand nous avons emménagé dans l'appartement, Mikayla était gênée. Elle détestait que nous ayons dû abandonner la maison où nous avions vécu depuis qu'elle était bébé. Je ressentais la même chose, mais je ne pouvais pas me la permettre seule, et Kyle ne voulait pas y rester. Avant même que nous soyons officiellement séparés, il avait trouvé quelqu'un avec qui vivre, alors la vente de la maison signifiait qu'il avait de l'argent en banque et que j'en avais assez pour subvenir à nos besoins, à Mikayla et à moi, pendant un certain temps.

Après un an dans l'appartement, elle commençait à s'habituer à vivre ici et aimait ça. Je soupçonnais que ce qu'elle préférait, c'était de descendre du bus sans que je sois dehors à l'attendre et d'avoir sa propre clé pour entrer dans l'immeuble.

Elle n'avait pas besoin de savoir que je la regardais depuis la fenêtre, que je me précipitais dans la cuisine et que je faisais semblant d'être décontractée au moment où elle arrivait à notre appartement.

— Je suis rentrée ! a lancé Mikayla en entrant dans l'appartement.

Je suis sortie de la cuisine en m'essuyant les mains, pourtant sèches, sur un torchon. — Salut, ma chérie. Comment s'est passée ta journée ?

— C'était super. J'ai pu chanter le solo à la chorale aujourd'hui, et M. Johnson a dit que je devrais auditionner pour le premier rôle de la comédie musicale de l'école la semaine prochaine ! Son sourire illuminait tout son visage, ses yeux bleus pétillant de joie.

— Waouh ! C'est incroyable. S'il y a bien quelqu'un qui est bien placé pour le dire, c'est ton prof de chorale. Quand ont lieu les auditions ?

— Jeudi. Il faut que tu signes mon papier pour que je puisse le faire. Et il faudra que tu viennes me chercher à l'école parce qu'il n'y a pas de bus.

— Il faudra que je vienne te chercher ? J'ai fait de la gymnastique mentale en réfléchissant à ce que cela impliquerait.

— Ouais, mais de toute façon, tu es toujours à la maison, alors quelle différence ça fait ?

Sa préadolescence refaisait surface. Elle n'avait pas tort, mais merde, était-elle obligée de le dire comme ça ? — Ça devrait aller, mais tu pourrais demander au lieu d'exiger.

— Désolée, a-t-elle murmuré.

J'ai compté jusqu'à dix, sachant que la demande n'allait pas venir. — Tu ne vas pas me le demander ?

Elle a soupiré comme si j'étais la personne la plus ridicule au monde. — Est-ce que tu pourras venir me chercher après les auditions jeudi ? S'il te plaît ?

— Oui.

Elle a affiché un grand sourire avant que je n'ouvre la bouche pour continuer, puis a fait la grimace.

— Il me faudra le programme des répétitions et de tout ce pour quoi tu devras être présente. Et tu devras t'assurer que tu continues à faire tes devoirs. Termine tes devoirs, rattrape tout ce que tu manques et ne prends pas de retard.

— Je ne le ferai pas. C'est promis. L'excitation était palpable, attendant juste mon accord officiel.

— D'accord. On trouvera une solution.

— Super ! Merci, maman ! Elle s'est jetée sur moi, me serrant fort au niveau de la taille.

Je l'ai serrée contre moi en retour et je lui ai embrassé la tête. Elle s'est immédiatement tortillée, se reculant.

Je l'ai laissée faire, nostalgique des années où elle était petite.

Avant de tomber enceinte d'elle, j'avais espéré avoir une grande famille. Trois enfants ou plus, de préférence plus. Mais les choses ne se sont pas passées comme prévu. Kyle et moi avions parlé d'avoir d'autres enfants, mais je n'avais jamais senti que c'était le bon moment. Après une décennie de mariage et quelques courts mois pour le divorce, je me suis retrouvée à la fois soulagée de ne pas en avoir eu plus et déçue d'être bientôt à court de temps.

Mes trente-huit ans m'avaient durement frappée quelques semaines plus tôt. La probabilité que j'aie un autre enfant était proche de zéro. Encore plus faible vu que je n'avais aucun intérêt pour une nouvelle relation. Mais je savais que c'était le bon choix pour moi. Je ne pouvais plus supporter les hauts et les bas des émotions de quelqu'un d'autre. Pas alors que j'allais bientôt devoir gérer les émotions d'une adolescente et que j'avais déjà les miennes à gérer.

Mikayla a pris un goûter, puis s'est installée sur le canapé pour une heure de télévision, comme elle le faisait toujours en rentrant de l'école. Nous nous étions disputées sur le fait qu'elle devait commencer ses devoirs tout de suite, mais elle disait qu'elle voulait un moment pour se détendre avant de se mettre au travail. Elle avait négocié cette heure en promettant qu'elle ferait les choses à ma façon si elle ne finissait pas son travail. Après presque un mois à essayer sa méthode, elle a prouvé qu'elle le ferait, et j'ai lâché du lest.

Je profitais de cette heure pour écrire et finaliser tout ce qui concernait mes prochains articles, quand j'en avais un. Comme je devais rencontrer Natalie et Omar le lendemain pour les préparatifs du mariage, je voulais revoir le programme de la journée.

Merde. Ils allaient voir les fleurs. Chez Fleurir & Cultiver. Là où je m'étais ridiculisée à peine une heure plus tôt. Évidemment. Il fallait que je commence lorsqu'ils allaient déguster le gâteau ou faire un plan de table ou... n'importe quoi, sauf retourner à l'endroit où je m'étais couverte de ridicule.

Il fallait que je m'en remette. J'étais une grande fille. Et j'allais y être pour un article. Pas pour Landon.

Mon téléphone a vibré, signalant un message, et j'ai profité de la distraction. J'ai souri en voyant une notification de À la Recherche du Héros Littéraire Parfait.

> **SALE VIE**
>
> Tu n'as jamais répondu à ma question. De quoi as-tu besoin dans une relation pour te sentir appréciée ? Que recherches-tu ?

J'ai soupiré lourdement. Comment lui avouer que je ne voulais pas vraiment de relation ? Que je voulais me sentir désirable mais sans le poids de l'engagement envers une seule personne qui finirait inévitablement par me décevoir ?

> **TROP OCCUPÉ**
>
> J'imagine que je ne sais pas vraiment. Je t'ai dit que je suis divorcée, et mon mariage a été correct pendant un temps, mais la plupart du temps, c'était comme si nous étions des colocataires. Je ne recherche plus ça.

> **SALE VIE**
>
> Donc tu veux de la passion. Tu veux quelqu'un qui te donne l'impression que tu es la seule chose à laquelle il pense quand vous n'êtes pas ensemble. Quelqu'un qui ne vit et ne respire que pour toi.

> **TROP OCCUPÉ**
>
> C'est épuisant. Je ne pense pas que je pourrais supporter quelqu'un qui n'aurait pas son propre sens de l'indépendance. Quelqu'un qui n'aurait pas d'intérêts et de vie en dehors de moi. Je dois penser à ma fille, à mon travail, et je n'ai pas le temps d'être tout pour quelqu'un d'autre.

SALE VIE

C'est marrant parce que je n'ai jamais vu la passion de cette façon. Comme quelque chose qui pourrait épuiser quelqu'un. Avec mon ex, quand on était ensemble, c'était bien. Génial, même. On s'entendait bien. Mais il y avait toujours une partie de moi qui savait que ce n'était pas la bonne. Non pas que j'aie eu le courage de le lui dire, ou à qui que ce soit d'autre.

TROP OCCUPÉ

Je comprends ça. C'était pareil avec mon mari. Rien n'allait spécifiquement mal, mais ça n'allait pas bien non plus.

SALE VIE

Oui ! C'est exactement ça. C'est difficile de tourner la page sur quelque chose qui ne va pas mal.

TROP OCCUPÉ

Parce que parfois, il vaut mieux ne pas être seul.

SALE VIE

Ouais.

TROP OCCUPÉ

Ouais.

SALE VIE

Mais ce que j'ai réalisé depuis la fin de cette relation, c'est qu'il est aussi épuisant d'essayer de maintenir quelque chose qui n'est pas fait pour durer. Nous ne voulions pas les mêmes choses. Et essayer de forcer les choses aurait signifié que nous finirions par nous détester.

TROP OCCUPÉ

Ce n'est juste pour personne. Je ressens la même chose, principalement. Bien que je sois en colère d'être celle qui se comporte en adulte responsable pendant que mon ex peut vivre sans responsabilités.

SALE VIE

Ça craint.

TROP OCCUPÉ

C'est clair. Mais j'ai la garde, et j'adore passer du temps avec ma fille, donc je ne peux pas vraiment me plaindre. Il ne prend pas de temps pour elle, et même si je déteste ça pour elle, je sais aussi que si elle le voyait beaucoup, ce ne serait pas mieux. Il n'a jamais été un père génial.

SALE VIE

On dirait qu'elle a de la chance de t'avoir.

TROP OCCUPÉ

Je pense que c'est moi qui ai de la chance.

— Maman, tu peux m'aider avec mes devoirs de maths ? a demandé Mikayla, traînant son sac à dos jusqu'à la table et s'asseyant à côté de moi.

Pendant qu'elle sortait son classeur et cherchait un crayon, j'ai lu le dernier message de Sale vie.

SALE VIE

Que quelqu'un puisse renoncer à ça me dépasse. C'est tout ce que j'ai toujours voulu. Mais mon ex ne cherchait pas à fonder une famille. Elle ne voulait pas d'enfants.

TROP OCCUPÉ

Tout le monde n'est pas fait pour être parent. Ma fille n'était pas prévue, mais c'est la meilleure chose qui me soit jamais arrivée. Et elle a besoin de mon aide pour ses devoirs, alors je dois y aller.

SALE VIE

À bientôt, alors. Passe une bonne soirée.

TROP OCCUPÉ

Merci. Toi aussi.

J'ai retourné mon téléphone et je me suis concentrée sur Mikayla. Elle était la chose la plus importante pour moi. Elle devait l'être. Toujours.

LE SAMEDI MATIN, j'ai fait monter Mikayla dans la voiture et j'ai conduit jusqu'à la maison de sa meilleure amie. Melody Holland était devenue une amie proche au fil des ans, depuis que les filles s'étaient liées d'amitié. Melody et son mari, Ramsey, avaient traversé une séparation des années auparavant, mais ils avaient réussi à se retrouver. Elle comprenait quand même à quel point le mariage, la parentalité et la vie pouvaient être difficiles, et elle était toujours là pour Mikayla et moi.

Mikayla est sortie de la voiture en trombe, se précipitant vers la porte ouverte au moment où Amber est apparue. Je l'ai suivie plus lentement, les filles disparaissant dans la maison avant que Melody ne sorte.

— Bonjour, m'a dit Melody en s'approchant pour me serrer dans ses bras. — Comment vas-tu ?

— Bien. Fatiguée.

Melody a hoché la tête. — Ce n'est pas facile de tout gérer

toute seule. Ramsey a dit qu'il serait ravi d'accueillir Mikayla si jamais tu veux te joindre à nouveau à moi pour le club de lecture.

— Merci, ai-je dit, sachant que je n'accepterais pas sa proposition. Je m'étais trop reposée sur eux au cours de l'année passée. Je leur demandais de garder Mikayla quand je devais faire des devoirs, rencontrer mon avocat et travailler. Je n'allais pas leur demander de l'aide pour que je puisse avoir une vie sociale.

— Je sais que ça veut dire que tu ne demanderas jamais, mais Ramsey a dit que c'est bien pour Amber de passer du temps avec son amie. Ça ne nous dérange pas. Jamais. Mikayla est une enfant formidable, et nous adorons le fait qu'elles soient restées si proches depuis si longtemps.

— J'adore ça, moi aussi.

— Alors, tu es d'accord ? Pourquoi pas demain ?

J'ai expiré un rire en même temps qu'un soupir. — Tu sais que je n'aime pas vous solliciter.

— C'est pour ça qu'on vous le propose, a dit Ramsey en apparaissant derrière Melody dans l'embrasure de la porte. — J'adore Mikayla, et on vous adore tous, Casey. En plus, ça me facilite la tâche et ça me fait gagner des points bonus. Ramsey a fait un clin d'œil à Melody.

Les joues de Melody ont rougi, et elle l'a repoussé d'un geste de la main.

Ramsey s'est penché et l'a embrassée d'une manière qui m'a fait rougir. Kyle ne m'a jamais embrassée comme ça. Ni en public, ni en privé. C'était le genre de baiser qui disait qu'il était impatient de l'avoir pour lui tout seul, de poser ses mains, et d'autres parties de son corps, partout sur elle.

Je voulais ça.

Je n'arrivais pas à vouloir une autre relation, mais du sexe ? Le sexe me manquait. Même si ce n'était pas aussi passionné que le baiser que Melody et Ramsey partageaient, le sexe était quand même amusant. C'était un exutoire, un moment de pause pour ne pas penser à toutes les autres choses de la vie. C'était excitant, ça me faisait du bien, et ça me manquait.

Melody rougissait encore quand Ramsey a disparu à nouveau dans la maison. — Désolée pour lui.

J'ai secoué la tête. — Il n'y a pas de quoi s'excuser. Vous méritez ce genre de bonheur.

— Toi aussi, a dit Melody, l'air offensé que j'aie osé suggérer le contraire.

J'ai eu un rire sans joie. — Je crois que j'ai raté le coche pour le bonheur. Je me contenterais d'une bonne partie de jambes en l'air, par contre.

— Alors, fais-le. Ne m'as-tu pas dit que tu avais un match avec qui tu discutais ?

— Si. On parle de nos relations ratées. Pas vraiment des préliminaires.

— Alors, flirte avec lui.

— Je ne crois pas savoir comment draguer.

— Tout le monde sait draguer.

— Alors j'ai peut-être oublié.

— Tu es une femme intelligente avec des ressources infinies. Trouve comment draguer et trouve un homme qui te donnera du bon temps.

— On dirait que je suis repoussante.

— Tu n'es pas repoussante. Il te faut juste un peu de confiance en toi. Il y a toujours des pères célibataires à l'école. On me drague encore parfois. Ramsey s'énerve à ce sujet, mais j'aime bien le fait que ça le rende un peu jaloux.

J'ai ri avec elle. — Tu es terrible.

Elle a haussé les épaules. — Peut-être, mais ce n'est pas comme si je les encourageais. Tu devrais faire du bénévolat à l'école un de ces jours.

— J'aimerais bien, mais je gagne à peine assez avec les

trois emplois que j'ai déjà. Je ne pense pas que je pourrais ajouter du bénévolat à ma journée.

— Peut-être à l'un des événements du week-end, alors. Je ne sais pas. Ou alors, drague le prochain type que tu vois. On se fiche du résultat. Entraîne-toi.

J'ai reniflé, puis j'ai réalisé où j'allais et qui j'allais voir. Le maître de la drague. Qui n'était pas vraiment célibataire et qui avait la capacité de me faire flancher rien qu'avec ses mots.

Il pourrait m'apprendre une chose ou deux sur l'art de draguer.

— Maman ! On va dehors ! a crié Amber de l'intérieur de la maison.

— D'accord ! a répondu Melody. Elle s'est retournée vers moi. — Ne t'inquiète pas pour Mikayla. On va lui donner à manger, les laisser jouer dehors et bien la fatiguer. Prends tout le temps qu'il te faut aujourd'hui.

— Merci, Mel. J'apprécie vraiment. Remercie Ramsey de ma part aussi.

— Je lui dirai. À dans quelques heures.

J'ai hoché la tête et j'ai fait un signe de la main, me retournant pour partir, sachant que ma fille était entre de bonnes mains.

J'aurais juste aimé avoir la même confiance en ma propre situation.

Je me suis garée devant la boutique du fleuriste et j'ai pris une profonde inspiration pour calmer mes nerfs. Y retourner, sachant que la veille, je m'étais ridiculisée, n'était pas mon plan préféré de la journée. Mais je n'avais pas le choix. J'ai proposé cette chronique. Je devais aller jusqu'au bout.

Des voix m'ont guidée dans la boutique et vers l'arrière, où j'ai trouvé Natalie et Omar en train de regarder un livre avec Landon, qui parlait des fleurs qu'il proposait.

— Les fleurs d'automne ont des couleurs riches et

profondes qui sont magnifiques sur une robe blanche. Les couleurs bordeaux, orange et jaune des hortensias, plus quelques couleurs plus claires et plus vives pour équilibrer le tout. Ou vous pourriez opter pour une seule tige d'une grande fleur audacieuse qui apporte simplicité et élégance au lieu d'un bouquet complet.

— La simplicité, c'est tout à fait mon style, a dit Natalie.

Landon a levé les yeux et m'a vue, debout à quelques mètres de là. — Vous revenez. Accordez-moi une minute, et je serai à vous. Si vous pensez pouvoir éviter de tout détruire aujourd'hui.

Son sourire et la lueur dans ses yeux m'ont dit qu'il plaisantait, mais la mention subtile qu'il se souvenait de moi a fait monter la chaleur à mes joues. Cet homme pourrait draguer un piquet de clôture. Ce qui était assez proche de ce que je ressentais, debout là, sans un mot.

Natalie et Omar se sont retournés pour voir à qui Landon parlait, et Natalie a arboré un large sourire. — Casey ! Tu es arrivée. On a commencé sans toi. Elle s'est levée et est venue vers moi, me serrant chaleureusement dans ses bras avant de me tirer vers la table où ils étaient assis tous les trois.

— Salut, ai-je dit, laissant Natalie me pousser sur le siège libre. Entre elle et Landon. Mes genoux ont heurté ceux de Landon, et une décharge m'a traversée.

Il s'est raclé la gorge, semblant presque aussi surpris que moi quand nous nous sommes touchés. Il m'a tendu la main. — I'm Landon Boyd. C'est un plaisir de vous rencontrer, Casey. Natalie et Omar m'ont mis au courant de vos projets d'articles. I'm heureux que vous ayez pu vous joindre à nous.

— Merci, ai-je dit, ma voix sortant haletante, comme si j'essayais de le convaincre de me suivre dans la chambre. Je me suis raclé la gorge et j'ai forcé un sourire sur mon visage en feu. — Enchantée. Et je promets de limiter mes destructions au minimum.

Natalie et Omar nous ont regardés, la confusion se lisant sur leurs visages.

— Je suis passée ici hier en rentrant chez moi. Je... La luminosité de l'endroit m'a attirée, mais j'ai renversé un présentoir et je me suis enfuie avant de pouvoir acheter quoi que ce soit. Je comptais ne jamais revenir.

Omar a eu un petit rire. L'homme était impeccable et parfait et n'avait probablement jamais connu un moment embarrassant de toute sa vie.

Natalie a ri de bon cœur et a posé sa main sur mon bras. — C'est tout à fait le genre de chose que j'aurais pu faire. Tu sais comment je suis. Comme on dit, une image vaut mille mots. C'est une bonne chose, parce que je n'en avais aucun quand je suis tombée à genoux et que je l'ai tripoté.

Landon s'est étouffé, son regard clignotant peinant à comprendre ce qu'il avait manqué.

Natalie a gloussé. — J'étais la femme sur la photo avec Omar.

Landon avait l'air stupéfait. — C'était vous ?

Natalie a hoché la tête. — Oui. Et ce n'était pas ce que ça avait l'air. Je sortais des toilettes, quelqu'un m'a percutée et je suis tombée. Omar était juste là et, malheureusement pour lui, il a amorti ma chute. Avec son entrejambe.

Un rire a éclaté de la bouche de Landon. Un rire qu'il a étouffé avant de grimacer. — Ça... euh... Je n'ai pas de mots. Aïe ?

Omar s'est fendu pour la première fois, un rire s'échappant de ses lèvres. — Ouais, aïe a été le premier mot auquel j'ai pensé aussi. Suivi de quelques autres que je ne devrais dire à personne d'autre qu'à ma future femme.

Je jure devant Dieu que je me suis pâmée. Ces foutus mecs. Ramsey, Omar, et même Landon, bon sang. Comment diable ai-je pu finir avec Kyle alors qu'il y avait des hommes comme eux ? Pourquoi ne pouvais-je pas en trouver un maintenant ?

Non. Non. Je n'en voulais pas. Je voulais du sexe. Je voulais de la drague, du désir et quelques très bons orgasmes. Pas une relation. Je ne cherchais pas à choisir des fleurs et une robe blanche et à promettre d'aimer quelqu'un pour le reste de ma vie. Déjà fait, et je n'allais pas y retourner.

Jamais.

5

LANDON

iens, tiens, tiens. La jolie femme qui avait renversé mon présentoir était la journaliste qui suivait Natalie et Omar pendant le mois précédant leur mariage. Ce n'était pas ce à quoi je m'attendais.

Quand Natalie et Omar sont arrivés en avance pour notre rendez-vous, Natalie s'est excusée pour toute la situation et de m'avoir mis devant le fait accompli. Je lui ai assuré que ce n'était pas un problème, mais voir qui était la journaliste a rendu la situation bien plus qu'acceptable.

Casey était magnifique. Un peu plus âgée que moi, si je devais deviner, mais assez proche de mon âge pour que je ne me sente pas comme un enfant à côté d'elle. Elle avait le rire facile et était adorable quand ses joues s'empourpraient chaque fois qu'elle était gênée.

Et bon sang, qu'est-ce que j'aimais voir ça quand je flirtais avec elle. Avec elle, j'avais l'impression de ne pas être destiné à rester célibataire pour toujours, contrairement à ce que tout le monde en ville semblait avoir décrété. Tous pensaient que Reegan et moi étions toujours en couple et que nous finirions par nous en rendre compte et nous remettre ensemble.

Même Natalie a fait une remarque sur le fait que nous pourrions renouer au mariage, puisque nous étions tous les deux invités.

Qu'on m'achève.

La dernière chose dont j'avais besoin, c'était de voir mes chances de trouver quelqu'un réduites à néant parce que la ville avait décidé que Reegan et moi étions faits l'un pour l'autre, alors que nous avions décidé que non. Ce n'était qu'une des raisons pour lesquelles j'appréciais les rencontres en ligne.

Ou plutôt les conversations en ligne. Ça ne s'était pas encore transformé en vrais rendez-vous, mais j'avais bon espoir.

— C'est magnifique, a murmuré Natalie en tournant les pages du livre de présentation que je gardais à portée de main.

— Les tournesols sont un grand classique pour les mariages d'automne. Ils sont simples, joyeux, et ils donnent le sourire à tout le monde, lui ai-je dit. Les fleurs étaient mon langage d'amour. La signification de chaque fleur était quelque chose que je trouvais fascinant, même si parfois j'avais l'impression que les fleurs devraient dire ce qu'on veut qu'elles disent, putain. Si une mariée adorait les chrysanthèmes, je n'allais pas lui dire qu'ils symbolisaient le deuil dans certaines cultures. La signification d'une fleur était ce qu'une personne en faisait, pas toujours ce que quelqu'un disait qu'elle devait signifier.

Après tout, au lycée, je n'avais jamais été capable de déchiffrer la littérature classique non plus. Si l'auteur écrivait une chose, je n'arrivais pas à faire le saut pour comprendre qu'il voulait en fait dire autre chose, qui était une métaphore pour encore autre chose, et que ce qu'il voulait vraiment dire n'avait rien à voir avec ce qui était écrit. J'étais trop terre à terre. Du moins, c'est ce qu'on m'avait dit.

J'étais plutôt du genre à dire ce que je pensais. Et ça se traduisait dans les fleurs.

— J'aime la simplicité, a dit Natalie pour la deuxième fois.

J'ai jeté un coup d'œil à Omar et j'ai remarqué l'ombre d'un sourire sur son visage. J'ai réprimé mon propre sourire, mais pas assez vite.

— Quoi ? a exigé Natalie, son regard alternant entre Omar et moi. — Tu penses sérieusement que je suis compliquée ?

— Je pense que tu es belle, intelligente et gentille. Mais simple n'est pas un mot que j'utiliserais pour te décrire, a dit Omar, terminant sa phrase par un baiser.

— Comment ça, je ne suis pas simple ? Je ne peux pas faire compliqué. Ça me dépasse, mon anxiété prend le dessus, et je perds les pédales. J'aime la simplicité. Natalie a soufflé, les bras croisés en fusillant son fiancé du regard.

— Tout ça est vrai. Mais rien dans ce mariage n'a été simple. Tu voulais un groupe et un DJ, pour que les gens puissent profiter des deux. Tu as demandé des hors-d'œuvre à servir pendant qu'on prend des photos, d'autres pour quand on arrivera à la réception, et ensuite le dîner. Et n'oublions pas les trois parfums de pièce montée parce que tu n'arrivais pas à décider ce que tu préférais. Omar a gardé un sourire en coin tout au long de sa tirade.

La mine renfrognée de Natalie s'est transformée en un large sourire alors qu'elle perdait son combat pour rester en colère. — D'accord. Je ne suis pas simple. Mais j'aimerais vraiment l'être.

— Toutes ces choses donnent l'impression que tu essaies de créer un mariage qui rendra tes invités très heureux, a dit Casey. — Peut-être que les fleurs devraient avant tout porter sur ce qui te rendrait heureuse, toi ?

Ma poitrine s'est gonflée de joie. Putain. Elle avait tout compris. J'allais dire exactement la même chose. — Ce qu'elle a dit.

Omar et Natalie ont gloussé.

— J'aime la simplicité, a réitéré Natalie. — Je veux de la simplicité. Pendant le mariage, je vais de toute façon devoir passer mon bouquet ou ma fleur, ou peu importe, à Daisy, donc la simplicité a du sens. Et ça ira très bien avec ma robe.

Elle a levé les yeux vers Omar en disant cette dernière partie, et il a grogné. — Arrête de me taquiner. Il l'a embrassée, puis a croisé mon regard. — Elle n'arrête pas de me raconter des trucs dingues sur sa robe, et je suis presque sûr que ce sont tous des mensonges, mais j'ai promis de ne pas regarder, alors je me demande si sa robe est vraiment aussi élaborée qu'elle le prétend.

— Tu crois que je te mentirais ? a demandé Natalie, faussement outrée. — Pourquoi ferais-je une chose pareille ?

Nous avons tous ri, savourant la douce chamaillerie du couple. J'ai levé les yeux vers Casey et je l'ai surprise en train de me regarder. L'instant s'est suspendu, et nos regards se sont accrochés, nous deux perdus dans un petit monde à nous. Mon sang s'est mis à pulser, brûlant, dans mes veines. Ma bite a durci sans que j'en aie conscience. Mon corps tout entier désirait cette femme.

Cette femme dont j'ignorais le nom la veille. Qui avait créé une avalanche de chaos dans ma boutique. Et qui était en train de créer la même chose à l'intérieur de moi.

Casey a arraché son regard du mien, mettant une fin brutale à cet instant qui m'a laissé à la recherche de mon souffle, me demandant ce qui venait putain de se passer.

Et à quelle vitesse je pourrais revivre ça.

— Alors, simple ? a dit Natalie. — Nos couleurs sont le bleu marine et le blanc parce que je ne trouvais rien qui aille bien avec le bleu marine. Tu penses que les tournesols iraient avec ça ?

J'ai levé un doigt, puis je me suis dirigé vers les vitrines réfrigérées à l'avant. J'ai cherché ce que je voulais, attrapant un tournesol jaune vif et une poignée de roses bleu marine. Je les ai arrangés avec les roses un peu en dessous du tournesol, le laissant briller et attirer toute l'attention.

J'ai rapporté le petit bouquet à Natalie et Omar, le tendant à Natalie pour qu'elle le voie.

— Oh, wow, a-t-elle soufflé.

Je n'ai pas pu retenir mon sourire. J'adorais ce que je faisais, mais ce moment précis, ce soupir de perfection, c'est ça qui me faisait vibrer. Je n'étais pas toujours là pour le voir. D'habitude, quelqu'un achetait des fleurs et les ramenait chez lui, mais quand je pouvais voir la joie sur le visage d'un client et savoir qu'il avait compris, qu'il comprenait vraiment ce que les fleurs pouvaient dire, ça illuminait ma journée.

— Donc simple mais pas une seule fleur ? a demandé Omar avec un grand sourire.

Natalie a gloussé. — D'accord. Je ne suis pas quelqu'un de simple. Mais tu m'aimes quand même.

— Plus que tout au monde. La sincérité dans son ton et dans son regard m'a frappé de plein fouet.

Avais-je déjà ressenti ça pour Reegan ? Je n'avais même pas besoin de me poser la question. Je savais que non. Au début, elle m'avait attiré parce qu'elle était vibrante et amusante, et que l'alchimie entre nous était électrique, mais avec le temps, nous étions juste devenus à l'aise. L'étincelle qui nous avait réunis s'était évanouie, et au lieu de nous séparer, nous nous étions accrochés. Nous avions fait des projets d'avenir parce que nous étions tellement imbriqués dans la vie de l'autre que nous ne pouvions pas envisager un futur qui ne nous incluait pas.

Mais je ne l'avais jamais aimée comme Omar aimait Natalie. Je n'avais jamais regardé Reegan en sachant que je ferais n'importe quoi pour la rendre heureuse. Vers la fin, je passais plus de temps à essayer de ne pas la mettre en colère qu'à essayer de la rendre heureuse.

Ce n'était pas comme ça que je voulais que ma prochaine relation soit. Ou n'importe quelle relation, d'ailleurs.

Je me suis éclairci la gorge et me suis forcé à sourire. — Qu'est-ce qui fonctionnerait alors ? Si une seule fleur ne suffit pas, on peut faire quelque chose comme ce que tu tiens, avec un tournesol au milieu des roses bleu marine, ou une autre fleur foncée. On peut ajouter du blanc si tu veux pour équilibrer les couleurs. On peut essayer trois tournesols au lieu d'un et voir si ça te plaît. C'était juste pour te montrer les couleurs ensemble. Tu aimes ?

— J'adore, a dit Natalie. — Merci. Et... je n'ai aucune idée de ce que je veux. Je peux voir quelques options ? C'est possible ?

— Bien sûr, lui ai-je répondu en me levant de ma chaise et en retournant vers les vitrines. Natalie m'a suivi, avec Omar et Casey sur nos talons.

J'ai ouvert la vitrine d'un grand geste et j'ai attrapé des fleurs, choisissant du blanc et du bleu marine ainsi que quelques autres qui pourraient convenir si elle voulait plus de variété.

Natalie a rejeté les idées d'ajouter d'autres couleurs, et nous avons composé le bouquet parfait pour elle et sa demoi-selle d'honneur. Daisy aurait le bouquet simple que j'avais fait au début, avec un seul tournesol et un arrangement de roses bleu marine. Natalie aurait la même chose, mais avec trois tournesols et quelques petites roses blanches ajoutées pour donner de la profondeur. Les deux bouquets étaient magnifiques.

Elle a opté pour des tournesols uniques pour les boutonnières des hommes avant que nous passions aux fleurs pour les tables.

— Vous pouvez aussi prendre des fleurs en soie pour économiser de l'argent, ai-je suggéré. — Avec le nombre de tables que vous allez avoir, ça pourrait vite devenir cher.

— Voyons ce que ça coûte avant de penser à d'autres options.

J'ai hoché la tête. — Ça marche. Je suggérerais soit quelque chose de très bas, soit quelque chose de très haut pour favoriser la conversation. Si vous optez pour quelque chose de bas, vous pourriez faire des plantes en pot, que les gens pourront emporter chez eux après. Si vous optez pour quelque chose de haut, il faudra réfléchir à l'élaboration que vous voulez, mais quelque chose de simple pourrait être des tournesols uniques dans un vase étroit, pour ne pas bloquer le champ de vision ou la conversation, mais qui restent jolis.

La brusque inspiration de Casey m'a fait me tourner vers elle. Elle écrivait quelque chose dans son carnet et ne me regardait pas.

— Et si on faisait un peu des deux ? a suggéré Natalie.

Omar et moi avons ri.

Il l'a embrassée sur la tempe et a dit : — Décidément, rien n'est simple avec toi.

— Oh, Landon a l'habitude de moi. D'ailleurs, j'ai l'impression qu'Andre prend les décisions avant de venir pour que tu n'aies pas à subir toutes mes folies, a dit Natalie.

J'ai secoué la tête. — Je ne sais rien.

Casey a reniflé. Omar a ri. Les joues de Natalie sont devenues rouges.

— Tu n'es pas un problème, je te le promets. Et j'adore ce que je fais. Je ne pourrais pas imaginer un métier qui ne me permettrait pas de me salir tout le temps.

Casey s'est étranglée. Ses joues sont devenues rouge

pivoine. Je lui ai fait un clin d'œil, et elles ont foncé encore plus.

— C'est important d'aimer ce que l'on fait, a dit Natalie.
— Je n'aurais jamais imaginé que je dirigerais une colonie de vacances et que je travaillerais dans un programme périscolaire, mais je ne pourrais imaginer rien d'autre maintenant.

— La vie nous donne ce dont nous avons besoin, même si parfois ça ne nous plaît pas.

— Très vrai. Natalie a levé les yeux vers Omar, leurs regards brillant de quelque chose qui m'a rendu jaloux.

J'ai détourné le regard et je me suis concentré sur les options pour les centres de table.

— On en est à combien pour le tout si on fait moitié-moitié pour les centres de table ? a demandé Omar.

Je suis retourné à la table où nous avions commencé la réunion et j'ai entré tout ce dont nous avions parlé. Je lui ai donné un chiffre qui a fait sortir les yeux de la tête à Casey.

Omar a hoché la tête. — Ça marche. Et tu peux avoir tout de prêt pour le mariage ?

— Absolument, lui ai-je dit. — Ça ne posera aucun problème. Je peux tout livrer au Retreat ce matin-là, tout installer pour que vous n'ayez pas à vous en soucier, et je vous apporterai les boutonnières et les bouquets si vous voulez.

— Ce serait parfait. Merci beaucoup, s'est exclamée Natalie.

— Bien sûr. Je suis heureux de le faire. Si vous pensez à autre chose, dites-le-moi, d'accord ?

Ils ont hoché la tête, des étoiles dans les yeux, absorbés l'un par l'autre. Plus que quatre semaines avant le mariage et ils étaient prêts. Je pouvais le voir. J'avais vu plus d'un couple venir avant leur mariage, et certains avaient ce regard amoureux, tandis que d'autres avaient l'air stressés et agacés. Je préférais ceux qui étaient heureux.

— Qu'est-ce que tu attends d'autre de nous ? a demandé Natalie à Casey.

Casey a souri et secoué la tête. — Rien. Je ne fais que suivre et tout mettre au point. Avant que je ne publie quoi que ce soit, vous lirez tout tous les deux, d'accord ?

— On te fait confiance, a dit Natalie en serrant Casey dans ses bras.

— Quand même. Après tout ce que vous avez traversé, je veux m'assurer que vous voyiez tout. Je vous l'enverrai demain au plus tard.

— Merci, Casey. Ça nous touche beaucoup. Omar l'a serrée dans ses bras aussi.

J'ai eu l'impression de rater quelque chose. Je n'avais pas droit à un câlin de Casey. Mais ce n'était pas comme si je pouvais lui en demander un. Ce serait bizarre.

— Tu ne sors pas avec nous ? a demandé Natalie quand elle s'est tournée vers la porte et que Casey n'a pas suivi.

Casey m'a regardé une demi-seconde, puis a secoué la tête. — J'allais choisir quelques fleurs à ramener à la maison. Quelque chose pour égayer mon intérieur.

— Oh, super. Nous devons y aller, si ça ne te dérange pas.

— Oui, bien sûr. Ne vous sentez pas retenus. Je vous recontacterai bientôt.

Natalie a de nouveau serré Casey dans ses bras, puis a suivi Omar à l'extérieur.

Casey les a regardés partir, les dents plantées dans sa lèvre inférieure.

S'inquiétait-elle à mon sujet ? D'être seule avec moi ? Elle n'en avait pas l'air, mais pourquoi était-elle…

— Je veux que tu m'apprennes à flirter, a lâché Casey sans me regarder.

— Tu… Quoi ?

Elle a inspiré et expiré lentement, puis m'a fait face. Ses yeux bruns étaient écarquillés de peur ou d'excitation, peut-être des deux. Ses joues étaient empourprées. Sa poitrine se soulevait au rythme de sa respiration rapide. — Flirter. Tu es très doué pour ça. Et j'ai l'impression que je ne saurais pas quoi dire à un homme, même si ma vie en dépendait. J'ai besoin de leçons ou quelque chose comme ça. Je ne veux pas dépasser les bornes avec toi ou quoi que ce soit, mais j'espérais que tu pourrais m'aider... Oh, mon Dieu, à quoi je pensais.

Elle s'est dirigée vers l'avant du magasin, s'enfuyant presque de moi.

Tout ce que je pouvais penser, c'était *arrête-la !*

— Attends ! ai-je appelé.

— S'il te plaît, oublie ce que j'ai dit. Je ne sais pas...

— Je vais le faire !

Ça l'a arrêtée net. Son sac à main a oscillé, manquant de peu un grand présentoir près de l'entrée de la boutique. Elle s'est retournée lentement, comme si elle risquait de m'effrayer en se tournant trop vite. — Quoi ?

— Je vais le faire. Je vais t'apprendre à flirter.

— Tu vas le faire ? Pourquoi ?

J'ai haussé les épaules. — Parce que tu l'as demandé.

— Comme ça. Tu vas m'apprendre à flirter.

— Bien sûr. J'aime flirter. Et il n'y a certainement rien de répréhensible à passer du temps avec une belle femme.

— Eh bien, je ne suis pas sûre que ta petite amie serait d'accord.

Mes sourcils se sont haussés. — Euh, je n'ai pas de petite amie.

— Reegan. Je veux dire Reegan. Je sais que vous avez rompu, mais tout le monde sait...

— Rien, l'ai-je interrompue. — Tout le monde ne sait rien du tout. Reegan et moi, c'est fini. Nous n'allons pas nous remettre ensemble. J'espère qu'elle trouvera le bonheur, mais ce ne sera pas avec moi. Nous ne sommes pas faits l'un pour l'autre, et nous le savons tous les deux. C'est pour ça que c'est terminé.

Casey a fait un pas prudent vers moi. — Tu as l'air plutôt sûr de toi.

J'ai laissé échapper un rire. — C'est parce que je le suis. Non pas que tu aies demandé, mais quand ça s'est terminé, j'étais en colère, mais elle et moi avons parlé. Nous savons que c'est fini. C'est tout le reste de la ville qui a du mal avec cette idée. C'est pourquoi…

— C'est pourquoi quoi ? a-t-elle demandé comme je ne continuais pas.

Pouvais-je le faire ? Pouvais-je vraiment dire ce que j'avais sur le bout de la langue ?

Et merde.

— Je vais t'apprendre à flirter. À peu près tout ce que tu veux savoir. Mais j'ai besoin d'une faveur de ta part.

Elle a dégluti. — Quelle sorte de faveur ?

— Je suppose que tu vas au mariage.

Ses sourcils se sont froncés avant que ses yeux ne s'écarquillent. — Au mariage de Natalie et Omar ?

— Oui. Et je suppose que tu y vas seule, puisque tu demandes des leçons de flirt.

— C'est le cas.

— Alors, en guise de paiement, je veux que tu y ailles en tant que ma cavalière.

— Quoi ? Pourquoi ? Non. Reegan…

— N'est plus dans le tableau. Mais elle sera là. Et si j'y vais seul, tout le monde essaiera de nous remettre ensemble toute la soirée. Je ne peux pas supporter ça. Sortir avec quelqu'un dans cette ville est déjà assez difficile, mais le faire quand tout le monde pense que je devrais encore être avec mon ex est à la limite du pénible. Je dois faire comprendre à tout le monde en ville que je ne suis pas avec Reegan.

— Et tu penses que venir avec moi va faire taire les gens ?

J'ai souri. — Je te garantis que non. Ça les fera parler encore plus. Mais ils ne parleront pas du fait que je me remets avec Reegan.

Casey a réfléchi à mon offre. Ses yeux se sont plissés, puis elle a hoché la tête, presque pour elle-même. Elle a fait un pas de plus et a tendu la main. — Marché conclu.

J'ai souri et je me suis approché. J'ai saisi sa main dans la mienne, la serrant entre mes deux mains. J'ai regardé ses yeux s'écarquiller. Elle a essayé de retirer sa main, mais je l'ai tenue fermement. — Nous avons un accord, Casey.

Elle a pris une inspiration, son pouls battant sous mes doigts.

Ça allait être tellement amusant.

6

CASEY

J'avais dû perdre la tête. C'était obligé. Lui faire une proposition pareille ? Pour qu'il m'apprenne à flirter ? Qu'est-ce qui n'allait pas chez moi ?

Trop tard, maintenant. Il avait accepté. Et en échange, j'allais faire quoi ? Rendre Reegan jalouse ? Ce n'était pas ce qu'il avait dit, mais était-ce là son plan ? Tout le monde savait qu'ils allaient se remettre ensemble. C'était aussi inévitable que le fait que je ne me remarierais jamais.

C'est pour ça que j'avais accepté. Je savais qu'un homme amoureux d'une autre était sans danger. Il ne serait pas une menace pour mon cœur. Et s'il se servait de moi pour reconquérir la femme qu'il aimait... Eh bien, je ne voulais pas finir avec Landon, alors ça allait. Tout allait bien.

J'étais à mi-chemin de la maison quand j'ai réalisé que j'avais oublié d'acheter des fleurs. Encore. Heureusement que je n'allais pas tomber amoureuse de Landon Boyd, parce qu'il avait le don de me brouiller l'esprit sans même essayer.

J'ai passé le reste de ma journée avec Mikayla, à l'aider à faire ses devoirs. Nous avons cuisiné le dîner ensemble et regardé un film sur le canapé avant qu'elle ne reçoive un appel d'Amber et ne se précipite dans sa chambre pour parler de trucs de préados.

Après avoir nettoyé la cuisine, j'ai vérifié mon téléphone pour voir si j'avais manqué quelque chose. J'avais un message de À la Recherche du Héros Littéraire Parfait et j'ai cliqué dessus pour voir une nouvelle compatibilité.

Son profil n'avait que quelques jours. Il mentionnait le ski et la pêche comme ses deux passe-temps favoris. Pas d'enfants, pas d'ex-femme. Et aucun sens de la grammaire.

Il avait l'air drôle, mais son mépris total pour l'écriture des mots en entier et pour la grammaire me faisait grincer des dents. Rationnel ? Peut-être pas. Mais j'étais écrivaine. J'avais beaucoup de mal à accepter que les gens ne soient même pas prêts à essayer. Tout le monde n'était pas aussi pointilleux que moi, mais je n'arrivais même pas à lire plus loin que ses premières réponses sans être agacée.

J'ai fermé l'application et décidé que je m'occuperais de ça plus tard. Je me suis versé un verre de vin et j'ai pris mes notes de la réunion avec Natalie et Omar pour rassembler mes esprits.

Quatre heures plus tard, la chambre de Mikayla était silencieuse, et je m'endormais sur le canapé. Mon article était presque fini, alors j'ai rangé mes affaires et je suis allée me coucher.

Pour me rappeler que j'avais le club de lecture le lendemain soir. Mince.

Il fallait que je trouve une excuse pour y échapper. Non pas que je n'appréciais pas Melody et son groupe d'amies, mais je ne me sentais pas à ma place là-bas. La mère célibataire qui devait dépendre des autres pour vivre sa vie. La femme sans rendez-vous galants et sans espoir d'en avoir dans un avenir proche.

À moins que je ne compte mon faux rendez-vous avec Landon, mais ce n'était pas le cas. Je ne pouvais pas.

Le sommeil m'a fui bien trop longtemps, mais quand il est enfin venu, j'ai rêvé d'un fleuriste sexy au sourire diabolique, qui avait le talent de me donner chaud.

LE DIMANCHE A ÉTÉ UNE COURSE. Je me suis levée tôt et j'ai terminé mon article, puis je l'ai envoyé à Natalie au cas où elle voudrait changer quelque chose. Ensuite, j'ai dû aller faire les courses pour pouvoir préparer les choses pour la semaine. Mikayla m'a aidée à préparer les déjeuners et les dîners pour ne pas craquer et manger dehors les soirs où nous étions très occupées.

Pour que *je* ne craque pas. Elle ne m'aurait pas contredite si je disais que je voulais prendre une pizza ou quelque chose du genre.

Quand j'ai eu fini, Mikayla avait mis ses chaussures et se tenait près de la porte.

— Qu'est-ce que tu fais ?

— Amber a dit que j'allais chez elle un petit moment ce soir parce que tu sors avec Mme Melody, a dit Mikayla. Ses sourcils se sont froncés et la confusion a illuminé ses traits. — Elle s'est trompée ?

Avant que je puisse répondre, mon téléphone a vibré : j'avais reçu un texto.

MELODY

> J'espère que tu ne vas pas te défiler pour ce soir. Ramsey a presque fini le dîner, et Amber est tellement excitée d'avoir Mikayla à la maison un soir d'école. Je te promets qu'on ne restera pas trop tard. Tout le monde a des choses à faire demain matin.

J'ai ravalé un grognement et tapé une réponse rapide.

On se préparait justement. On arrive bientôt.

J'ai levé les yeux vers ma fille et j'ai hoché la tête. — Laisse-moi changer de haut et on y va.

— Super ! Merci, maman. Tu es la meilleure.

J'ai souri et j'ai embrassé le sommet de sa tête alors qu'elle me serrait dans ses bras. Les petites victoires.

Tout le monde s'habillait de façon assez décontractée pour le club de lecture, mais je ne voulais pas arriver avec un t-shirt taché et un pantalon de survêtement, alors j'ai cherché quelque chose qui me fasse me sentir moins comme une maman débraillée et plus comme moi. Oh, et il me fallait un soutien-gorge.

Dix minutes plus tard, vêtue d'un pantalon de yoga et d'un t-shirt ample, je me suis garée dans l'allée de Melody et Ramsey. Amber est sortie en courant pour rejoindre Mikayla avant qu'elles ne se précipitent toutes les deux dans la maison et ne disparaissent. Melody est sortie avant que je n'atteigne la porte.

— Allons-y.

Elle a prononcé ces mots comme si elle s'enfuyait, et tous mes instincts se sont mis en alerte. — Qu'est-ce qui ne va pas ?

Elle a eu un petit rire. — Rien. Je te le promets. C'est juste qu'Amber m'a collé aux basques toute la journée. Elle entre dans une phase pot de colle, je suppose, et je veux m'échapper avant qu'elle ne s'accroche à nouveau à moi.

— Oh, ai-je dit, me sentant un peu jalouse. Mikayla n'était clairement pas dans la même phase.

Quand nous sommes montées en voiture, Melody a soupiré. — Amber a eu ses toutes premières règles hier.

— Vraiment ? Waouh. Comment l'a-t-elle pris ?

Melody a gloussé. — Elle allait bien. Elle a dit qu'elle savait tout ce qu'il y avait à savoir entre ce dont je lui avais parlé, l'école et ce qu'elle avait vu en ligne. Mais ça a quand même été un choc et un petit moment particulier pour elle. Est-ce que Mikayla les a déjà ?

J'ai hoché la tête. — L'année dernière.

— Amber a dit que beaucoup de filles les avaient déjà eues. Ça l'angoissait depuis un moment. Pour te dire la vérité, je commençais à m'inquiéter aussi. J'entrais en CM2 quand j'ai eu les miennes. Qu'elle commence la sixième sans les avoir encore, je me demandais s'il n'y avait pas autre chose qui se passait.

— Je crois qu'il y a plus de filles qui ne les ont pas encore eues que ce qu'elles admettent. Tu sais comment sont les enfants. Ils veulent tous s'intégrer. Ce n'est pas comme s'ils étaient ensemble dans les cabines des toilettes. C'est facile à cacher, une chose pareille.

— C'est vrai. Je suis juste heureuse qu'elle aille bien. On entend des histoires de filles qui n'ont jamais eu leurs règles, et il s'agissait d'un problème médical majeur que personne n'avait décelé avant qu'elles soient beaucoup plus âgées. Un petit soulagement pour cette maman stressée.

J'ai ri avec elle en me garant à quelques places de la devanture de Petits ami du Livre Illimité. — Je n'ose imaginer. On a déjà assez de choses qui nous stressent. On n'a pas besoin de t'ajouter ça en plus.

— Exactement. Melody est sortie de mon véhicule utilitaire sport et m'a attendue sur le trottoir. — Comment ça se passe au travail ?

J'ai grogné.

Elle a ri. — À ce point ?

J'ai soupiré. — Gretchen veut que je déterre des saletés sur Natalie et Omar. Natalie m'a donné la permission de révéler qu'elle était la femme sur la photo de l'année dernière, mais je ne veux pas les démolir. Ce sont des gens bien, et c'est une ville bien. Je n'aime pas du tout que Gretchen veuille leur peau.

Elle la veut toujours, non ? Tu as dit que c'était sa réputation.

— La réputation de qui ? a demandé Finley MacKellar en déverrouillant la porte pour nous laisser entrer. Finley était la propriétaire de Petits ami du Livre Illimité et avait épousé Trent MacKellar, l'homme dont la famille avait fondé la ville que nous considérions toutes comme notre foyer.

— Celle de ma rédactrice en chef, lui ai-je répondu. — Elle veut des saletés sur Natalie et Omar.

— Natalie est déjà là, a chuchoté Finley, en refermant la porte à clé derrière nous.

— Elle est au courant. Je lui en ai parlé. Je ne cherche pas à détruire quelqu'un qui ne le mérite pas, ai-je dit.

Les sourcils de Finley se sont levés d'un coup. — Qui décide si c'est mérité ou non ?

— Je vois ce que tu veux dire. En tant que journaliste, la liberté d'expression est importante pour moi, mais dire la vérité l'est tout autant. Quand l'ancien maire Levine essayait de saper la réputation d'Omar, je voulais que la vérité soit révélée. Le fait que ça ait ruiné ses chances d'être réélu était de sa propre faute. Il essayait de ruiner la réputation d'Omar avec des demi-vérités et des mensonges éhontés. C'est sur ça que je vais écrire. Je ne m'en suis pas prise à lui par vengeance. Je m'en suis prise à celui qui déformait les faits pour faire tomber quelqu'un qui n'avait rien fait de mal. Ça a mené à quelqu'un qui se cachait derrière le journaliste à qui il donnait les informations. Ce n'est pas pour ça que j'ai signé quand j'ai décidé de devenir journaliste. Tout comme nous n'avons pas à révéler nos sources, nous ne devrions pas non plus publier des choses sans en vérifier la véracité. Mon ancien collègue ne l'a pas fait.

— Non, il ne l'a pas fait. Et il a fini par perdre son emploi pour ça, a dit Natalie du centre du groupe qui s'était déjà formé. — Grâce à ta volonté de publier la vérité pure et simple.

— Il y a eu de nombreuses fois où des gens ont publié des choses sur Trent et sa famille qui n'étaient tout simplement pas vraies. La frontière est mince, d'après son expérience, et maintenant la mienne. J'ai du mal avec beaucoup de choses à ce sujet, a dit Finley en reprenant sa place.

— Serais-tu plus à l'aise si je n'étais pas là ? lui ai-je demandé. Si elle s'inquiétait que je rapporte quoi que ce soit que j'entendrais, elle ne serait pas à l'aise dans sa propre boutique. Ce n'était pas juste.

— Non, s'est empressée de dire Finley. — Je sais que tu ne vas tromper aucune d'entre nous. Ça n'a jamais été quelque chose qui m'a inquiétée.

— D'accord. Merci. Ça signifiait plus pour moi qu'elle ne l'imaginait. Ça m'a donné l'assurance de m'asseoir dans le cercle installé au fond de la librairie spécialisée dans la romance. Finley a dit qu'elle avait toujours voulu lire des romans d'amour et qu'elle n'en trouvait pas beaucoup en ville, alors elle a ouvert sa propre boutique pour satisfaire les autres qui ressentaient la même chose.

— Casey est du bon côté, a dit Natalie. Si Omar avait quelque chose à se reprocher, elle le révélerait. Elle ne va pas retenir ses coups, mais elle ne va pas non plus déterrer des choses qui n'ont pas besoin de l'être. Contrairement à sa patronne.

— C'est ce que Casey disait quand elles sont entrées. Elle cherche toujours le sang, a annoncé Finley au groupe.

— C'est le milieu de la presse, ai-je dit en soupirant. C'est la partie du boulot qui vous fait avancer quand vous travaillez dans une grande ville. Le premier à décrocher un scoop. Le premier à découvrir que quelqu'un trompe son partenaire. Le premier à exposer un scandale. Je pense qu'il est important de rapporter ce qui se passe réellement et d'exposer les gens qui ne font pas ce qu'ils devraient faire, mais est-ce que ça regarde qui que ce soit de savoir si c'est l'ex-femme d'Omar qui a mis fin au mariage ou si c'est lui ?

— Elle veut savoir ça ? a soufflé Natalie.

J'ai hoché la tête. — Elle m'a posé la question quand nous avons parlé la première fois. Avant que je vienne te voir. Je ne vois pas le rapport avec quoi que ce soit, et je le lui ai dit.

— Elle veut vraiment foutre la merde, a dit Finley. Je n'aime pas ça. Ça me donne l'impression que les gens n'ont pas droit à une vie privée et personnelle. Si Trent avait une liaison, je serais anéantie. Je ne voudrais pas lire ça dans le journal. Ce n'est pas parce qu'il est propriétaire d'une entreprise que tout le monde devrait avoir accès à chaque minute de nos vies.

— Je suis d'accord, lui ai-je dit. Je voulais écrire sur le mariage de Natalie et Omar parce que je pense que c'est une super histoire. Un article qui fait du bien. Le maire de la ville se marie. Dans un endroit comme L'anse MacKellar, nous n'avons pas beaucoup de scandales ou d'actualités majeures, ce qui me plaît, et un sujet d'intérêt personnel, c'est ce que les gens veulent lire. Gretchen ne comprend pas vraiment.

— Gretchen ? Oh, je crois que je vois qui c'est, a dit Blake, les yeux écarquillés. La cinquantaine, blanche. Un carré brun sans aucun cheveu gris. Des lunettes à monture transparente, des sourcils parfaitement arqués, du rouge à lèvres rouge, et toujours habillée comme si elle était prête pour une réunion d'affaires ?

J'ai hoché la tête. — Ça lui ressemble.

— Elle vient au Cracked toutes les semaines. Elle s'assoit dans mon rang la plupart du temps. J'ai essayé de me présenter et de faire sa connaissance, mais je n'ai jamais réussi à dépasser son prénom. Je ne crois pas qu'elle m'apprécie, a dit Blake avec une grimace.

— Elle n'apprécie personne, lui ai-je répondu. Elle est douée dans son travail, mais je pense qu'elle considère sa venue ici comme une punition. Au début, avec tout ce qui se passait autour d'Omar et de Levine et avec Erik qui publiait des articles sans vérifier les faits, je pense qu'elle a cru que ce serait une mission intéressante, mais elle s'ennuie.

— Elle a besoin de se faire sauter, a dit Elise. Connue pour ne pas avoir sa langue dans sa poche, Elise disait toujours que les gens avaient besoin de se faire sauter.

Je ne pouvais pas vraiment la contredire sur ce point, cela dit. Gretchen ne parlait à personne, alors je supposais qu'elle n'avait pas fait l'amour depuis encore plus longtemps que moi. Ce qui n'était pas peu dire.

— Ooh, Casey, tu devrais lui dire qu'Omar et moi, on a eu un match sur À la Recherche du Héros Littéraire Parfait. Qu'on ne s'appréciait pas, mais qu'on a matché. Je me suis sauvée en courant, loin de lui, a avoué Natalie.

— Non, c'est pas vrai, ai-je haleté.

Natalie a hoché la tête et a regardé Daisy, sa meilleure amie.

— Si, c'est vrai. Nous sommes venues ici pour le club de lecture le lendemain soir. C'est là qu'elle a réalisé qu'il lui avait envoyé un message... combien de fois ? a demandé Daisy avec un sourire narquois qui indiquait qu'elle connaissait la réponse.

— Treize fois, a dit Natalie avec une grimace. J'ai paniqué, d'accord. C'était en quelque sorte mon patron, et je savais qu'il ne m'aimait pas, et quand j'ai vu que c'était avec lui que j'avais matché, je me suis juste enfuie.

— Qu'est-ce qu'il a dit ? ai-je demandé, sachant que j'étais la seule à ne pas connaître l'histoire.

— Eh bien, avant qu'on se rencontre, je lui avais fait

promettre qu'il ne partirait pas dès que j'arriverais. Puis c'est moi qui l'ai fait, et il me l'a reproché.

— Waouh. Écoutez, rien de tout cela n'est officiel, mais ça ferait une super histoire sur la façon dont vous vous êtes rencontrés. Ce serait bien de l'associer à l'article où l'on révèle que tu es la femme sur la photo.

Le hoquet de surprise collectif dans la pièce a montré que personne d'autre ne savait que Natalie m'avait dit de publier ça dans un article.

— C'est moi qui lui en ai parlé, s'est défendue Natalie. Omar en a marre que les gens lui demandent si je suis jalouse de la femme sur la photo et si cette femme va revenir nous causer des problèmes. J'ai dit à Casey de faire un article là-dessus.

— Tu es sûre de ça ? a demandé Finley.

— Je fais confiance à Casey. Et si nous racontons toute l'histoire, avec le match et tout ça, peut-être que ça aidera d'autres personnes qui hésitent à s'inscrire sur À la Recherche du Héros Littéraire Parfait. Comme Gretchen. Non pas que je voudrais vraiment rencontrer quelqu'un de là-bas juste pour le sexe, mais peut-être que ça mènera à plus pour elle, comme ça a été le cas pour nous toutes... presque toutes. Natalie m'a adressé un sourire compatissant.

— Je trouve que c'est une super application pour rencontrer des gens pour le sexe, a dit Elise. Je le faisais tout le temps avant que Colin et moi nous mettions ensemble. Bon sang, c'est comme ça que Colin et moi nous sommes mis ensemble.

— Quoi ? a demandé Daisy. Tu plaisantes ?

Elise a ricané. — Non. Pas le moins du monde. Je faisais tout le temps enrager Karissa et Hudson.

— Pourquoi ? a demandé Daisy, jetant un coup d'œil à Karissa, qui était restée silencieuse jusqu'à présent.

— Parce que je voulais que mon application soit utilisée

pour créer des liens. Pour trouver la personne avec qui on est censé être. Pas pour des coups d'un soir. Il y a assez d'applications pour ça, a dit Karissa.

— Et Hudson était furieux parce que je rencontrais toujours des gens au O'Kelley's. Je savais qu'il s'assurerait que j'étais en sécurité quand j'y étais. Et il saurait avec qui j'étais partie si je n'y étais plus, a expliqué Elise.

— C'est malin, lui ai-je dit.

— Merci ! s'est exclamée Elise. Enfin, quelqu'un qui comprend. Tu es célibataire. Est-ce que tu t'éclates avec l'application ? Attends, tu es sur À la Recherche du Héros Littéraire Parfait ?

— J'y suis, mais pour ce qui est de m'éclater... pas vraiment, ai-je avoué.

— Pourquoi pas ? Si j'étais encore célibataire, je coucherais avec autant d'hommes que possible, a dit Elise.

— Pareil, a approuvé Willow.

— Je ne pense pas que je le ferais, a objecté Natalie. Je n'ai jamais eu l'impression de pouvoir me détendre et apprécier le sexe occasionnel.

— Si tu cherches quelque chose de sérieux, alors oui, ce n'est pas facile d'en profiter. Je n'ai jamais cherché ça. Je n'avais aucune intention de m'engager à nouveau dans une relation sérieuse, a dit Elise avec un frisson.

— Mais ensuite, Colin t'a fait chavirer, a dit Blake avec un grand sourire.

Elise a ricané. — C'est plutôt qu'il a attendu patiemment que je sorte la tête de mon cul et que je réalise à quel point il est incroyable.

— C'est ce dont tu avais besoin pour chavirer, a dit Blake.

Elise a plissé le nez. — C'est vrai. J'étais têtue.

— Tu étais blessée. Émotionnellement, a dit Chelsea, la cousine d'Elise. Tu ne savais plus comment faire confiance à un homme après ce qui s'était passé.

— Non, c'est vrai. Je pouvais les retourner dans tous les sens au lit, mais s'ils pensaient ne serait-ce qu'à quelque chose de sérieux, je partais en hurlant. Jusqu'à Colin. Elise s'est interrompue avec un sourire rêveur qui m'a serré le cœur.

Est-ce que je voulais ça ? Une partie de moi disait que oui, mais je n'en étais pas sûre. Kyle était un mari plus que médiocre, et le sexe était la seule chose qui me manquait dans le mariage.

— Étant celle qui n'a connu qu'un seul homme dans toute sa vie, a commencé Melody, je n'ai pas de point de comparaison, mais le sexe s'est définitivement amélioré avec le temps.

— Je suis d'accord avec ça, a dit Blake. Le sexe avec Ian était meilleur qu'avec William dès le premier jour, mais au fil des ans, ça n'a fait que s'améliorer. Nous avons une connexion plus forte. Ce n'est pas juste du sexe pour le sexe. Il y a des jours où je suis épuisée et j'ai l'impression de pouvoir à peine garder la tête droite, mais il est là pour moi, pour me masser les pieds et s'occuper des choses à la maison pour alléger mon fardeau, et quand on se retrouve enfin au lit, ce partenariat continue. Tout est meilleur.

Les autres dans la pièce ont hoché la tête, ajoutant leurs propres histoires à la conversation.

Je me suis assise en retrait et j'ai écouté, sentant que je n'avais rien à apporter. Non seulement parce que j'étais célibataire, mais parce que le sexe avec Kyle était bon, mais c'était du sexe pour le sexe. C'était le seul lien que nous partagions au fil du temps. Nous nous sommes mariés à cause du sexe. Nous sommes restés ensemble aussi longtemps à cause du sexe.

Et en fin de compte, nous savions tous les deux que nous ne pouvions pas survivre dans un mariage qui ne tournait qu'autour du sexe.

J'aimais le sexe, mais le sexe était un acte. C'était une

connexion momentanée. Ce n'était pas quelque chose qui me donnait envie de passer le reste de ma vie avec quelqu'un. Peu importe combien de femmes dans le groupe disaient que ça les rapprochait de leurs partenaires.

Je voulais juste un orgasme ou deux. Je pouvais obtenir ça de n'importe qui. Je n'avais pas besoin de plus d'une nuit.

7

Landon m'a envoyé un texto lundi matin, à la première heure. J'étais en train de préparer le déjeuner de Mikayla, en plein dans mon rôle de maman, et je rougissais comme une enfant.

LANDON

Bonjour, ma belle. J'ai hâte de te voir. Ça tient toujours pour le déjeuner ? J'ai rêvé de toi et de tes yeux bruns insondables.

Une bouffée de chaleur m'a envahie. J'ai eu des frissons partout. Puis je me suis souvenue pourquoi on se voyait.

Il me donnait des leçons de drague. L'homme qui me draguait, là, maintenant. Les leçons avaient-elles déjà commencé ? Me draguait-il parce qu'il ne pouvait pas s'en empêcher ou parce que ça faisait partie de son enseignement pour m'apprendre à le faire ?

Ça n'avait pas d'importance. On n'allait pas être plus que ce qu'on était. Une élève et son professeur. Des amis, en quelque sorte. De faux rendez-vous galants pour le plus grand scoop de ma carrière.

Tout ça faisait partie du plan. Je lui avais demandé de me donner des leçons parce que cet homme pouvait draguer avec une facilité déconcertante. Alors que moi, j'étais toute émoustillée à la moindre attention d'un homme séduisant.

Ce n'était pas comme ça que j'allais réussir à coucher avec quelqu'un.

J'ai épousseté les miettes de pain sur mes mains et j'ai fait appel à la séductrice qui sommeillait en moi. Elle était effondrée dans un coin, peut-être morte d'ennui. Je n'avais encore jamais fait appel à elle, alors il m'a fallu une minute pour trouver quoi répondre.

> Ça tient toujours pour le déjeuner. J'ai hâte de m'imprégner de tout ton savoir.

Est-ce que c'était de la drague ? C'était bien pour ça que j'avais besoin de leçons. Je n'avais aucune idée de ce que je faisais.

> Tu vas devoir les repousser à coups de bâton... encore plus que tu ne le fais déjà, ma belle.

— Maman, a dit Mikayla, interrompant la conversation que je ne contribuais que très peu à faire avancer.

— Quoi ? Oui ? Hein ? Tu as besoin de quelque chose ? J'ai fourré mon téléphone dans ma poche et j'ai essayé d'apaiser la chaleur qui me montait aux joues.

— J'ai demandé si mon petit-déjeuner était prêt.

— Oh, euh, oui. Je me suis retournée et j'ai attrapé le lait dans le frigo, lui en versant un verre avant de le poser sur la table avec le bagel qu'elle voulait. Ce n'était pas le meilleur petit-déjeuner du monde, mais le matin n'était pas notre point fort. Ni le mien, ni le sien. On avait de la chance si on arrivait à sortir sans se disputer tous les jours, et je n'allais pas lancer de nouvelles batailles pour un petit-déjeuner sain.

Mikayla s'est assise et a pris une bouchée de son bagel, mâchant les yeux mi-clos. Je suis retournée à la préparation de son déjeuner, ignorant l'envie de répondre au texto de Landon. Il pouvait attendre quelques minutes. Je pouvais attendre quelques minutes.

Mikayla a fini son bagel sans un mot de plus, puis elle a attrapé son déjeuner et l'a glissé dans son sac à dos. Elle a enfilé ses baskets et a jeté son sac sur son épaule. — Salut, Maman.

— Attends, lui ai-je dit en tendant les bras pour un câlin.

Elle me l'a accordé pendant quelques secondes, puis elle s'est dégagée et a franchi la porte.

— Passe une bonne journée ! ai-je crié avant que la porte ne claque derrière elle. J'ai attendu quelques secondes, puis je suis allée à la fenêtre pour la regarder monter dans le bus. Quand elle est montée et a souri au chauffeur, j'ai enfin poussé un soupir de soulagement.

C'était une bonne matinée. Pour nous.

J'ai nettoyé la cuisine et fait un tour rapide dans la salle de bain. J'avais une maison à nettoyer avant le déjeuner. J'avais déjà soumis mon premier article sur Natalie et Omar à Gretchen, et j'étais sûre que c'était un bon reportage. Pas de bombes, pas de grandes révélations, juste une belle histoire sur un couple adorable qui voulait partager son amour avec tout le monde.

En d'autres termes, rien du drame que Gretchen voulait. Mais j'espérais qu'il ne serait pas coupé.

La maison que je nettoyais appartenait à un couple avec deux enfants. Ils travaillaient tous les deux à plein temps, donc j'étais généralement seule chez eux. Le calme ne me dérangeait pas, et ça signifiait que je travaillais bien plus que si j'avais eu quelqu'un à qui parler. La plupart des clients étaient heureux de me laisser travailler, mais certains appréciaient la compagnie. N'importe quel autre jour, discuter ne m'aurait pas dérangée, mais j'avais un rendez-vous pour déjeuner.

La maison était rangée comme d'habitude, et j'ai pu avancer pièce par pièce. Le travail était apaisant et rythmé pour moi, me permettant de rêvasser à Landon et à sa nature charmeuse.

Quand j'ai fini de nettoyer la maison, j'étais plus que contente d'aller manger quelque chose et de profiter d'une heure ou deux avec un homme séduisant.

Landon était déjà au Cracked quand je suis arrivée. Il avait suggéré cet endroit populaire pour déjeuner, car cela nous mettrait en vue du plus de monde possible. L'idée ne m'enchantait pas, mais j'en récoltais les fruits sans avoir à faire quelque chose de vraiment embarrassant, comme payer quelqu'un pour m'apprendre à draguer. Ou pire, payer quelqu'un pour du sexe.

Landon s'est levé quand il m'a vue ouvrir la porte. Son sourire a illuminé son visage, et ses yeux se sont plissés aux coins. Il avait l'air sincèrement heureux que je sois là, et il m'était impossible de ne pas lui rendre son sourire.

— Salut, a-t-il dit en tirant ma chaise. Il est resté planer à côté, et je ne savais pas s'il attendait que je m'assoie, que je le serre dans mes bras, ou quoi d'autre.

— Salut, ai-je dit en souriant et en m'asseyant.

Il l'a poussée alors que je m'avançais, puis a laissé sa main s'attarder sur mon épaule avant de la presser doucement.

J'ai senti ce contact dans tout mon corps. Qu'est-ce qui n'allait pas chez moi ?

— Comment s'est passée ta matinée ?

J'ai haussé les épaules. — Ça a été. Ma fille est en sixième, alors après qu'elle a pris le bus, j'ai dû travailler.

— Le collège, c'est dur. Est-ce que le journal t'occupe tous les jours ou y a-t-il un jour plus calme ?

— Euh, je ne sais pas vraiment, en fait. Je ne suis que

pigiste pour le journal, donc j'écris des articles quand le sujet que je propose est quelque chose que la rédactrice en chef est prête à publier.

— Oh. Je ne savais pas que ça fonctionnait comme ça. Tu travaillais sur un article aujourd'hui ?

J'ai pris mon verre d'eau et secoué la tête. J'avais toujours un peu honte de ne pas avoir un seul travail. Ni même deux. — Non, en fait, je nettoyais une maison. C'est mon deuxième travail.

Il a secoué la tête. — Je ne savais pas que tu avais un deuxième travail.

— J'en ai trois, en fait. Je fais aussi de la saisie de données le soir.

— Waouh. J'ai l'impression d'être un tire-au-flanc, à côté. Son sourire était gentil et encourageant, mais j'ai senti mes joues chauffer de gêne.

— Je ne reçois aucune aide financière de mon ex, et la vie est chère ici. Aucun de mes emplois ne me fournit d'assurance maladie, donc j'ai en gros un travail pour couvrir nos frais d'assurance, un pour payer nos dépenses courantes, et un pour essayer de s'amuser un peu parfois.

Il a tendu la main par-dessus la table pour prendre la mienne, la tenant jusqu'à ce que je lève les yeux vers lui. Il m'a souri gentiment. — Tu n'as aucune raison d'avoir honte. Je suis épaté par toi. Tout le monde ne serait pas prêt à trimer comme ça pour joindre les deux bouts. Je t'admire pour ça. J'ai un appartement au-dessus de ma boutique qui était inclus avec le bâtiment, et j'y vis parce que j'avais l'espace disponible. Avant d'acheter l'endroit, avec un prêt gigantesque de la banque, j'avais des colocataires. Et je n'avais qu'à me soucier de moi-même. Pas d'un enfant.

— Tu es gentil.

Il a secoué la tête. — Je suis honnête. Andre habite dans ton immeuble, mais avant ça, il vivait chez ses parents. Beaucoup de gens que je connais ont eu une forme de soutien d'une manière ou d'une autre. Ne sous-estime pas à quel point tu travailles dur pour que ta situation fonctionne.

— Merci, ai-je murmuré.

Il a serré ma main. — Tu as emménagé dans l'appartement il y a un an ?

J'ai hoché la tête. — Oui. Quand mon divorce a été prononcé. On avait une maison, mais sans le revenu de mon mari, je ne pouvais pas me permettre d'y rester. Nous avons vendu la maison et partagé l'argent.

— Je sens qu'il y a un "mais" là-dedans.

J'ai eu un petit rire devant sa perspicacité et j'ai hoché la tête.

— Vous êtes prêts à commander ? a demandé Blake, sans manquer de remarquer que Landon me tenait la main. Ses sourcils se sont haussés, et un sourire s'est dessiné sur ses lèvres, qu'elle a tourné dans ma direction.

J'ai secoué la tête et j'ai retiré ma main.

— Il me faut un café pour commencer. Et je prendrai un sandwich BELT.

— Un quoi ? ai-je lâché. Je n'avais pas regardé le menu et je n'avais aucune idée de ce qu'il commandait.

— C'est un BLT, mais on ajoute des œufs, a expliqué Blake. — Donc c'est un B.E.L.T. Bacon, œuf, laitue, tomate.

— Oh, ça a l'air bon. Je vais prendre la même chose. J'ai souri à Blake.

— Un café pour toi aussi ?

J'ai hoché la tête. — Oui. Et un verre d'eau, s'il te plaît.

— Ça arrive tout de suite. Blake m'a fait un clin d'œil avant de s'éloigner, et j'ai su que j'allais passer sur le gril la prochaine fois que j'irais au club de lecture.

— Vous êtes amies ? a demandé Landon.

J'ai hoché la tête et haussé les épaules en même temps. —

En quelque sorte, je suppose. Melody… Holland, tu connais Melody et Ramsey ?

Landon a hoché la tête.

— Leur fille et ma fille sont meilleures amies, alors Melody essaie de me faire venir au club de lecture.

— Le club de lecture ?

— Melody, Blake et un groupe de femmes du coin se réunissent chez Petits ami du Livre Illimité le dimanche soir.

— Ah, sympa. Un groupe de gars se réunit le jeudi soir. On dirait que ce sont peut-être les moitiés respectives. Ramsey et Ian y sont généralement, ainsi qu'une bande de gars avec qui ils sont amis.

— Tu y vas ?

— Parfois. Pas toutes les semaines. Andre y va plus souvent ces derniers temps, et il m'a entraîné quelques fois. Ce n'est pas toujours facile d'être le seul célibataire, cependant.

— M'en parle pas, ai-je murmuré.

Blake nous a apporté du café et de l'eau, marquant une pause pour essayer de capter un bout de notre conversation avant de soupirer et de s'éloigner.

Landon a eu un petit rire. — J'imagine qu'elle est curieuse. J'ai hoché la tête. — On dirait bien.

— Et tu ne veux pas que les gens se fassent de fausses idées sur nous.

— Ouais. Je veux dire, je sais qu'on va au mariage ensemble, et tu as besoin que les gens sachent que c'est fini entre toi et Reegan, mais…

— Mais tu cherches…

Il a laissé sa phrase en suspens, me laissant l'espace pour répondre à la question non posée. — Du sexe.

Il a éclaté de rire, puis a ricané quand il a vu que je ne riais pas avec lui. — Vraiment ? Une femme aussi magnifique

que toi a besoin de mon aide dans ce domaine ? Je n'y crois pas.

J'ai reniflé. — La dernière fois que j'ai fait l'amour, c'était avec mon mari avant qu'on décide de se séparer.

Il venait de prendre son café et s'est arrêté avec la tasse à mi-chemin de ses lèvres. — Tu as dit que tu étais divorcée depuis un an.

J'ai hoché la tête.

— Et une séparation, ça prend du temps.

— Un an.

— Tu es en train de me dire que ça fait deux ans que tu n'as pas fait l'amour ? a-t-il sifflé.

— Plus longtemps, mais on n'en est pas loin.

— Mais bon sang, qu'est-ce qui cloche avec les mecs de cette ville ? Il a secoué la tête, stupéfait.

— Ils sont comme tous les hommes. Pas intéressés par une mère célibataire divorcée avec quelques kilos en trop.

— Ils ne savent pas ce qu'ils ratent s'ils te jugent sur n'importe laquelle de ces qualités.

— Tu ne me connais pas vraiment, ceci dit. Comment peux-tu dire ça ?

Il s'est penché plus près et a souri. Il était magnétique, et je me suis surprise à me pencher vers lui. — Je te connais assez pour savoir que n'importe quel homme qui apprendra à te connaître davantage sera un chanceux.

J'ai reniflé et secoué la tête en me reculant. Je savais qu'il disait seulement ce qu'il pensait que je voulais entendre. Ce qu'il serait bon pour moi d'entendre. Ça n'avait rien à voir avec la romance ou le désir de me mettre dans son lit. C'était pour m'apprendre à flirter.

— Tu es vraiment doué.

— Pour quoi ? a-t-il demandé, en prenant enfin une gorgée de son café.

— Pour flirter. J'ai laissé échapper un rire. — Tu me fais croire que tu penses tout ce que tu dis. C'est impressionnant.

Il s'est figé, immobile pendant une seconde, puis il a reposé son café. — Je vais te donner la règle la plus importante du flirt. Tu es prête ?

Je me suis penchée vers lui, avide de son savoir.

— Ne jamais mentir.

J'ai blêmi. — Quoi ?

— Ne jamais mentir. D'une part, c'est nul. D'autre part, les gens le voient. Tu crois ce que je te dis parce que c'est la vérité. Je n'invente rien. Tu es magnifique, et je me considère chanceux de passer du temps avec toi, aussi longtemps que tu voudras de moi.

J'ai aspiré une bouffée d'air tandis qu'il se reculait, abasourdie par son aveu. Mais ça devait faire partie du jeu. Reegan n'était pas une femme menue, mais elle était superbe. Elle avait de longs cheveux bruns qui tombaient en magnifiques ondulations jusqu'à sa taille. Elle était originale et sexy et, oui, pulpeuse, mais elle portait ses formes d'une manière que j'avais toujours enviée. Elle avait confiance en son corps et pouvait passer de vêtements décontractés de prof à des tenues de soirée sexy et être tout aussi belle dans les deux.

Quant à moi, j'avais de la chance si j'arrivais à me glisser dans des vêtements chics, sans parler de me sentir en confiance.

— Vos BELT, a dit Blake, en déposant les assiettes devant nous. Toutes deux avaient des frites qui recouvraient le reste de l'assiette et des cure-dents plantés à l'extrémité de chacun des quatre triangles de sandwich. — Je peux vous apporter autre chose ? Plus de café ? Ou de l'eau glacée ?

Landon a gloussé. — Je prendrais bien un peu plus d'eau glacée. Pour me rafraîchir un peu.

Blake lui a adressé un sourire en coin et a hoché la tête. — Je reviens tout de suite.

— Quand ton cerveau aura digéré ce que je viens de te dire, je te confierai le secret suivant.

J'ai relevé vivement la tête. — Qu'est-ce que c'est ?

— Flirter, c'est avant tout parler à quelqu'un. Certaines personnes sont des flirteurs nés et semblent flirter avec tous ceux à qui ils parlent. D'autres ne flirtent qu'avec quelqu'un qui les attire. Mais flirter, sous quelque forme que ce soit, c'est avoir une conversation et s'assurer que la personne à qui tu parles sait que tu as une opinion positive d'elle, que ce soit sexuel ou non.

— Ton eau glacée, a dit Blake, avec une pointe d'humour dans la voix. — Je vais vous laisser tous les deux… profiter.

Mes joues se sont enflammées tandis qu'elle s'éloignait. Je ne retournerais jamais au club de lecture.

Landon a de nouveau gloussé. — C'est vraiment si difficile de croire que je pourrais être attiré par toi ?

J'ai enfourné mon sandwich dans ma bouche pour ne pas avoir à répondre.

— D'accord, alors que dis-tu de ça ? Ta première leçon est de convaincre quelqu'un que tu veux quelque chose de lui. Flirter peut être amusant, mais ça peut aussi t'aider à obtenir quelque chose. Tu veux du sexe, mais tu ne cherches probablement pas à te frayer un chemin jusqu'au lit de quelqu'un en flirtant. Ai-je raison ?

J'ai hoché la tête, mâchant toujours la bouchée bien trop grosse que j'avais prise.

— L'étape un devient quelque chose de plus petit. De plus raisonnable. Peut-être un baiser. Ou un rendez-vous.

J'ai hoché la tête. Ça ressemblait à ce que je devais faire. Peut-être que je pourrais mettre en pratique ces leçons avec mon correspondant. J'appréciais de discuter avec lui, et si on se rencontrait, ça pourrait peut-être mener à plus qu'un simple rendez-vous, mais d'abord, il fallait qu'on se voie.

— C'est démodé, mais beaucoup d'hommes aiment être

ceux qui invitent une femme à sortir. Pas tous les hommes, mais beaucoup. Ça fait partie de l'instinct protecteur. Ça ne veut pas dire qu'un homme ne devrait pas être capable de se mettre en retrait et laisser sa partenaire être forte et indépendante, mais il veut sentir qu'il peut être là pour elle. Qu'il peut subvenir à ses besoins, d'une manière ou d'une autre, pas toujours financièrement, mais d'une certaine façon.

J'ai hoché la tête, me sentant de moins en moins sûre de tout ça.

— L'autre côté de la médaille, c'est que lorsqu'une femme invite un homme à sortir, elle va se démarquer. Elle montrera qu'elle est assertive et intéressée. Et les hommes sont fondamentalement des adolescents effrayés pour toujours.

J'ai ri.

Il a souri et a hoché la tête. — Je suis sérieux. Nous sommes terrifiés par le rejet, mais nous aimons aussi être ceux qui invitent une femme à sortir. C'est le pire casse-tête qui soit.

— Alors peut-être que les hommes devraient accepter que les femmes fassent la demande.

— J'espère qu'on y arrive.

— Et toi ? Je t'ai demandé de m'apprendre à flirter. Est-ce que ça t'a dérangé ?

Il a secoué la tête. Un sourire de loup a étiré ses lèvres. — Je trouve ça super excitant quand une femme demande ce qu'elle veut. Un rendez-vous, du sexe, tout. Ça me permet de savoir où j'en suis, et je me sens bien.

— C'est pour ça que tu flirtes ? Parce que c'est la même chose ? Ça indique à une femme où elle en est avec toi ?

— Absolument, a-t-il dit sans hésitation.

— Alors, comment je fais ? Comment est-ce que j'invite un inconnu à sortir sans paraître glauque ou bizarre ?

— Qu'est-ce que tu me dirais, à moi ?

J'ai ouvert la bouche, la refermant aussitôt avant de dire quoi que ce soit. Mon esprit était vide.

Landon a souri. — Je suis déjà là, donc clairement tu as dit quelque chose pour que je vienne.

— Ouais, mais je ne peux pas demander à chaque homme que je rencontre de m'apprendre à flirter. Ça va un peu à l'encontre du but recherché.

Il a ri de nouveau, les ridules au coin de ses yeux me disant qu'il riait souvent.

C'était séduisant. Un homme qui aimait rire. Kyle riait rarement de quoi que ce soit. Pas avec moi. Si jamais je devais envisager une autre relation, ce serait avec un homme qui me ferait rire.

— À quoi tu penses, là, maintenant ? a demandé Landon, sa voix s'abaissant et me faisant vibrer aux bons endroits.

— Je pensais que j'aimais que tu ries. Que tu me fasses rire. Et que je voudrais ça chez quelqu'un avec qui je sortirais, ou peu importe.

— As-tu déjà ri pendant l'amour ? Été si à l'aise avec l'autre personne que le rire n'est pas une moquerie, mais juste une partie de l'expérience parfois ?

J'ai secoué la tête.

Il a souri, mais cette fois, ce n'était pas aussi éclatant. C'était un sourire triste, de chances manquées et d'amours qui ont mal tourné.

C'était le rappel dont j'avais besoin que, peu importe ce qu'il disait, il avait un passé qui ne l'avait pas complètement lâché. Il pouvait prétendre vouloir recommencer à sortir avec des gens, mais quelle que soit la raison, ce n'était pas parce qu'il était prêt à tourner la page.

— Le rire est important dans une relation pour moi aussi, a-t-il dit après une minute. — Alors, quel serait un bon rendez-vous qui te permettrait d'exprimer ton sens de l'humour ?

— S'il te plaît, ne me dis pas d'aller au cinéma.

Il a secoué la tête. — Non, ce n'est pas un endroit où on peut apprendre à connaître quelqu'un.

— Je suis d'accord. Mais un problème encore plus grand que ça, c'est mon temps. Parce que j'ai ma fille tout le temps, et je ne suis pas prête à la laisser seule à la maison pendant que je sors à un rendez-vous.

— Donc, on parle uniquement de déjeuners. Et quelque chose qui te fait rire. Qui a le potentiel de finir au lit. Pas de pression, cependant. Il faut juste que ce soit parfait.

J'ai reniflé. — Facile, non ?

8

LANDON

Casey était la personne la plus fascinante avec qui j'avais jamais déjeuné. Non pas parce qu'elle était belle ou drôle, mais parce qu'elle était honnête d'une manière rafraîchissante qui me redonnait foi en l'humanité. Reegan n'était pas une mauvaise personne, mais elle avait passé la majeure partie de notre relation à me mentir sur ce qu'elle voulait. C'était le plus dur dans toute cette rupture. J'avais l'impression de l'avoir mal jugée, et si je ne savais pas ce qui se passait avec une femme avec qui j'avais passé trois ans, comment allais-je un jour pouvoir cerner une nouvelle personne ?

Mais être assis avec Casey, c'était comme une bouffée d'air frais après avoir eu la tête sous l'eau. Mon corps tout entier se remplissait de son oxygène, renaissant et rafraîchi après avoir failli suffoquer.

Et puis elle a ri, et m'a de nouveau coupé le souffle.

Ma poitrine s'est serrée, mon cœur se comprimant face aux expressions changeantes de son visage. Putain, elle était sublime.

J'ai tendu la main vers la sienne par-dessus la table,

oubliant ma place. Ce n'était pas un rencart. Ce n'était pas le début de quoi que ce soit. Je lui apprenais à flirter pour qu'elle puisse coucher avec quelqu'un d'autre.

Putain.

J'ai dévié la trajectoire de ma main et j'ai attrapé mon verre d'eau, en avalant la moitié pour tenter de calmer mon corps. Cette femme était plus douée pour flirter qu'elle ne le pensait. Elle croyait faire fuir les hommes, mais quiconque ne voyait pas à quel point elle était incroyable ne savait tout simplement pas où regarder.

Mais c'était ma victoire qu'elle soit assise là avec moi. C'était moi, le chanceux.

— Tu es l'expert. C'est quoi, un bon rencart qui me permettrait de connaître quelqu'un, de voir s'il a le sens de l'humour, et qui ne m'éloignerait pas de mes boulots ou de ma fille ? a demandé Casey.

L'expert. C'était drôle qu'elle pense que je savais un tant soit peu ce que je foutais. Connard égoïste serait plus juste. Mais si ça me permettait de passer plus de temps avec elle, j'allais faire semblant jusqu'au bout. — À cette période de l'année, les choses sont beaucoup plus calmes par ici. Tu n'auras pas les événements de l'été pour essayer de nouvelles choses. Donc il ne te reste que les trucs normaux du quotidien. Malheureusement, il n'y a pas une tonne d'options.

— Je sais ! C'est bien ça le problème, a-t-elle lâché.

J'ai gloussé. — Je comprends. Mais le bon côté, c'est que ça te donne l'occasion de faire quelque chose avec lequel tu es à l'aise. Tu ne vas pas présenter une facette de toi qui n'est pas réelle. Je sais que tu cherches quelque chose de temporaire, mais c'est mieux si vous vous voyez pour qui vous êtes vraiment au lieu de prétendre être quelqu'un que vous n'êtes pas. C'est l'hôpital qui se moque de la charité. J'étais un connard qui prétendait avoir de bons conseils pour elle alors que ma vie sexuelle était tout aussi en sommeil que la sienne.

— C'est logique, a-t-elle dit, avec un air contemplatif plutôt que sceptique. — Ce n'est pas parce que je n'ai pas eu beaucoup de chance avec les hommes que je dois tout cacher de moi. Elle a fixé le vide pendant une minute, son esprit absorbé par quelque chose.

J'ai eu envie de lui demander à quoi elle pensait, mais j'ai gardé la bouche fermée. J'ai pris une bouchée de mon sandwich et ai mâché lentement. Casey a fait de même, le regard toujours perdu au loin. Nous avons mangé en silence pendant quelques minutes, la moitié de mon sandwich avait disparu quand Casey a de nouveau posé les yeux sur moi.

— Déjeuner avec quelqu'un, c'est bien. Ça me donne l'occasion de parler à quelqu'un. En tant que journaliste, j'aime parler aux gens. Un déjeuner, c'est moins intimidant qu'un dîner. Mais ça semble aussi ennuyeux.

— C'est économique. Tout le monde doit déjeuner. Tu peux commencer par une pause déjeuner, puis passer à quelque chose de plus important. Si tu en as l'occasion. Ou l'envie. Je pense que c'est ce que les gens font. Se retrouver pour un café pour voir s'il y a une connexion, puis passer à quelque chose de plus sérieux.

— Je déteste tout ça, a-t-elle marmonné.

— Tout le monde.

Elle a levé les yeux vers moi avec un sourire narquois et dubitatif. — Pas toi. Tu as l'air parfaitement dans ton élément quand tu flirtes.

Je me suis adossé et j'ai inspiré. — Ça fait partie de mon travail. Je suis commercial. Les gens viennent me voir quand ils savent qu'ils sont prêts à acheter quelque chose, donc je ne suis pas en train de convaincre quelqu'un de faire quelque chose qu'il ne veut pas, mais je vends quand même. Pour le faire efficacement, je dois leur parler. Découvrir qui ils sont, ce qu'ils recherchent vraiment, ce qui a du sens.

— C'est vrai. La première fois que je suis venue dans ta

boutique, je t'ai entendu parler à cette femme des fleurs et de leur signification. C'était…

Elle s'est interrompue avec un large sourire qui m'a fait me pencher en avant.

— C'était séduisant.

Elle a levé les yeux tout en murmurant le mot, son regard croisant le mien et me déstabilisant. Je me suis calé au fond de mon siège, ma respiration et mon cœur s'emballant pour me maintenir droit. Ma bite a durci, tout mon être voulant profiter du désir qui illuminait ses yeux. De l'étincelle entre nous.

Nous étions deux personnes seules, blessées et brisées par ceux que nous étions censés aimer pour toujours. Mais à cet instant, ses yeux marron foncé plongés dans les miens, sa bouche légèrement entrouverte alors que son regard glissait vers mes lèvres, le monde s'effaçant autour de nous, nous n'étions que deux personnes. Deux personnes avec une connexion à laquelle aucun de nous ne s'attendait.

Un fracas dans la cuisine nous a sortis de notre torpeur. Le son était assourdissant après que le restaurant tout entier se fut évaporé alors que j'étais perdu dans les yeux de Casey.

Elle s'est reculée, comme si elle s'était penchée vers moi, attirée de la même manière que je l'avais été. Elle a gloussé, pinçant sa lèvre inférieure entre ses dents. Elle a détourné le regard, puis a pris une frite et l'a mise dans sa bouche.

Bordel, qu'est-ce qui vient de se passer ? Et comment je peux faire pour que ça se reproduise ?

CASEY S'EST DÉPÊCHÉE de partir peu après notre moment, prétextant qu'elle devait retourner travailler. Je ne l'ai pas contredite, et je n'ai fait aucune des autres choses que je voulais faire. Comme lui demander de revenir chez moi. Ou l'inviter à sortir pour un vrai rencart. Ou lui dire que je mettrais fin à sa traversée du désert, et à la mienne, si elle le voulait.

J'ai gardé la bouche bien fermée et je l'ai saluée de la main quand elle a dévalé le trottoir dans la direction opposée à ma camionnette.

Je n'allais pas me laisser entraîner dans une relation avec une femme qui ne s'intéressait pas aux mêmes choses que moi. Mon ego n'aurait pas pu le supporter. Ni mon cœur.

Fleurir & Cultiver était calme quand j'y suis retourné. Gail et Carson formaient un duo inséparable qui voulait travailler à la boutique. Ils avaient commencé à travailler pour Andre pendant l'été, développant son entreprise avec leurs connaissances et leurs compétences. Meilleurs amis et colocataires, ils travaillaient bien ensemble. Leurs emplois chez Andre étaient à temps partiel et ils cherchaient plus de travail. Ils m'avaient contacté avec une offre que je ne pouvais pas refuser et je les avais embauchés comme employés à temps partiel chez Fleurir & Cultiver. Leurs connaissances en aménagement paysager et en plantation s'étaient révélées inestimables au cours des quelques semaines où ils avaient travaillé pour moi.

— Comment ça s'est passé pendant mon absence ? ai-je demandé, adressant ma question à tous les deux. Ils étaient des partenaires égaux dans tout ce qu'ils faisaient.

— Bien, a dit Gail. — On a eu quelques clients. Carson a vendu à un couple plus âgé un super bouquet pour leur anniversaire, et j'ai pris les informations d'un immeuble de bureaux qui veut un devis de ta part pour l'entretien hebdomadaire des plantes d'intérieur.

— Des plantes d'intérieur ? J'ai pris la note que Gail me tendait. — Je n'ai jamais proposé ce service auparavant.

— C'est ce que je lui ai dit, mais M. Holland a dit qu'il espérait que tu y réfléchirais.

J'ai gloussé. — Ramsey ?

Gail a hoché la tête.

J'ai levé les yeux au ciel. — Il me l'a déjà demandé plusieurs fois. Je suis resté silencieux une minute et j'ai observé mes deux nouveaux employés. — Qu'est-ce que vous penseriez de quelque chose comme ça, vous deux ?

Ils ont échangé un regard. Gail a parlé la première.

— Les plantes en pot seraient le mieux, puisqu'elles ne mourront pas et ne nécessiteront pas de remplacement fréquent. Comme la saison est presque terminée, tu peux récupérer certaines des plantes qui ne se sont pas encore vendues et gagner de l'argent avec. Selon l'endroit, tu pourrais mélanger les couleurs et les parfums, ou tout limiter à un seul thème si un client le souhaitait.

— Et, a poursuivi Carson, — tu pourrais proposer des plantations plus grandes pour les endroits qui ont un espace extérieur ou un hall d'entrée ou un lobby où les gens passent pour égayer l'endroit.

— On dirait que tu as quelque chose en tête, ai-je dit.

Carson a acquiescé. — On est allés au MacKellar Theater ce week-end. Le hall est super, mais c'est souvent le chaos. Ils ont ces trucs noirs rétractables pour créer des files, mais ils se font renverser et les gens passent en dessous. Si tu ancrais les extrémités des files avec de grands bacs à plantes, tu pourrais rendre les choses plus fluides.

Je me suis rappelé la dernière fois où j'y étais, avec Reegan, donc ça faisait un bail, et je me suis souvenu du même chaos. — C'est une bonne idée, mais Xavier n'est pas venu demander ça. On ne peut pas vraiment aller voir une entreprise et exiger qu'elle nous paie pour résoudre des problèmes qu'elle ne considère pas comme tels.

— Mais s'ils veulent de l'aide... Gail s'est interrompue comme si elle savait quelque chose que j'ignorais.

— Bien sûr, mais on ne sait pas s'ils en veulent.

— En fait, ma mère est amie avec Genevieve. Elle travaille là-bas. Elle est directrice commerciale ou quelque chose comme ça. Elle a dit qu'elle aurait aimé qu'on propose un service comme ça. Elle a essayé de trouver des solutions, mais rien n'a fonctionné parce que ce n'est pas son domaine d'expertise.

— Qu'est-ce qu'elle a essayé ? ai-je demandé, curieux d'en savoir plus sur cette nouvelle opportunité.

— Je ne sais pas vraiment, mais on pourrait lui parler pour savoir, a suggéré Gail.

J'ai soupiré, laissant échapper un rire. — D'accord, alors ça fait partie de vos tâches. J'ai pointé un doigt vers eux deux. — Découvrez ce que veut Genevieve, parlez à Ramsey, et faites passer le mot que nous proposons ce nouveau service.

Ils se sont souri, puis se sont tournés pour s'éloigner.

— Attendez, ai-je lancé avant qu'ils ne soient trop loin. — On doit établir une grille de tarifs. Si ça doit vous prendre du temps, on doit calculer ce temps et s'assurer que vous êtes payés pour par projet. Ensuite, on doit prendre en compte le coût des plantes et ce qui serait probablement les coûts de remplacement. Je préparerais quelque chose en fonction de la taille des conteneurs qu'on utiliserait.

— Tu veux qu'on fasse ça ? a demandé Carson.

J'ai souri. — Oui. Je vais vous aider, bien sûr, mais vous deux, vous avez l'air vraiment enthousiastes. Vous pouvez vous installer à la table où je fais les entretiens et commencer à chercher des idées pendant un petit moment. Vous êtes là encore une heure ?

— Oui, monsieur, a dit Gail.

— Je ne m'attends pas à une proposition complète aujourd'hui, mais je ne veux pas que vous travailliez là-dessus en dehors de vos heures de travail, sans être payés.

C'est quelque chose qui va rapporter de l'argent à l'entreprise, donc ça doit être soutenu par l'entreprise.

— Merci, monsieur, a dit Carson.

— Vous me donnez un coup de vieux, tous les deux. La clochette de la porte a tinté, annonçant l'arrivée d'un client.

— S'il commence à y avoir du monde, je vous le ferai savoir, mais sinon, commencez à réfléchir à un plan. On essaiera de lancer ça dans les prochaines semaines, si vous pensez tous les deux que c'est jouable.

— Oui, monsieur, ont-ils répondu en chœur.

J'ai eu un petit rire et j'ai secoué la tête, leur faisant signe de passer à l'arrière pendant que j'accueillais le nouveau client.

LA PROPOSITION de Carson et Gail était bonne. Vraiment bonne. En à peine une heure, ils avaient pensé à des choses auxquelles je n'avais pas pensé. Je leur ai dit à tous les deux de noter toutes les heures qu'ils passaient dessus en dehors de Fleurir & Cultiver, mais je les ai encouragés à ne pas travailler en dehors de leurs horaires. Ils devaient aussi profiter de la vie.

Mais moi ? Fleurir & Cultiver était toute ma vie en ce moment, alors j'ai passé quelques heures après la fermeture à réfléchir à tout ce que je devrais faire pour que cette initiative soit un succès.

Je me suis assis sur le canapé avec une bière et le carnet dans lequel Gail et Carson avaient commencé leur travail, et j'ai réfléchi à tout ce que cela impliquerait. Il y avait le temps, les fournitures et le transport, évidemment. Mais il y avait aussi le marketing et l'installation. Dans certains cas, nous devrions installer les jardinières sur place. Si je trouvais des contenants standards, on pourrait facturer à la taille, mais tout le monde ne voudrait pas la même chose. Le théâtre aurait besoin de jardinières hautes et étroites, ce qui signifiait moins de plantes mais plus de terre et de remplissage. Un endroit comme le bureau de Ramsey aurait probablement besoin de quelque chose qui tiendrait sur un bureau ou une table.

Je pouvais faire des prix sur mesure pour tout, mais ce serait plus difficile à planifier et à promouvoir. Si je voulais faire de la pub. Combien de clients pouvais-je prendre avant d'être à court de temps dans la semaine ?

Mon esprit tournait à plein régime, rempli de pensées et d'idées, quand mon téléphone a sonné, offrant une distraction bienvenue. J'ai posé le carnet et j'ai pris mon téléphone, souriant en voyant une notification de À la Recherche du Héros Littéraire Parfait.

Trop occupé

Comment s'est passée ta journée ?

Sale vie

Bonne, en fait. Et la tienne ?

TROP OCCUPÉ

Bonne. J'ai déjeuné avec une amie aujourd'hui. C'était une pause agréable dans ma routine habituelle.

SALE VIE

C'est bien de bousculer un peu les choses de temps en temps. Et passer du temps avec des amis est toujours une bonne idée.

TROP OCCUPÉ

Je suis d'accord. J'ai beaucoup pensé à toi et au fait de bousculer les choses.

SALE VIE

Ah oui ? De quelle manière ?

TROP OCCUPÉ

Je me demandais juste si on allait se
rencontrer un jour.

J'ai aspiré une bouffée d'air. Avant Casey, j'espérais avoir
une chance de rencontrer Trop occupé en personne. Elle
parlait toujours de son travail et de son enfant, mais elle me
faisait rire. J'aimais ça. Beaucoup.

SALE VIE

C'est ta façon de m'inviter à sortir ?

TROP OCCUPÉ

Je ne veux pas être trop directe. Je sais que
certains mecs n'aiment pas ça. Mais je
pense qu'un déjeuner pourrait être sympa.

SALE VIE

Comme celui que tu as eu avec ton amie
aujourd'hui ?

TROP OCCUPÉ

Je travaille beaucoup, et j'ai ma fille, donc le
déjeuner est mon seul temps libre la plupart
des jours.

J'ai fait défiler toutes nos conversations. Fille. Plusieurs
boulots. Divorcée depuis un an.

Non. Mon match était Casey ?

Merde.

J'ai repris mon souffle. La femme à qui j'apprenais à flirter
pour qu'elle puisse trouver un autre homme avec qui coucher
utilisait mes leçons contre moi.

Et elle n'en avait clairement aucune idée.

Comment diable étais-je censé gérer ça ? Est-ce que je
devais le lui dire ? Est-ce que je devais le garder pour moi ?

Je n'étais pas certain que c'était elle, mais j'en étais
presque sûr. Si ce n'était pas elle, je n'avais aucune autre piste.

Bon sang, je n'avais aucune piste avant, mais après l'avoir rencontrée, ça devenait logique.

Ça devait être elle.

TROP OCCUPÉ

> Tu es toujours là ? Je ne voulais pas que ce soit bizarre. Si ça ne t'intéresse pas, je comprends.

SALE VIE

> Non ! Ça m'intéresse.

> Ça m'intéresse vraiment.

> C'est juste que je n'ai pas beaucoup de temps pour déjeuner.

Un mensonge éhonté, mais je ne pouvais pas lui dire que j'étais mon propre patron et que je pouvais faire ce que je voulais.

SALE VIE

> Tu es disponible samedi ?

TROP OCCUPÉ

> Désolée. Ma fille est à la maison tout le week-end.

SALE VIE

> Zut. D'accord. On finira bien par trouver quelque chose. Ne m'abandonne pas, d'accord ?

TROP OCCUPÉ

> Je ne le ferai pas si tu ne le fais pas. Mais si tu as des projets avec quelqu'un d'autre, je ne peux pas te demander d'attendre que je sois libre.

SALE VIE

> Aucun projet avec quelqu'un d'autre.

Au moins, je disais la vérité là-dessus. La seule avec qui j'avais des projets, c'était elle. Des leçons de flirt en personne, et avec elle en tant que mon match une fois que j'aurais trouvé comment gérer ça. Plus j'y pensais, plus j'étais sûr que Trop occupé était Casey.

SALE VIE

Quelle est ton activité préférée avec ta fille ?

TROP OCCUPÉ

Tout ce que je peux faire avec elle est agréable. Elle arrive à un âge où elle n'est plus aussi intéressée par ma présence. On a toujours aimé choisir des citrouilles en automne. On ne l'a pas fait l'année dernière, mais cette année, je crois qu'on va recommencer.

SALE VIE

Tu es du genre épices à citrouille ?

TROP OCCUPÉ

MDR ! Non ! J'adore la tarte à la citrouille, mais je ne suis pas fan des boissons à la citrouille. Donne-moi un café normal avec un peu de crème et de sucre, et ça me va.

SALE VIE

Pareil. Mais j'adore un bon muffin à la citrouille.

TROP OCCUPÉ

Je n'en ai jamais goûté.

SALE VIE

Tu rates quelque chose. Ça va changer ta vie. Ou les biscuits à la citrouille. Tu as déjà goûté ?

TROP OCCUPÉ

Je crois que tu dis n'importe quoi. Où est-ce qu'on trouve ces choses ?

SALE VIE

> Reste avec moi, ma belle. Je partagerai tous mes secrets.

TROP OCCUPÉ

MDR ! On dirait que tu es un type vraiment bien à connaître.

SALE VIE

> Et comment.

J'ai souri à mon téléphone, me demandant si je pouvais la faire tomber amoureuse de moi en ligne et en personne en même temps.

Puis j'ai réalisé ce que je venais de penser et j'ai jeté mon téléphone sur la table basse. Il a sonné, mais je l'ai ignoré.

Je n'allais pas tomber amoureux de Casey. D'aucune des deux Casey. Elle ne cherchait pas la même chose que moi. Elle me l'avait déjà avoué aux deux endroits. Je devais garder ça à l'esprit.

Ou je finirais encore une fois par être blessé.

9

CASEY

J'ai fixé mon téléphone en attendant la réponse de Sale vie. Il m'a bien fallu cinq minutes pour réaliser qu'il n'allait pas répondre. Une vague de chaleur m'a envahie, son rejet me piquant plus que je n'aurais dû le permettre.

Je pensais que je flirtais. Je pensais que ça se passait bien. Je m'étais lancée et je lui avais demandé s'il voulait qu'on se voie. Ce n'était pas un rejet franc et direct, juste un refus évasif suivi d'une tentative de reporter. Je pensais que ça se passait bien.

Mais il avait tout simplement arrêté de répondre.

J'ai dégluti pour chasser la boule que j'avais dans la gorge et je me suis levée. J'ai secoué tout mon corps, j'avais besoin de bouger et de lâcher prise. Nous ne sortions pas ensemble, n'étions pas mariés, ni rien de plus que des amis par texto. C'était de ma faute si j'accordais plus d'importance qu'il ne le faisait à ce qui se passait entre nous. Bien sûr, nous étions sur une application de rencontres, mais ça ne voulait pas dire qu'il voulait sortir avec moi.

Une nouvelle bouffée de chaleur m'a inondée à cette pensée. Je me suis sentie tellement idiote.

J'ai éteint mon téléphone pour m'empêcher de regarder l'application un million de fois de plus avant d'aller dormir, puis je me suis concentrée sur le reste de ma soirée. J'avais une heure ou deux de saisie de données à faire avant de pouvoir me coucher. Mikayla était déjà au lit et, heureusement, silencieuse. Elle était rentrée aux anges, excitée de raconter qu'elle avait été choisie pour un solo lors du concert de sa chorale après la comédie musicale. Ce solo était un bon stimulant pour sa confiance en elle, et un bon signe que son professeur lui donnerait un rôle dans la comédie musicale. Je ne pensais pas qu'elle arriverait à dormir, alors le silence était une bonne chose.

J'ai allumé mon ordinateur et j'ai trouvé les données qui m'avaient été envoyées pour la journée. J'ai accédé au système et je me suis mise au travail, laissant la tâche répétitive absorber toute ma concentration et mon attention.

Quand j'ai saisi la dernière donnée, j'ai pris une grande inspiration et je me suis étirée. J'ai vérifié que chaque cellule était remplie et que tout était complet, puis j'ai sauvegardé mon travail une dernière fois et je l'ai soumis. Je ne savais jamais sur quel type de données j'allais travailler, mais ça m'était égal. J'étais surprise que des entreprises fassent encore appel à des sources externes pour de la saisie de données, mais je n'allais pas me plaindre d'un travail qui payait assez bien pour m'aider à subvenir à mes besoins.

J'ai fait un rapide tour de l'appartement et je me suis assurée que tout était rangé pour la nuit. La boîte à lunch de Mikayla était prête et dans le frigo pour le matin, à côté de la mienne. Un gratin pour le petit-déjeuner était prêt à être enfourné quand je me lèverais pour faire mon café. J'étais prête pour le lendemain.

En chemin vers ma chambre, j'ai fusillé mon téléphone du

regard. Je l'ai ramassé et j'ai décidé de le charger dans la cuisine plutôt que dans ma chambre. Je l'ai branché et je me suis éloignée avant qu'il ne s'allume et ne m'alerte des messages manqués.

Ou de ceux qui n'étaient jamais arrivés.

Mon esprit a rejoué ma conversation avec Sale vie pendant que je me préparais à aller au lit. Je n'arrivais pas à comprendre où je m'étais trompée, mais je n'allais pas être la même personne que j'avais été pendant mon mariage. Je ne pouvais pas courir après quelqu'un qui ne voulait pas de moi. Plus maintenant. Plus jamais. Je savais ce que ça faisait à une relation, et à moi.

Peut-être que j'aurais des nouvelles de Sale vie, et peut-être que non, mais dans un cas comme dans l'autre, je n'allais pas laisser ça gâcher ma vie. J'avais survécu à pire qu'un rejet.

MON RÉVEIL A PERCÉ la brume matinale. Je l'ai attrapé sur ma table de nuit et l'ai fait taire avant que le bruit ne me donne mal à la tête. Je me suis assise dans mon lit et je me suis étirée, sachant que je devais me lever ou que je me blottirais de nouveau dans mon lit pour ne plus jamais en sortir. J'étais habituellement levée tôt, mais si je dormais assez longtemps pour que le réveil me tire du lit, ce n'était jamais bon signe.

J'ai titubé jusqu'à la cuisine pour lancer le café et le gratin, puis je suis allée prendre ma douche. Moins de vingt minutes plus tard, j'étais de retour dans la cuisine avec ma première tasse de café, hésitant à regarder mon téléphone.

J'ai cédé et je l'ai retourné.

Un texto de Natalie a été la première chose que j'ai vue.

NATALIE

> J'imagine que tu n'étais pas contente du brouillon que tu nous as montré. J'aurais aimé qu'on sache que tu nous voyais comme ça. C'est trop tard pour faire des changements, mais je ne suis pas sûre que ce soit une bonne idée de continuer.

Euh, quoi ?

Il a fallu une minute à mon cerveau en manque de caféine pour faire le lien et comprendre.

Gretchen avait changé mon article.

J'ai ouvert le site du journal et j'ai cliqué pour lire l'article. Mon article. Celui qui portait mon nom, mais pas celui que j'avais écrit.

— Bon sang, ai-je soufflé.

Mikayla est entrée dans la cuisine en titubant. — Pourquoi tu es en colère ?

Je l'ai regardée, puis j'ai verrouillé mon téléphone et je l'ai posé. Je m'occuperais de l'article et de Gretchen après que Mikayla soit partie à l'école.

— J'ai un article qui a été publié, et ma rédactrice en chef l'a modifié sans me le dire.

— Oh. Le petit-déjeuner est prêt ?

J'ai étouffé un sourire et j'ai vérifié le four. Le fromage sur le dessus était bouillonnant et légèrement doré. C'était parfait. — Il faut le laisser refroidir une minute. Tu veux d'abord préparer ton sac à dos ?

— Bien sûr. Elle a glissé de sa chaise et a traîné les pieds jusqu'au frigo. Je lui ai tendu la boîte à lunch qu'elle avait préparée la veille, en y ajoutant deux pains de glace pour m'assurer que tout resterait assez froid, puis elle a laissé tomber son bras comme si la porter était la chose la plus difficile qu'elle ait jamais faite.

Les enfants sont drôles.

J'ai siroté mon café et j'ai regardé l'heure. J'ai découpé le gratin, la vapeur s'échappant de la tranche que j'avais faite. Il aurait été préférable d'attendre encore cinq minutes, mais nous n'avions pas le temps. J'ai servi une part à Mikayla et je lui ai dit de souffler dessus. J'en ai coupé une pour moi et je me suis assise à table pendant qu'elle touchait le bord avec le bout de sa langue.

— C'est chaud.

— Je sais. La nourriture, ça ne cuit pas froid.

Elle a reniflé. Cette phrase idiote était une de celles que nous lui disions depuis toujours. Une qui la faisait toujours rire.

J'ai découpé mon gratin en morceaux pour laisser la chaleur s'échapper le plus possible, et nous avons finalement mangé notre petit-déjeuner sans nous brûler la bouche.

Mes doigts me démangeaient de prendre mon téléphone et de lire l'article en entier, mais j'ai résisté. Je voulais être présente pour Mikayla. C'était important pour moi qu'elle sache que j'étais là pour elle. Toujours.

— Tu t'es entraînée pour ton audition ? ai-je demandé alors qu'elle sortait de la salle de bains, les dents fraîchement brossées.

— Ouais.

— Jeudi, c'est ça ?

— Ouais.

— D'accord. Tu rentres en bus aujourd'hui ?

— Ouais. Elle a attrapé son sac à dos.

— Salut. Passe une bonne journée. Je l'ai attirée vers moi pour un câlin forcé.

— Salut.

J'ai refermé la porte derrière elle alors que l'écho de ses pas résonnait dans les escaliers. J'ai verrouillé la porte, puis je me suis dirigée vers la fenêtre pour la regarder monter dans le bus.

Cinq minutes plus tard, Mikayla était en route pour l'école, et je lisais l'article que je n'avais pas écrit.

Et je bouillais de rage.

L'article donnait l'impression que Natalie avait flirté avec Landon tout le temps. Omar semblait ne s'intéresser à rien de ce qui touchait à l'organisation du mariage. Ils passaient tous les deux pour des gens superficiels et méchants, allant jusqu'à les accuser à demi-mot de ne pas vraiment vouloir se marier et de ne le faire que pour la publicité.

Putain, c'est quoi ce bordel ?

Je voulais parler à Natalie en personne, mais d'abord, je devais comprendre ce qui était arrivé à l'article que j'avais soumis. Je suis sortie précipitamment de l'appartement, bien décidée à obtenir des réponses de Gretchen et sans me soucier que ça puisse la déranger.

Je suis entrée en trombe dans la salle de rédaction, le visage en feu. Mike m'a vue arriver et a souri avant de remarquer l'expression de mon visage. Il s'est retourné et a filé dans l'autre sens.

La porte de Gretchen était fermée, alors j'ai martelé le bois avant d'entrer sans me soucier de savoir si elle était occupée ou non. — Excusez-moi. Je ne vous ai pas dit que vous pouviez entrer.

— Et moi, je ne vous ai pas dit que vous pouviez déformer chaque mot que j'ai écrit pour en faire quelque chose que ça n'a jamais été censé être.

— Je vous ai dit de me ramener quelque chose avec un angle. Vous m'avez apporté un texte mielleux qui puait l'admiration béate.

— C'était un bon article.

— Non, ça ne l'était pas. C'était le récit médiocre de deux personnes faisant la chose la plus ennuyeuse du monde. Qui se soucie des fleurs qu'ils ont choisies ? Personne. Elle m'a fusillée du regard, comme si j'étais un insecte à chasser.

— Les gens de cette ville ne cherchent pas les scandales. Ils ne veulent pas se dénigrer les uns les autres. Il y a trop de méchanceté dans le monde, et s'ils peuvent trouver une histoire positive sur des gens qu'ils connaissent et respectent, ils vont l'apprécier. Vous avez transformé cet article en quelque chose qu'il n'était pas.

Gretchen a plissé les yeux en me regardant. Elle a soutenu mon regard pendant plusieurs minutes, attendant sans doute que je cède.

Je n'allais pas le faire.

— Très bien. Dites-moi ce que j'ai publié qui n'était pas correct. Elle a ouvert le journal à l'article en page deux. Elle a aplati les pages et a commencé à lire.

— Natalie Edwards, directrice de Retraite avec vue sur la montagne, rit du regard taquin dans les yeux de Landon Boyd. Landon, qui n'est pas le futur mari de Natalie, sait tout ce qu'il y a à savoir sur les fleurs. Landon possède Fleurir & Cultiver, ainsi que la serre et les champs associés, et il peut vous dire la différence entre une fleur qui professera votre amour éternel et une qui dira "nous sommes juste amis".

Gretchen a levé les yeux vers moi. J'ai serré les dents.

— Quelque chose d'incorrect jusqu'à présent ?

— Non, ai-je fulminé.

— D'accord, le paragraphe suivant ? Là où vous parliez de leur interaction. Sur le fait que Natalie voulait que les choses soient simples, mais qu'elles ne l'étaient pas vraiment. C'était faux ?

J'ai fermé les yeux et j'ai soupiré. — Techniquement, non. Mais...

— Et le fait qu'Omar veuille qu'elle choisisse ce qu'elle voulait ? Avait-il une opinion que vous n'avez pas mentionnée ?

— Ce n'est pas ça.

— Oh, ce n'est pas ça ? Donc l'article était exact. Je

pensais que vous étiez arrivée ici le feu aux fesses, en agissant comme s'il y avait une erreur grossière dans la version imprimée.

— C'est la façon dont vous avez présenté les choses. Natalie ne flirtait pas avec Landon.

Les sourcils de Gretchen se sont haussés très haut. — Je n'ai absolument pas écrit qu'elle le faisait. Où est-ce que c'est écrit ?

— Ce n'est pas écrit noir sur blanc, mais…

— Mais rien du tout, Casey. Vous cherchez la petite bête. Vous vouliez écrire ces articles, et maintenant vous êtes furieuse parce que je les ai rendus plus percutants. C'est une affaire commerciale. Ce n'est pas votre petit club de lecture.

Mes yeux se sont écarquillés. — Qu'est-ce que ça veut dire ?

— Ça veut dire que vous devenez trop proche de ces femmes. Votre travail de journaliste est de rapporter ce que vous voyez. Vous ne pouvez pas laisser les autres influencer votre position sur un sujet. Et c'est ce qui est en train de se passer ici.

— Non, ce n'est pas vrai. J'écris une histoire sur deux personnes qui sont amoureuses. Des gens qui célèbrent leur bonheur avec la ville. Et au lieu de vouloir que ce soit quelque chose de joyeux, vous voulez déformer les faits.

— N'avez-vous pas divorcé il y a un an ?

Je me suis arrêtée net. — Je… Oui. Pourquoi ?

— Pourquoi tenez-vous tant à l'amour ? D'après ce que j'ai entendu, vous vous y êtes cassé les dents. Pourquoi enjolivez-vous cette histoire d'amour ?

— Je n'enjolive rien du tout. Je dis la vérité. Natalie et Omar s'aiment. Ils partagent les aspects de leur vie qu'ils veulent bien partager avec les habitants de cette ville. Ils aiment L'anse MacKellar, et ils veulent…

— Tout le monde s'en fiche, Casey. Personne. Ne s'en

soucie. Les gens veulent être témoins du malheur des autres parce que ça leur donne l'occasion de se sentir mieux dans leur propre vie pitoyable. On ne veut pas voir de joie. On veut du désespoir.

— Pas moi. Pourquoi voudriez-vous ça ?

Elle a ricané. — Sortez de mon bureau.

— Natalie arrête tout, ai-je dit, sans bouger.

— Quoi ?

— Elle m'a envoyé un texto ce matin. Elle a dit que l'article que vous avez publié n'était pas celui sur lequel nous nous étions mises d'accord. Ce n'était pas ce à quoi elle s'attendait, et elle n'est pas disposée à continuer de travailler avec moi.

Gretchen s'est penchée en avant, ses yeux me transperçant. — Vous devez la convaincre de changer d'avis.

— Pourquoi ? Je ne peux pas aller la voir et lui promettre que ça ne se reproduira pas. Que l'article que j'écrirai ne sera pas modifié après que je l'aurai rendu.

Gretchen a eu un rictus méprisant. — Vous lui avez montré l'article avant de le soumettre ?

— Oui. Je ne pensais pas qu'il y avait une raison de ne pas le faire. Je ne savais pas que ce que j'avais écrit ne serait pas ce qui serait publié.

— Avez-vous fait la même chose avant de publier vos articles sur M. Levine ?

— M. Levine était un manipulateur sournois qui mentait et exposait ce journal à des poursuites. La seule raison pour laquelle le maire Knight n'a pas porté plainte, c'est grâce à moi. Parce que j'ai écrit l'article sur M. Levine et son implication dans les articles sur Omar.

— Vous pensez que ça vous donne droit à quelque chose ? Que vous avez utilisé votre relation à l'époque et que vous le faites maintenant, alors vous devriez obtenir quelque chose en retour ?

— Pas du tout ! On m'a demandé d'écrire un article sur Omar. Tous ceux qui le connaissaient savaient que les articles étaient des mensonges, mais Erik les a publiés quand même. Je ne suis responsable de rien de tout ça, mais vous empruntez le même chemin qu'Erik, en déformant les choses et en inventant des histoires qui, selon vous, feront vendre des journaux. Ça ne marche pas comme ça, ici.

Gretchen a pincé les lèvres si fort qu'elles en sont devenues blanches. —Soit.

— Soit, quoi ?

— Je ne changerai rien à votre prochain article. Et nous verrons comment les choses évoluent à partir de là.

— Je ne peux pas aller voir Natalie et lui dire que vous allez laisser un seul article tranquille, mais pas les autres.

— Vous voulez le contrôle total. Ce n'est pas comme ça que ça marche.

— Alors, j'exige que toute modification me soit soumise au moins vingt-quatre heures avant l'impression pour que j'aie le temps de les montrer à Natalie.

— Alors vos articles devront être rendus un jour plus tôt à partir de maintenant.

— Très bien, je peux le faire.

— Bien.

— Bien.

Gretchen m'a fusillée du regard, puis a grondé. — Maintenant, sortez de mon bureau.

Je me suis levée et je suis sortie, en laissant la porte ouverte parce que je savais que ça l'énervait.

Ce n'était pas comme ça que les choses étaient censées se passer. Si le nom de quelqu'un figurait sur la signature, l'article lui appartenait. Si Gretchen voulait faire tous ces changements, elle aurait dû y mettre son propre nom.

— C'était un article plutôt intéressant que tu as écrit, a

dit Mike alors que j'approchais de son bureau. Je ne pensais pas que tu avais ça en toi.

— Ce n'est pas moi qui l'ai écrit.

— Quoi ? m'a-t-il examinée de près. Qu'est-ce que tu veux dire ?

J'ai jeté un coup d'œil vers le bureau de Gretchen. — Elle a changé tout ce que j'avais écrit.

— Elle a fait quoi ? Mike m'a pris le coude et m'a guidée dans son box.

Je me suis dégagée. — Elle m'a dit que tu allais écrire les articles si je ne trouvais pas d'angle. Je voulais écrire quelque chose sur le mariage, sur Natalie et Omar, mais elle ne voulait pas de ça. Elle veut des histoires sordides.

Mike a reniflé. — Il n'y a rien de sordide à raconter sur eux. Ce sont des gens bien.

— Tu ne l'as pas aidée à modifier mon article ? J'étais un peu surprise de l'entendre.

— Non. Sûrement pas. J'aime bien Omar. C'est un type bien. Le maire Levine était une ordure. Il aimait tout manipuler. Ma sœur travaille à la mairie et m'a raconté certaines des choses que Levine a faites quand il était encore là. J'étais furieux quand ces articles sont sortis l'année dernière sur Omar parce que je pensais qu'il était tout aussi con, mais j'étais content de voir tes articles qui dénonçaient Levine.

— Merci, Mike. Je... Gretchen ne comprend pas comment les choses fonctionnent ici. Je sais que tu aimes repousser les limites et dénoncer les gens, mais ce n'est pas comme ça que je travaille.

— Je dénonce les gens qui ont besoin d'être dénoncés. Je force peut-être un peu plus pour trouver les informations dont j'ai besoin, mais je ne cours pas après des choses qui n'ont pas besoin d'être poursuivies.

J'ai réfléchi à ce qu'il avait dit et j'ai réalisé qu'il avait raison. Il ne racontait pas de mensonges. Il partageait des choses que les autres ne savaient pas, mais qu'ils devaient savoir. — Merci, Mike. Je pense que tu as raison.

— Qu'est-ce que tu vas faire pour le reste de tes articles ?

— Elle a accepté de ne rien changer et de me donner un préavis de vingt-quatre heures avant l'impression pour que je puisse parler à Natalie.

— Malin.

— J'espère. Mais maintenant, je dois convaincre Natalie de me donner une autre chance.

— Elle a vu ton article avant que Gretchen ne mette la main dessus, hein ?

J'ai hoché la tête. — Ouais. Et elle n'est pas contente des changements.

— Bien. Peut-être que ça apprendra un peu à Gretchen comment les choses fonctionnent par ici. On n'est pas tous là pour s'entretuer. Ce n'est pas un endroit où tout le monde se déteste.

— J'espère qu'elle comprendra un jour. Sinon, je partirai. Je ne travaillerai pas pour quelqu'un qui ne veut que détruire tout le monde autour de lui.

Les sourcils sombres de Mike se sont haussés. Un sourire a étiré ses lèvres. — Fais-moi signe si ça en arrive là. Je partirai avec toi.

— Vraiment ?

Il a hoché la tête.

— Merci, Mike. J'apprécie.

— Bonne chance avec Natalie.

— Merci. Je vais vraiment en avoir besoin.

— Elle n'est pas si terrible. Elle comprendra.

— J'espère bien. L'espoir était tout ce que j'avais.

10

Amelia a refusé de me laisser voir Natalie. C'est elle qui m'a accueillie à la porte, les bras croisés et les lèvres pincées, me faisant clairement comprendre que je n'étais pas la bienvenue au centre communautaire.

— Tu pourras lui dire que je suis passée ? ai-je demandé, en espérant que ce serait mieux que rien.

— C'est tout ce que tu veux que je lui dise ?

— J'aimerais avoir l'occasion de m'excuser auprès d'elle en personne et de lui expliquer toute la situation.

— Quelle situation ? a demandé Amelia.

— Ma rédactrice en chef a complètement déformé l'article. Tu l'as lu ?

Amelia a eu un ricanement méprisant.

— Oui, je m'en doutais. J'ai montré mon article à Natalie. Elle m'a dit que je n'étais pas obligée, mais j'ai senti que c'était la bonne chose à faire, puisque nous savions toutes les deux que Gretchen voulait des ragots sur Natalie et Omar. Je ne savais pas qu'elle allait le modifier.

— Et tu penses vraiment que c'est une excuse suffisante ?

J'ai secoué la tête. — Non. Il n'y a aucune excuse. Je sors tout juste d'une réunion avec Gretchen. Elle a admis l'avoir modifié, mais elle a refusé de publier un démenti. Elle a prétendu que tout était exact, et techniquement, ça l'était, c'était juste fait de manière à donner une fausse image de Natalie et d'Omar.

— C'est le moins qu'on puisse dire, a marmonné Amelia.

— J'ai réussi à lui faire accepter de ne plus toucher aux futurs articles, et si elle compte faire des modifications, de me les communiquer vingt-quatre heures à l'avance pour que j'aie le temps de les examiner avec Natalie.

— Je croyais que Natalie avait dit qu'elle ne voulait pas continuer avec ça, a dit Amelia, en haussant les sourcils, me mettant au défi de mentir.

— C'est le cas. Et je respecte sa décision vu ce qui s'est passé. Cependant, j'espère qu'elle me donnera une autre chance. J'aime bien Natalie et Omar. J'ai un respect immense pour eux deux. Je veux que ces articles les représentent, ainsi que L'anse MacKellar. Gretchen ne comprend pas ce que cela signifie, mais elle a promis de ne pas toucher à mon prochain article.

— Et après ? a demandé Amelia.

— J'ai posé la même question. C'est comme ça que je l'ai convaincue d'accepter le préavis. Mais elle a dit que si le prochain article ne génère pas le même trafic, ou plus, elle risque de modifier les choses.

Amelia a jeté un coup d'œil sur le côté. Son regard s'est fixé sur quelque chose, ou quelqu'un, avant qu'elle hoche la tête. — Alors, j'imagine qu'on ferait mieux de s'assurer que le prochain article soit bon.

J'ai hoché la tête. — Je m'en chargerai. Si Natalie est d'accord.

En guise de réponse, la porte de sécurité s'est ouverte dans un déclic.

J'ai regardé Amelia pour confirmation, et elle a fait un signe de tête. J'ai ouvert la porte et je suis entrée, voyant Natalie juste de l'autre côté.

— Je suis vraiment désolée, lui ai-je dit. — Je n'avais aucune idée que ces changements allaient être faits avant que tu m'envoies un message. Dès que ma fille est partie à l'école, j'ai lu l'article, puis je suis allée voir Gretchen directement. Elle n'aurait jamais dû te faire ça.

— Non, c'est sûr. Mais j'apprécie que tu aies pris ma défense comme tu l'as fait.

— Je ne suis pas la seule à ne pas être d'accord avec ce que Gretchen a fait. Si elle continue comme ça, je démissionnerai. Et un de mes collègues a dit la même chose.

— Tu ne peux pas quitter ton travail à cause de moi, a glapi Natalie.

— Je peux et je le ferai, parce que ce n'est pas juste. Et je ne vais pas participer à la destruction de vies pour vendre des journaux. S'il y a quelque chose à dénoncer, je suis partante. Les fausses nouvelles et les histoires déformées ne sont pas la raison pour laquelle j'ai voulu étudier le journalisme. Je sais que L'anse MacKellar n'est pas un foyer d'activité intense comme une grande ville, mais c'est ce qui me plaît ici. C'est un bon endroit pour élever ma fille, et un bon endroit où vivre. Je ne veux pas changer ça pour faire plaisir à une personne qui s'ennuie.

Natalie a eu un petit rire. — Je suis d'accord. Et merci. J'ai été blessée en lisant l'article ce matin. Je n'ai jamais eu l'intention de donner l'impression que je flirtais avec Landon, et Omar est très investi dans ce mariage.

J'ai fait un pas en avant et j'ai pris sa main. — Je sais. Je suis d'accord. L'article que je t'ai envoyé est le même que celui que j'ai soumis. J'ai adoré votre façon d'être ensemble. J'ai été mariée pendant longtemps, et nous n'avons jamais été comme ça. C'était... Vous vous aimez vraiment.

— Oui, c'est vrai, a dit Natalie. — Et je suis d'accord pour continuer, mais...

J'ai immédiatement souri, jusqu'à ce qu'elle laisse ce *mais* en suspens dans l'air.

— Mais je veux que tu viennes au club de lecture.

— Ce week-end ? ai-je couiné.

Natalie a secoué la tête. — Tous les week-ends, au moins jusqu'au mariage.

— Je suis une mère célibataire. Mon ex n'est pas... Je ne peux pas compter sur lui.

— Il y a beaucoup de mères dans le groupe. Et si je me souviens bien, la fille de Melody est la meilleure amie de ta fille.

J'ai hoché la tête. — Oui, mais je n'aime pas demander à Ramsey de garder Mikayla toutes les semaines.

— Alors Omar le fera.

— Quoi ?

Natalie a haussé les épaules. — Omar restera avec elle. Si ça ne te dérange pas qu'il soit avec elle.

— Non. Enfin, oui, ça ne me dérange pas qu'Omar soit avec elle, mais je ne peux pas lui demander de faire ça.

— Je propose, ce qui signifie qu'il propose.

Amelia a reniflé. Natalie a souri.

— Je...

— Tu essaies de trouver des excuses, mais je veux que tu sois là. Je t'aime bien, Casey. C'est pour ça que j'ai été si contrariée par ça. J'ai été surprise que tu aies modifié l'article après qu'il ait été si gentil avec nous. Ta venue au club de lecture me donnera l'occasion de mieux te connaître, et ce sera bien pour tout le monde de te connaître. À mon avis, ils sont tous un peu contrariés, eux aussi.

J'ai grimacé. Elle n'avait pas tort.

— Viens dimanche. S'il te plaît.

J'ai cédé. — D'accord.

— Super. Merci.

— Merci à toi de comprendre pour Gretchen. Je n'aurais jamais laissé entendre que toi et Omar étiez comme ça.

— Merci. Mais je suppose qu'on va devoir travailler un peu plus dur pour trouver quelque chose qui lui plaira pour la semaine prochaine. Que dirais-tu de venir à mon enterrement de vie de jeune fille demain soir ?

— Quoi ?

Natalie a souri. — Ça va certainement pimenter les choses. On a loué le MacKellar Theater et on va faire les folles et se déchaîner. Amelia vient.

— J'ai mes colliers de perles en forme de pénis lumineux, prêts à servir, a dit Amelia avec un sourire et un clin d'œil.

Natalie a gloussé. — Dis que tu viens. Daisy fournira les colliers.

— Tu plaisantes ?

Natalie a secoué la tête. — Pas le moins du monde. La fête commence à dix-neuf heures. On va avoir de la nourriture et des boissons et on va s'emparer de la salle réservée aux adultes. Je n'ai aucune idée des films que Daisy a prévus, mais elle a collectionné toutes sortes de choses qui vont me faire rougir toute la nuit.

— Des pénis à gogo. Amelia a ri.

— Euh, je ne suis pas sûre. C'est un soir d'école, donc ma fille est à la maison.

— Finley et Trent ont déjà proposé d'accueillir chez eux les enfants qui ont besoin d'un endroit où rester. Andre et Daniel seront les chauffeurs pour tout le monde afin que les gens puissent boire sans se soucier de rentrer en voiture. Tout le monde du club de lecture vient, et je pense que ce sera un très bon sujet pour ton prochain article. Les locaux se lâchent.

J'ai reniflé à son titre pas vraiment brillant, mais je savais qu'elle avait raison. C'était définitivement le genre de chose que Gretchen voudrait dans le journal. Tant que je pouvais trouver un moyen de le faire d'une manière à la fois grand public et un peu scandaleuse.

— Laisse-moi parler à Melody. Si elle y va, je verrai si Mikayla peut rester avec elle.

— Elle y va, mais oui, parle-lui. Tiens-moi au courant. Tu peux faire le trajet avec Sofia ou Joelle puisqu'elles habitent toutes les deux dans ton immeuble, et on te ramènera à la fin de la soirée.

J'ai pesé mes options et j'ai hoché la tête. — Laisse-moi vérifier avec elle tout de suite, si ça ne te dérange pas ?

— Bien sûr.

Je me suis éloignée pour appeler Melody, sachant que ce n'était pas privé, mais c'était un peu moins impoli que de rester devant Natalie et Amelia à parler à quelqu'un d'autre.

— Salut, Casey. Comment vas-tu ?

— Ça va. Écoute, je parle à Natalie en ce moment, et elle m'a invitée à son enterrement de vie de jeune fille demain soir. Tu y vas ?

— J'y vais. La voix de Melody était hésitante.

— L'article, ce n'était pas moi. J'ai tout expliqué à Natalie. Gretchen l'a modifié après que je le lui ai rendu et ne me l'a pas dit.

— Oh, merde. Sérieux ? Je me demandais ce qui s'était passé.

— Ouais. Natalie a pensé que ce serait une bonne idée que j'aille à la fête et que j'utilise ça pour mon prochain article. Quelque chose qui pourrait plaire à Gretchen. Je t'expliquerai tout plus tard, mais si j'y vais, Mikayla…

— Peut toujours rester ici. Je te l'ai déjà dit. Amber va adorer une soirée pyjama en pleine semaine.

— Mikayla aussi, mais je déteste vous demander ça.

— Et Ramsey t'a déjà dit qu'il est heureux de l'avoir ici n'importe quand. Ce n'est vraiment pas un problème. Et ce sera bien pour toi d'être avec tout le monde et d'expliquer.

— Je sais. Natalie insiste aussi pour que je vienne au club de lecture toutes les semaines.

Melody a gloussé. — Elle a bien raison. Je savais que je l'aimais bien.

J'ai reniflé.

— Mikayla peut venir ici pour ça aussi. N'y pense même pas. S'il te plaît.

— Merci, Mel.

— Quand tu veux. Passe le bonjour à Natalie et Amelia.

— Je leur dirai. On s'appelle vite.

— Salut, ma belle.

— Salut.

— Elle a dit oui ? a demandé Natalie, même si elle connaissait déjà la réponse.

— Oui.

— Bien. Alors, tu n'as plus d'excuses. J'ai déjà dit à Sofia et Joelle de passer te prendre avant de venir demain soir.

J'ai gloussé. — Merci, Natalie. J'ai hâte d'y être.

— Moi aussi. Plus que quelques semaines avant que je sois une femme mariée, et je compte bien profiter de toutes les festivités qui précèdent. Et ensuite, je vais profiter d'être mariée à l'homme que j'aime.

— Tu le mérites, a dit Amelia. — C'est tellement bon de te voir aussi heureuse.

— Merci. Je n'aurais jamais cru trouver quelqu'un qui m'aimerait pour ce que je suis, mais Omar est tout ce que j'ai toujours espéré, et même plus.

— Il est parfait pour toi. Amelia a serré Natalie dans ses bras, et elles m'ont attirée dans leur petit cercle.

J'ai ri, sentant ma poitrine se serrer. Je n'avais jamais connu un amour comme celui de Natalie et Omar. Et je ne le connaîtrais probablement jamais. Et c'était difficile à accepter.

Mais c'était mon choix. Je ne cherchais pas à avoir le cœur brisé à nouveau. Jamais.

MIKAYLA ÉTAIT RAVIE d'avoir la chance de dormir chez Amber un soir d'école. J'étais moins ravie, mais j'ai perdu la bataille. Melody a décidé de rentrer avec moi pour que j'aie ma voiture à la maison alors qu'elle n'en avait pas, et à dix-huit heures trente, nous avons frappé à la porte de Sofia.

— Salut ! a dit Sofia en nous laissant entrer. — Ça fait tellement plaisir de vous voir, les filles !

Je m'inquiétais de l'accueil que je recevrais après l'article, mais Melody m'avait assuré que tout irait bien. L'accueil de Sofia m'a fait penser que Melody avait peut-être raison.

— Comment vas-tu ? lui ai-je demandé.

— Bien. On est presque prêtes. Daniel va nous déposer toutes les trois, puis je crois qu'il va chez Trent. Ramsey emmène les filles là-bas pour un petit moment, n'est-ce pas ? a demandé Sofia à Melody.

Melody a hoché la tête. — Ouais. Je crois que tous les mecs et les enfants y vont pour dîner.

— Daisy a l'air super excitée pour ce soir. Tu as une idée de ce qu'elle a prévu ? a demandé Sofia.

Melody a eu un sourire en coin. — Je sais peut-être deux ou trois trucs. Melody possédait une entreprise d'événementiel qui organisait et fournissait du matériel pour les fêtes de jeunes enfants.

— Tu comptes développer ton activité ? lui ai-je demandé.

Melody a reniflé. — Oh mon Dieu, non. J'adore une

bonne blague de pénis, mais avec Amber à la maison, je ne vais pas stocker un million de pénis chez moi.

— Je suis arrivé au mauvais moment pour entendre ce commentaire, a dit Daniel, derrière Sofia. Daniel était en réalité Trey Ryan, mais il utilisait son deuxième prénom à L'anse MacKellar. C'était une rockstar devenue auteur-compositeur qui était tombé amoureux de Sofia un été et n'avait jamais quitté la ville. Il avait toujours été sympa les rares fois où je lui avais parlé. Admettre que j'étais impressionnée par lui était un euphémisme.

— Tu te souviens de Casey ? a demandé Sofia en me désignant d'un signe de tête alors que nous nous dirigions toutes vers le couloir.

— La journaliste, c'est ça ? a-t-il demandé.

J'ai grimacé. — Ouais. Son ton était tout sauf amical.

— Sofia a dit que ta rédactrice en chef avait modifié l'article sur Natalie et Omar. Quelle connerie.

— C'en était une. Elle ne comprend pas la vie ici.

— C'est une adaptation, c'est sûr, mais une bonne si on est prêt à laisser tomber les conneries toxiques qui existent dans le monde. Ça fait du bien d'être quelque part où les gens veulent vraiment être ton ami pour les bonnes raisons. Daniel a passé son bras autour des épaules de Sofia et a embrassé sa tempe.

— Mais tu n'es pas arrivé ici avec les mêmes pensées. Il a fallu un petit moment pour t'avoir à l'usure, a dit Sofia. Elle nous a menées vers la porte et dehors, dans l'air frais du soir.

— C'est vrai. Mais l'amour embellit tout. Peut-être qu'elle a besoin d'un peu de romance dans sa vie. Daniel a eu un sourire en coin en déverrouillant son véhicule.

— Probablement, mais ce n'est pas moi qui vais lui dire ça, ai-je dit.

Daniel a reniflé. — C'est juste.

Melody et moi nous sommes assises sur la banquette

arrière du véhicule utilitaire sport de Daniel. Le trajet jusqu'au MacKellar Theater a été rapide et rempli de spéculations sur ce qui nous attendait à l'enterrement de vie de jeune fille.

— Est-ce qu'Omar a un enterrement de vie de garçon ? ai-je demandé.

— Samedi soir, a répondu Daniel. — Pas mal de couples ont des enfants, alors Natalie et Omar ont réparti les jours pour qu'il y ait des gens disponibles pour garder les enfants. Comme Natalie voulait aller au cinéma, la seule option était un soir de semaine, car ils projettent des films pour le public le week-end.

— C'est vraiment attentionné de leur part, ai-je dit.

— Tu sais comment ils sont. Ce sont des gens bien, a dit Melody.

— Les meilleurs. La preuve, c'est que je suis assise ici après ce qui s'est passé. Je me suis renfrognée à la pensée de l'article.

— On met tout ça dans le passé et on va profiter de ce soir. Sofia s'est penchée par-dessus la console alors que Daniel passait en mode stationnement. Elle lui a donné un baiser, et il l'a attirée à nouveau vers lui alors qu'elle essayait de s'esquiver.

Melody et moi sommes sorties, les laissant se dire au revoir seuls. Melody a passé son bras sous le mien et m'a guidée vers la porte. Un rideau était suspendu à l'intérieur de l'entrée, déclarant que le cinéma était fermé pour une soirée privée. Melody a affiché un large sourire.

— Et que la fête commence, a-t-elle dit en ouvrant la porte.

Je suis entrée, le son des voix parvenant à mes oreilles à travers les rideaux épais qui bloquaient la vue depuis la rue. J'ai tiré le rideau et j'ai ri.

Il y avait des pénis partout. Des pénis gonflables

pendaient du plafond. Des guirlandes lumineuses décoraient les murs. Tout le monde portait des lunettes en forme de pénis et des colliers lumineux. Natalie portait un chapeau de pénis géant avec une flèche la désignant comme la future mariée.

— Oh. Mon. Dieu, a dit Sofia en apparaissant à côté de moi. — C'est le meilleur truc de tous les temps.

Melody m'a attrapé le bras et m'a entraînée dans le chaos. — Allons trouver des pénis.

J'ai reniflé et je l'ai laissée m'entraîner.

— Hé ! Vous êtes là ! Un collier ? a proposé Daisy à chacune de nous, passant des colliers lumineux en forme de pénis autour de nos cous sans attendre de réponse. Les colliers clignotaient lentement vers nous.

— Est-ce qu'ils nous jugent ? a demandé Sofia.

— Je me posais la même question ! a dit Melody.

— N'est-ce pas ? Vous pouvez les accélérer en… appuyant sur les boutons, a dit Daisy.

— Ça va être tellement amusant, a dit Sofia. Piper a appelé son nom de l'autre côté de la pièce, et Sofia s'est éloignée pour serrer sa meilleure amie dans ses bras.

— Natalie va être super contente de vous voir toutes les deux. Elle a déjà commencé à boire. Qu'est-ce que vous voulez ? a reniflé Daisy. — J'ai commencé à boire avec elle. Il faut que vous preniez un verre pénis.

Le comptoir de bonbons était complètement transformé. Tous les bonbons avaient été retirés et remplacés par une variété de décorations en forme de pénis. Sur le dessus se trouvait une collection de bonbons et de friandises en forme de pénis.

— Ils sont tous fourrés de quelque chose, a dit Daisy, contenant à peine son rire. — Valentina est une véritable artiste.

— J'ai entendu mon nom ? a dit Valentina. C'était la pâtissière de Cove Bakery, la meilleure pâtisserie à cent cinquante kilomètres à la ronde, si j'avais mon mot à dire. Elle était talentueuse et créative, mais là, c'était un autre niveau.

— Comment diable as-tu fait tout ça ? a demandé Melody à Valentina.

— C'était tellement amusant. Brantley n'était pas ravi d'être mon goûteur, mais il s'en est remis. Valentina a ricané.

— Tu lui as fait manger des bonbons en forme de pénis, n'est-ce pas ? a demandé Melody.

— Bien sûr ! Je devais savoir si les saveurs tiendraient le coup dans les plus petites tailles. Valentina a eu un sourire en coin.

— Tu es terrible. Il a cru à ce mensonge ? a demandé Melody.

— Il a été récompensé pour son sacrifice, a dit Valentina avec un clin d'œil.

— Génial. Melody a gloussé. — Lequel est ton préféré ?

— Ils sont tous bons. Nous avons du chocolat noir avec du sel de mer et du caramel, du chocolat au lait avec de la cerise, et du chocolat blanc avec une ganache à l'intérieur. Bien sûr, il faut que vous voyiez le gâteau. Valentina a montré un gâteau en forme de pénis massif qui trônait sur une table contre le mur opposé.

— Oh, c'est incroyable, a dit Melody en m'entraînant vers lui.

J'ai fixé le gigantesque gâteau en forme de bite et je n'ai pas pu retenir mon rire. — C'est la meilleure fête à laquelle j'ai jamais assisté.

— Woohoo ! a dit Natalie en entendant mon commentaire et en nous rejoignant.

Toutes les autres ont fait écho à son acclamation.

— Je suis si excitée pour mon pénis massif, a dit Natalie. Elle a passé son bras autour de mes épaules. — Je suis tellement saoule. Mais s'il te plaît, n'écris pas ça.

— Je te promets qu'on va capturer l'amusement et l'excitation de la soirée, pas les détails.

— Parfait. Maintenant, allons te trouver un pénis ! a crié
Natalie, suscitant les acclamations de toutes les autres
personnes présentes.

J'ai dû rire. Ça allait être une soirée amusante.

ollier-pénis. Boisson-pénis. Glaçons en forme de pénis dans la boisson. Snacks-pénis, pizzas-pénis, gâteau-pénis. J'ai été mariée pendant une décennie et je ne m'étais jamais retrouvée entourée d'autant de pénis de toute ma vie.

C'était plutôt amusant.

— J'étais vraiment déçue qu'on ne puisse pas lancer des confettis en forme de pénis partout, mais Xavier avait peur qu'il en reste, m'a dit Melody alors qu'on s'asseyait avec nos parts de pizza-pénis.

— Ouais, ça aurait été un problème, ai-je approuvé. — Mais ça aurait été génial, quand même. Je ne savais pas qu'il existait autant de trucs en forme de pénis.

Melody a ricané. — Pas vrai ? C'est dingue, tout ce qu'on trouve pour les enterrements de vie de jeune fille. Daisy et moi, on s'est bien trop amusées. Mon truc préféré, c'était le rideau de pénis.

J'ai secoué la tête. L'entrée de la salle de cinéma était recouverte d'un rideau de pénis qui pendaient comme des serpentins dans l'embrasure de la porte. Des pénis en érection, bien sûr. Blancs et bleu marine, comme les couleurs de leur mariage. Toutes les tables avaient des décorations de pénis assorties, accrochées tout autour. Et encore plus de pénis sur les sous-verres et les centres de table.

— Je dois dire que traverser un rideau de pénis, c'était une première pour moi.

— Les boissons-pénis sont plutôt bonnes. J'étais si contente qu'on ait trouvé ces verres et les mélangeurs.

Je n'ai pas pu m'empêcher de rire. Absolument tout pour la fête avait un pénis dessus.

— Encore à boire ! a lancé Willow en revenant à notre table, suivie de près par Elise.

Willow était la sœur et l'amie la plus proche de Melody. Elles s'étaient disputées il y a quelques années, mais les choses s'étaient arrangées et elles étaient de nouveau proches. Elise et Willow avaient tout de suite accroché quand elles avaient réalisé qu'elles partageaient le même humour grivois.

— Alors, qui va conclure ce soir ? a demandé Elise sans la moindre discrétion.

Des acclamations se sont élevées de la part de la moitié des invitées. Un sifflement a suivi, ponctué par la basse puissante qui martelait depuis les haut-parleurs alors que *Magic Mike* passait sur l'écran du cinéma.

— Si je n'y comptais pas avant, regarder ce film me donne envie de rentrer chez moi en courant, tout de suite, a dit Willow avec un clin d'œil coquin.

— Pas vrai ? Elise a fixé l'écran tandis que les personnages principaux exécutaient des ondulations du corps qu'aucun véritable humain ne semblait pouvoir réaliser. — C'est ce qu'il y a de mieux après un club de strip-tease. Je pense que Daisy est un génie. Et toi aussi, pour avoir aidé à organiser tout ça. Elise a serré Melody dans ses bras.

— C'était amusant. Le film est une excellente option.

Natalie a dit qu'elle voulait quelque chose de simple et de décontracté. Daisy a eu toutes les idées. Je l'ai juste aidée à les concrétiser. Melody a pris une gorgée des verres que Willow et Elise nous avaient apportés.

J'ai fait de même, laissant la douceur de l'alcool s'installer dans mon estomac. J'étais plus qu'un peu pompette. J'étais censée travailler, mais je m'amusais. La fête était une immense célébration de l'amitié et de l'amour, et j'étais honorée que Natalie m'ait invitée.

La fête a continué pendant que les hommes à l'écran s'entraînaient à tous leurs mouvements défiant la gravité, et j'ai profité de toute cette perfection phallique et de ces cocktails de zizis.

— Oh, merde, ai-je soufflé en me levant pour aller aux toilettes.

— Tu es complètement torchée. Melody m'a attrapé le bras et a ri. — Combien tu en as bu ? Elle a désigné mon verre vide d'un signe de tête.

J'ai haussé les épaules. — Quelques-uns, je suppose. Ça fait juste un moment que je ne me suis pas levée.

— Ça va aller ?

Je lui ai fait un signe de la main et me suis dirigée vers le rideau de pénis pour trouver les toilettes. Un pénis bleu géant se trouvait sur la porte des toilettes pour hommes, et un pénis rose géant avec une bague de fiançailles sur celle des femmes. J'ai gloussé en poussant la porte.

— Casey ! Je suis si contente que tu sois là. Tu t'amuses ? Moi, je m'amuse. Natalie était encore plus saoule que moi. Elle m'a jeté les bras autour du cou et a failli nous envoyer toutes les deux au sol.

— Ouh là, ai-je dit, riant avec elle en nous rattrapant d'une main sur le comptoir.

— Oups. Je suis désolée. Je crois que j'ai un peu trop bu.

— Tu vas bien ?

— Ouais. Je m'amuse beaucoup. J'aime voir tout le monde et qu'on soit toutes ensemble, tu sais ? C'est comme ça que la vie devrait être. Heureuse, amusante et pleine de bites. Elle a plaqué une main sur sa bouche. — Une seule bite. Je ne veux pas d'autres bites. Juste celle d'Omar. Je t'ai raconté la fois où je suis tombée et où je lui ai attrapé la bite ? J'étais si gênée, mais même molle, c'était une belle bite. Elle m'a fait un grand sourire. — J'aime sa bite.

J'ai ricané. — Tant mieux, vu que tu vas en profiter pour le reste de ta vie.

— Oh oui. Je n'ai jamais trop aimé les bites. Enfin, je n'ai jamais rien essayé d'autre, mais je n'ai pas eu beaucoup de petits amis avant Omar. C'est le meilleur de tous. Il m'aime avec toutes mes folies. Il dit que je le rends heureux.

— C'est vraiment un aspect important du mariage.

— Ça l'est. C'est pour ça que ton mariage n'a pas duré ? Je ne veux pas que ça m'arrive. Peux-tu me dire ce que je devrais éviter ? Ses yeux se sont écarquillés comme si elle attendait que je lui révèle le plus grand secret de tous les temps.

Je me suis penchée, l'alcool dans mon système me faisant glousser. — Évite les mauvaises bites.

Natalie a hoché la tête, très sérieuse. — D'accord. Je le ferai. Quoi d'autre ?

J'ai haussé les épaules. — Je ne sais pas. Mon mariage n'a pas duré parce qu'on ne s'aimait pas tant que ça. Il ne m'a jamais fait rire. Landon me fait rire. Je veux ça dans ma prochaine relation. Si jamais j'en ai une autre. J'ai essayé de flirter avec mon partenaire, mais il m'a rembarrée. Je crois que je ne coucherai plus jamais.

— Tu devrais ramener un pénis géant à la maison. Pas pour coucher avec, mais juste pour que tu aies un pénis avec toi. Ooh, peut-être que tu devrais en prendre des petits aussi. Comme ça, tu pourras en garder un dans ton sac et un dans ta salle de bain. Tu pourras être entourée de pénis !

— Euh, qu'est-ce qui se passe ici ? a demandé Daisy, d'un ton bien trop sobre pour ma sensibilité d'ivrogne.

— On parle de mauvaises bites et d'abstinence sexuelle, a dit Natalie, comme si ça expliquait tout.

— Qu'est-ce que ça veut dire ? a demandé Daisy.

— Ça veut dire que Casey ne va plus jamais coucher parce que son mari avait une mauvaise bite. Natalie m'a regardée et a hoché la tête.

Daisy m'a jeté un regard. — Le film est presque fini. Tu veux regarder la fin ?

— Oui ! J'adore *Magic Mike*. Tu crois que je peux convaincre Omar de danser comme ça pour moi ? Il pourrait être mon strip-teaseur. Je ne veux pas que ces types épilés et huilés se frottent partout sur moi, mais ce serait bien qu'Omar se frotte partout sur moi. Je pense qu'on devrait lui demander…

La voix de Natalie s'est estompée tandis que Daisy la sortait des toilettes. La porte a glissé pour se refermer derrière elles, et je me suis souvenue pourquoi j'étais là.

Je me suis précipitée vers une cabine et j'ai fermé la porte. Je me suis assise et je me suis détendue, laissant mon cerveau qui tournait se calmer à nouveau. Quand je me suis relevée, la porte des toilettes s'est rouverte. J'ai tiré la chasse et ouvert la porte de la cabine pour trouver Valentina et Goldie qui entraient.

— Salut ! leur ai-je lancé.

— Salut. Tu es saoule ? a demandé Goldie.

J'ai hoché la tête. — Oui. Je n'ai plus beaucoup d'occasions de boire, et ça m'a frappée plus fort que je ne le pensais. Ça se voit tant que ça ?

— Tout le monde est saoul. Sauf Haley, qui allaite, et

Daisy, qui s'assure que tout le monde va bien. Tu as un moyen de rentrer chez toi, n'est-ce pas ? a demandé Valentina.

J'ai de nouveau hoché la tête, qui est devenue chancelante avec le mouvement. — Sofia et Daniel m'ont amenée. J'habite dans leur immeuble.

— Bien. Je suis contente que tu aies pu venir. Nous savons toutes les deux à quel point le divorce et la vie de mère célibataire peuvent être difficiles. Tu vas bien ? a demandé Goldie.

— Pourquoi es-tu gentille avec moi ? Après la sortie de cet article ? lui ai-je demandé.

— Natalie a raconté à tout le monde ce qui s'est passé. J'ai connu ça, des patrons qui font tout leur possible pour ruiner ta carrière. C'est nul. Et tu ne mérites pas d'être blâmée pour ça, a dit Goldie.

— On ne juge pas non plus les gens sur une seule chose. On sait que tu es une amie pour Natalie. Elle voulait vraiment que tu sois là, a ajouté Valentina.

— Je suis son amie. J'aime beaucoup Natalie et Omar. Je veux que leur amour en inspire d'autres. Il m'inspire.

— Ils sont vraiment géniaux, a approuvé Goldie.

Je me suis lavé les mains et je suis partie pendant que les deux femmes verrouillaient les portes des cabines. Je suis retournée dans la salle de cinéma et j'ai repris ma place, trouvant deux nouveaux verres devant mon siège.

— Dernière tournée, alors je nous en ai pris deux chacune. On ne conduit pas, Melody a levé un verre pour qu'on trinque. — Santé.

— Merci d'être restée avec moi tout ce temps. Je suis sûre que tu avais d'autres personnes à qui tu voulais parler, lui ai-je dit en prenant une bonne gorgée de ma boisson.

— On est amies, Casey. Tu ne m'as empêchée de parler à

personne d'autre. Je me suis amusée. Et j'ai entendu dire que tu avais dit à Natalie d'éviter les mauvaises bites. C'était quoi, cette histoire ?

J'ai ricané et lui ai raconté ma conversation avec Natalie dans les toilettes. Melody a ri et a trinqué de nouveau avec moi. — Aux bonnes bites uniquement.

— Aux bonnes bites !

— Hourra ! ont dit toutes les autres en entendant notre toast.

Melody et moi avons fini nos verres alors que le film se terminait. Daisy a demandé de l'aide pour amener Natalie à la porte, puis l'a déversée dans le véhicule utilitaire sport d'Omar en riant.

— Vous nous avez laissé de l'alcool en ville ? a taquiné Omar en s'adressant à Daisy.

Daisy a secoué la tête. — Non. On a tout bu ! Daisy a ri et a fait un signe de la main alors qu'ils partaient.

Melody a demandé à Daisy si elle avait besoin d'aide pour nettoyer, et nous avons toutes mis la main à la pâte pour débarrasser la salle de cinéma de ses pénis. Daisy a sorti des bacs pour ranger la plupart des fournitures, en disant aux gens de garder tout ce qu'ils voulaient.

Elle m'a tendu un centre de table en forme de bite et un verre à shot en forme de pénis. — Natalie voulait que tu aies ça. Je ne pose pas de questions.

J'ai reniflé un rire et accepté les cadeaux. — Merci. C'est la seule bite que je vais avoir de sitôt, alors je vais en profiter.

Daisy a rejeté la tête en arrière et a ri. — Alors il te faut plus de bites. Tu as ton collier. Elle a montré de la tête les colliers lumineux que nous portions toutes. — Et ton verre, ta paille, et ton glaçon. Chacune avait les siens pour la soirée, et nous allions toutes les ramener à la maison. — Oh ! Un sous-verre ? Daisy m'en a tendu un, puis a attrapé une bite gonflable. — Ça aussi. Et la guirlande de bites.

— On dirait ma vie amoureuse, ai-je marmonné.

Daisy a reniflé. — C'est... Désolée. C'était drôle.

— Malheureusement vrai.

— Qu'est-ce qui est vrai ? a demandé une voix juste derrière moi. Une voix que je commençais à bien connaître. Landon.

— Casey ramène à la maison une guirlande de bites. Elle a dit que c'était comme sa vie amoureuse.

— Aïe, a-t-il dit, un sourire en coin se dessinant sur ses lèvres.

— Je ne parle pas de toi, l'ai-je rassuré.

— Eh bien, c'est bon à savoir. Il a soutenu mon regard pendant un long moment. — Tu es prête à y aller ?

— Aller où ?

Il a eu un petit rire. — I'Je raccompagne les gens. Andre m'a traîné ici ce soir, puis m'a forcé à ramener un tas de femmes saoules à la maison après une soirée... Il s'est interrompu en regardant autour de lui. — Avec un tas de bites.

J'ai reniflé un rire. — Oui, mais aucune n'était vraie.

— C'est bien dommage.

J'ai ouvert la bouche pour dire quelque chose. Je ne sais pas ce que j'allais dire. Mon regard s'est ancré dans le sien, et toutes mes pensées se sont envolées. Toutes, sauf une : je voulais sa bite.

Landon a eu un petit rire. — Peut-être quand tu ne seras pas ivre.

J'ai plaqué une main sur ma bouche. — J'ai dit ça à voix haute ?

— Je crois que ça veut dire qu'il est temps de te ramener.

J'ai hoché la tête et l'ai laissé me conduire dehors, dans la nuit froide. Il faisait sombre, la plus grande partie de la ville était déjà profondément endormie.

La main de Landon était chaude sur mon dos alors qu'il me guidait vers son véhicule utilitaire sport. Il a ouvert la portière avant et m'a stabilisée pendant que je jonglais avec toutes mes bites en essayant de me hisser à l'intérieur. Ses mains se sont posées sur mes hanches, son corps pressé contre mon dos.

Il s'est immobilisé une minute, reprenant son souffle.

La chaleur m'est montée aux joues quand j'ai compris qu'il rassemblait ses forces pour soulever mon corps imposant dans le véhicule.

— Tu sens bon, a-t-il murmuré dans mes cheveux.

— Quoi ?

— - Tu sens la mûre et le lilas. Il a frissonné contre moi, et j'ai senti quelque chose d'épais contre mon derrière qui n'était pas là une minute plus tôt.

— Oh.

— Je suis désolé. Je ne devrais pas… Il m'a hissée sur le siège et a claqué la portière avant que j'aie eu le temps de réfléchir à ce qui se passait exactement.

Je l'ai regardé fixement pendant qu'il contournait l'avant du véhicule. Il s'est arrêté près de sa portière, la tête baissée et les lèvres remuant comme s'il se remontait le moral.

Il a relevé la tête et a plongé son regard dans le mien.

Le souffle m'a manqué si violemment que j'en ai eu le vertige. Le désir dans ses yeux… Est-ce que c'était du désir ? Jamais un homme ne m'avait regardée comme il le faisait.

Il a ouvert brusquement la portière et est monté à côté de moi, arrachant son regard du mien et agrippant le volant si fort que ses jointures ont blanchi. — Je sais que ça ne fait pas partie de notre accord. Je suis désolé d'avoir dépassé les bornes.

— Quelles bornes as-tu dépassées ? *Et peux-tu les dépasser encore un peu plus ?*

— Tu voulais savoir comment draguer quelqu'un d'autre, pas moi. On n'est pas… Tu ne cherches rien de plus que du sexe. Je comprends. Je ne dépasserai plus cette limite et je ne mettrai plus mes mains sur toi.

— J'ai aimé tes mains sur moi, ai-je murmuré.

Il a aspiré une brusque bouffée d'air. — Casey.

Le mot était douloureux, comme si gémir mon nom lui coûtait quelque chose.

Des rires ont fusé dans l'air quand d'autres sont sortis du cinéma. Landon a démarré le véhicule utilitaire sport et s'est éloigné du trottoir sans un mot de plus.

Quelques secondes plus tard, il se garait devant mon immeuble. Quelques secondes de plus, et il ouvrait ma portière.

— Tu montes ? ai-je laissé échapper.

Il a eu un petit rire. — J'adorerais, mais je pense que tu as besoin de dormir.

— Je vais bien.

— Tu t'es endormie pendant le trajet.

— Non, pas du tout. C'est à cinq minutes d'ici.

— Et pourtant, tu dormais.

— J'imagine que je suis plus ivre que je ne le pensais.

— C'est pourquoi je vais te raccompagner à ton appartement et te laisser avec toutes tes bites.

J'ai baissé les yeux sur toutes les bites dans mes mains et j'ai su, sans l'ombre d'un doute, que je préférerais toutes les laisser derrière moi pour jouer avec la sienne.

Mais je ne pouvais pas lui dire ça.

J'ai pincé les lèvres pour garder les mots à l'intérieur et j'ai hoché la tête.

Il m'a aidée à glisser hors du siège et a ramassé les pénis que j'avais fait tomber sur le trottoir. Nous avons réorganisé ma collection pour que je puisse prendre mes clés et déverrouiller la porte d'entrée.

Landon m'a suivie en silence dans les escaliers jusqu'à

mon appartement. Ses pas étaient légers sur les marches recouvertes de moquette, mais je pouvais sentir sa présence juste derrière moi. Il était assez proche pour me rattraper si je trébuchais, ou si je m'appuyais contre son corps.

J'étais tentée, mais je ne voulais pas risquer de nous blesser tous les deux.

Nous sommes arrivés à ma porte, et il s'est appuyé contre le mur pendant que je la déverrouillais. J'ai tendu le bras à l'intérieur et j'ai allumé la lumière. — Tu veux entrer une minute ?

Il m'a regardée droit dans les yeux, et nous sommes restés immobiles, sans respirer, pendant plusieurs longs instants, puis il a hoché la tête.

Je suis entrée, en lui tenant la porte pour qu'il me suive. Il l'a attrapée et l'a laissée se refermer doucement, par respect pour mes voisins. Je suis allée dans la cuisine pour déposer mes bites sur la table.

Landon a suivi, posant sa part de ma collection de bites.

Un rire m'a échappé.

— Qu'est-ce qui te fait rire ?

— Il n'y a jamais eu une seule bite dans cet appartement depuis que j'ai emménagé. Maintenant, il y en a quelques douzaines.

Il a ri avec moi, le doux souffle de sa respiration sur mon cou attirant mon regard vers le sien.

Une fois de plus, je me suis perdue dans ses yeux. De l'or entourait sa pupille qui se dilatait, donnant un éclat à ses yeux marron foncé. Je me suis penchée vers lui, attirée par une force invisible qui me déplaçait sans même que j'en sois consciente.

Il a gémi et a comblé la distance entre nous, ses lèvres s'écrasant sur les miennes et me volant tout souffle, toute pensée et toute raison.

J'ai soupiré contre ses lèvres, souriant à la sensation de

son corps contre le mien. Son érection a grandi entre nous, et j'ai enroulé mes bras autour de sa taille, le tenant près de moi.

Il a embrassé mes lèvres avec une lenteur tranquille, goûtant chacune d'elles avec la pression ferme des siennes. Sa langue est sortie pour glisser sur ma lèvre inférieure, et j'ai gémi en passant la mienne le long de la sienne.

Il a frissonné et m'a attirée plus près avec une rapide inspiration. Ses bras se sont resserrés autour de mon dos, me plaquant contre ma nouvelle bite préférée.

J'ai gloussé à cette pensée, et il s'est retiré.

— Ce n'est pas la réaction que j'espérais.

— Je pensais juste que tu as ma nouvelle bite préférée.

Il a reniflé. — Avec toutes ces options, tu as une préférée ?

J'ai hoché la tête. — Sans l'ombre d'un doute.

Son souffle s'est échappé dans un soupir tremblant. — Je devrais y aller.

— Pourquoi ?

Il a souri et a glissé mes cheveux derrière mon oreille. Ses doigts se sont attardés sur ma mâchoire, me faisant frissonner. — Parce que j'ai vraiment envie de rester.

— Ça n'a aucun sens. Si tu veux rester, tu devrais rester.

— Pas quand tu es ivre, Casey. Je ne veux pas que tu regrettes quoi que ce soit demain, et si je suis là, tu pourrais le regretter.

— Je ne regretterai rien.

— Alors tu pourras me le dire demain.

J'ai fait la moue, mais même si mon corps le désirait ardemment, je savais qu'il avait raison. C'était l'alcool qui m'avait rendue assez audacieuse pour lui dire les choses que je lui avais dites.

— Verrouille la porte derrière moi. Et bois de l'eau avant d'aller te coucher. Prends peut-être des analgésiques.

J'ai hoché la tête. — Je le ferai. Reegan a été un imbécile de te laisser partir.

Il s'est arrêté, la main sur la poignée de la porte. — Bonne nuit, Casey.

— Bonne nuit, Landon.

Il m'a embrassée sur le front, puis il est parti.

12

LANDON

J'ai repassé ses derniers mots en boucle dans ma tête pendant tout le trajet du retour. *Reegan a été stupide de te laisser partir.* Sauf que c'était moi qui avais finalement prononcé les mots qui avaient mis fin à notre histoire. C'était moi qui l'avais laissée partir.

Je me suis garé derrière mon atelier et je suis resté assis dans le silence pendant que ma voiture refroidissait, le moteur pétaradant doucement. Mettre fin à ma relation avec Reegan ne m'avait jamais paru stupide. Pas quand je savais que nous n'étions pas faits pour être ensemble. Elle était devenue une partie confortable de ma vie, une partie dont je ne voulais pas me passer. Mais embrasser Casey…

Jamais un simple baiser ne m'avait excité à ce point. Pas même quand j'étais gamin et que je ne savais pas ce que les mots voulaient dire ou ce à quoi un baiser pouvait mener. Être avec Casey était une expérience d'un tout autre genre. Une que je voulais renouveler aussi souvent que possible.

Notre ville endormie était calme alors que je rentrais chez moi et montais à mon appartement. J'ai attrapé un verre, je l'ai rempli d'eau, puis je me suis dirigé vers la douche pour en prendre une froide. La bite préférée de Casey bandait toujours aussi fort après sa déclaration.

J'ai jeté mes vêtements dans le panier à linge et je suis entré dans la douche, grimaçant sous l'eau froide. J'ai fermé les yeux et j'ai mis la tête sous le jet, sachant que je ne pourrais pas dormir tant que je n'aurais pas soulagé la pression qui montait en moi. Mon cerveau s'obstinait à rejouer la soirée jusqu'à ce que la douche froide ressemble à un hammam.

J'ai donné un coup sur la poignée pour réchauffer l'eau et j'ai attrapé ma bite. Une caresse et je gémissais. Une autre et je me cambrais contre ma main.

— Putain.

Je me suis masturbé plus fort, plus vite, me crispant à chaque aller-retour de mon poing sur ma bite. Mon autre main a frappé le mur. L'eau martelait mon dos, glissant sur ma poitrine et ajoutant une onctuosité à mon poing.

— Bordel… de merde.

Je n'arrivais pas à me masturber assez vite. Casey me regardant, les yeux ensommeillés, une collection de bites sur les genoux. Casey me disant que j'avais sa bite préférée. Casey tombant sur mon présentoir et ayant l'air mignonne à crever avec ses joues roses. Casey entrant dans mon atelier habillée comme une pro et bouleversant tout mon univers en me demandant des leçons de flirt.

Et ce baiser.

— Oui. Putain ! J'ai joui violemment en pensant à notre baiser. Sa langue sortant pour goûter la mienne. Est-ce qu'elle se servirait de sa langue en me suçant ? Est-ce qu'elle utiliserait ses mains ? Est-ce qu'elle gémirait avec moi ?

J'ai failli m'effondrer en imaginant Casey à genoux sous la douche avec moi. Elle n'avait aucune idée de l'effet qu'elle me faisait. À quel point elle était désirable. À quel point elle était putain de sexy.

J'ai repris mon souffle et j'ai lutté contre le besoin profond de dormir. Après quelques secondes, j'ai coupé la douche et je suis sorti, sachant que si je ne me couchais pas rapidement, mon esprit la ramènerait au premier plan et je ne trouverais jamais le sommeil.

Cinq minutes plus tard, j'étais au lit, nu, et je regrettais d'être seul.

JE N'AI PAS EU de nouvelles de Casey pendant trois jours. Je lui ai envoyé quelques textos, lui demandant si elle voulait qu'on déjeune à nouveau ensemble, mais elle n'a jamais répondu.

J'ai essayé de me raisonner en me disant qu'elle était occupée, mais je savais que ce n'était pas vraiment ça. Elle se cachait de moi.

Ce qui soulevait la question : pourquoi ?

Avait-elle honte de s'être saoulée et d'avoir flirté avec moi ? Regrettait-elle le baiser ? Avait-elle fini avec les leçons de flirt puisqu'elle avait prouvé qu'elle savait ce qu'elle faisait ?

Je n'avais pas la réponse, et je ne connaissais personne à qui demander. Non pas que je le ferais. Probablement. Peut-être.

Bon, d'accord, je mourais d'envie de demander à quelqu'un, mais à quel point serais-je pathétique ? Un homme adulte demandant à son pote s'il pensait qu'une femme était intéressée par moi. Non. Pas question de retomber dans ces conneries de lycée.

Ce qui signifiait que je devais trouver un moyen de parler à Casey.

Je me sentais comme un connard de la manipuler, mais ça me semblait être la meilleure option. Surtout que mon autre idée était de débarquer à son appartement, mais je n'étais pas sûr de la façon dont elle le prendrait et de la possibilité que sa fille soit à la maison.

SALE VIE

Maintenant, c'est à mon tour de m'excuser de ne pas avoir donné de nouvelles. Le travail a été chargé ces derniers temps. Comment vas-tu ?

Je n'étais pas sûr qu'elle réponde, mais elle n'a pas tardé à le faire.

TROP OCCUPÉ

Je n'étais pas sûre d'avoir de tes nouvelles. On aurait dit que je t'avais fait fuir en te demandant de nous voir.

SALE VIE

Pas fait fuir. Le travail et la vie sont devenus plus mouvementés que prévu. J'aurais dû te contacter.

TROP OCCUPÉ

Ce n'est pas grave.

SALE VIE

Pour moi, si. Je me suis un peu pris la tête et j'ai laissé le travail m'absorber. Ce n'était pas juste pour toi. Ni pour moi, parce que discuter avec toi m'a manqué.

TROP OCCUPÉ

Avec ça, difficile de t'en vouloir.

SALE VIE

Tant mieux. Alors mon plan fonctionne.

TROP OCCUPÉ

SALE VIE

Je l'ai mérité. Mais je suis désolé. Et discuter avec toi m'a vraiment manqué. Comment as-tu été ces derniers jours ?

TROP OCCUPÉ

Rien de nouveau pour moi. Ma fille a commencé une nouvelle activité périscolaire. C'est amusant pour elle, plus de travail pour moi. Mais c'est agréable de la voir apprécier quelque chose de nouveau.

SALE VIE

J'imagine. J'adore les enfants. J'espère en avoir un jour.

TROP OCCUPÉ

Ma fille est la meilleure chose que j'aie jamais faite. Malgré tous mes regrets concernant mon mariage, l'avoir n'en a jamais été un.

SALE VIE

Est-ce que tu veux d'autres enfants ?

TROP OCCUPÉ

Il fut un temps où je le voulais. Mais maintenant, c'est peu probable. Et je ne suis pas sûre d'en vouloir vraiment plus.

SALE VIE

Je peux te demander pourquoi ?

TROP OCCUPÉ

Mettre fin à une relation, c'est dur. Tu le sais. Être avec quelqu'un avec qui tu pensais passer toute ta vie... et puis finalement non... Ça a été plus difficile que prévu d'arriver à un point où j'étais ouverte aux rencontres. Mais me marier ? Avoir d'autres enfants ? Construire une vie avec quelqu'un ? Je sais que c'est ce que tu cherches, mais moi, non. Je ne pense pas pouvoir recommencer.

Lire ses mots... C'était comme un coup de poing dans le ventre. Pas parce qu'elle voulait quelque chose de différent de moi, mais parce que je savais ce que Casey avait à offrir. Pas seulement du sexe, mais le genre de femme que j'apprenais à découvrir. Intelligente, drôle, intéressante. Oui, elle me chamboulait de l'intérieur comme de l'extérieur, mais même si elle finissait avec quelqu'un d'autre, ce sacré veinard aurait une femme qui aimait de tout son être.

Elle avait peur, mais ça ne diminuait en rien qui elle était. Je voyais sa lumière. Je voyais la façon dont elle regardait Natalie et Omar quand ils se fixaient l'un l'autre, inconscients du monde. Elle voulait la même chose. Elle voulait être aimée comme Omar aimait Natalie.

TROP OCCUPÉ

Je me suis dit que c'était pour ça que tu avais arrêté de me parler. Tu as réalisé que nous voulions des choses différentes et tu ne voyais pas l'intérêt de continuer ce... truc, quoi que ce soit.

SALE VIE

Ce n'est pas ça. J'aime te parler. Vraiment beaucoup. Et je ne sais pas où ça va nous mener, mais ça ne veut pas dire qu'on ne peut pas en profiter en attendant.

TROP OCCUPÉ

Est-ce que ça en vaut la peine si nous savons tous les deux que nous voulons des choses différentes ?

Je n'étais pas prêt à mettre fin à nos conversations. Ni en ligne, ni en personne. Pourquoi était-elle si prompte à le faire ?

SALE VIE

Que dirais-tu de ça ? On fixe une date pour se rencontrer dans quelques semaines. On continue de parler d'ici là, on apprend à se connaître, et si l'un de nous deux ne veut plus se voir en personne, pas de rancune.

TROP OCCUPÉ

Tu essaies de me faire le coup de Nuits blanches à Seattle ?

SALE VIE

Je ne sais pas ce que ça veut dire.

TROP OCCUPÉ

C'est un film. Mon Dieu, j'ai l'impression d'être vieille parce que tu ne connais pas ce film. Deux personnes acceptent de se retrouver le jour de la Saint-Valentin au sommet de l'Empire State Building.

SALE VIE

Ça fait un peu de route, mais si tu veux vraiment faire ça, je peux m'arranger. Il faudra peut-être prévoir plus qu'un simple déjeuner, par contre.

TROP OCCUPÉ

Je ne dis pas ça. Juste… Laisse tomber. D'accord. J'accepte. Quand veux-tu qu'on se voie ?

Le mariage de Natalie et Omar était dans trois semaines, donc ça devait être après.

SALE VIE

Dans trois semaines, le mardi qui vient. Pour le déjeuner. Tu choisis l'endroit.

TROP OCCUPÉ

Tu connais le O'Kelley's à L'anse MacKellar ?

SALE VIE

Oui, je connais.

TROP OCCUPÉ

Midi ? Dans trois semaines, mardi.

SALE VIE

Je t'y retrouverai.

TROP OCCUPÉ

Si je ne te fais pas fuir d'ici là.

SALE VIE

Ça n'arrivera pas.

TROP OCCUPÉ

Quelle assurance.

SALE VIE

MDR ! C'est peut-être juste que je sais reconnaître quand je trouve quelque chose qui en vaut la peine. Qu'est-ce que tu fais ce week-end ? Un truc amusant et excitant de prévu ?

TROP OCCUPÉ

Je travaille. Ma fille a des trucs de prévus aujourd'hui, alors j'ai un peu de temps pour avancer dans mon travail.

SALE VIE

Tu ne prends vraiment jamais de congés, n'est-ce pas ? Qu'est-ce que tu fais pour t'amuser ?

TROP OCCUPÉ

Je n'en ai plus beaucoup l'occasion.

SALE VIE

Eh bien, que ferais-tu si t'amuser était la seule chose à ton programme aujourd'hui ?

TROP OCCUPÉ

Je ne sais pas. Ça fait si longtemps que je
n'ai pas eu ce genre de liberté que je ne sais
même pas comment j'en profiterais.

SALE VIE

Ce sont tes devoirs pour la prochaine fois
qu'on se parlera.

TROP OCCUPÉ

Tu me donnes des devoirs ?

SALE VIE

Il faut que je sache quoi prévoir pour nos
rendez-vous après mardi dans trois
semaines.

TROP OCCUPÉ

J'ai l'air d'avoir un don pour faire fuir les
hommes, alors si tu te pointes ce jour-là, je
suis certaine que ce sera la dernière fois
qu'on se verra.

SALE VIE

Je suis absolument certain que je te
supplierai pour un autre rendez-vous.

TROP OCCUPÉ

Si tu le dis.

SALE VIE

J'en suis sûr.

TROP OCCUPÉ

On verra. Mais pour l'instant, il faut vraiment
que je travaille. Il ne me reste plus qu'une
heure avant que ma fille ait fini.

SALE VIE

C'était sympa de te parler. Et j'espère que tu
trouveras quelque chose d'amusant à faire
ce week-end.

TROP OCCUPÉ

J'ai souri en me déconnectant. Hormis le passage où elle disait avoir le don de faire fuir les hommes, c'était une chouette discussion. Mais ce seul détail m'a suffi pour savoir qu'elle ne pensait pas que je la désirais.

Elle avait tellement tort. Non seulement je voulais la voir davantage, mais je voulais percer sa carapace et découvrir tous les secrets qu'elle cachait au monde.

Mais d'abord, il fallait que je travaille.

ANDRE EST ENTRÉ par la porte de derrière au moment où je verrouillais celle de devant. Tandis que Casey m'avait esquivé, j'avais esquivé Andre. Je n'étais pas prêt à répondre à toutes les questions que je savais qu'il me poserait. Mais mon temps était manifestement écoulé.

— Salut, ai-je dit quand il m'a rejoint à l'arrière. J'ai besoin de monter me changer.

— Je serai là quand tu seras prêt. Les mots étaient subtils, mais le ton était menaçant.

— Quoi ? ai-je demandé, en m'arrêtant sur la première marche.

— Quoi, quoi ? Je n'ai rien dit.

— Ton sourire narquois, si.

Il a éclaté de rire. — Ne me reproche pas d'être curieux, de te voir débarquer pour ramener Casey chez elle et ne plus jamais donner de nouvelles.

— Ce n'était pas comme ça.

— Je n'ai pas dit comment c'était. C'est toi qui tires des conclusions.

— Va te faire foutre.

— Ouais, c'est ça. Va te changer. Tu pourras tout me raconter en chemin pour l'enterrement de vie de garçon.

J'ai grogné. J'ai laissé son rire me suivre dans les escaliers. Une partie de moi voulait le laisser mariner en bas, mais je ne voulais pas être en retard à l'enterrement de vie de garçon d'Omar. J'ai quitté mes vêtements de travail et j'ai sauté dans un jean et une chemise propre. J'ai retroussé les manches et je suis retourné vers la porte.

Andre n'avait pas bougé. — Je pensais que tu allais faire traîner les choses.

— J'y ai pensé.

Il a ri et m'a ouvert la voie vers son pick-up. Andre a proposé de conduire, car il travaillait le dimanche matin et ne boirait pas plus d'un verre. Je ne comptais pas en boire plus non plus, mais ça ne me dérangeait pas d'être accompagné.

Même si c'était un emmerdeur insupportable qui allait exiger plus d'informations que je ne voulais en partager.

— Alors, toi et Casey ? a demandé Andre alors qu'il s'engageait dans la rue et passait devant Fleurir & Cultiver.

— On apprend à se connaître, ai-je dit.

— C'est-à-dire ?

— C'est-à-dire qu'on discute. Quand elle est venue avec Omar et Natalie pour finaliser les fleurs, on a parlé. Je... Elle est intéressante.

— C'est aussi une mère célibataire et elle n'a divorcé qu'il y a peu de temps, a averti Andre.

— Je suis au courant de ces deux choses.

— Et ça ne te dérange pas ?

— Pourquoi ça me dérangerait ?

Andre est resté silencieux pendant une longue minute. Il fixait la route devant lui, ses mains se crispant et se desserrant sur le volant pendant qu'il cherchait ses mots.

J'ai attendu, peu désireux d'en dire plus que je ne l'avais

déjà fait. Quand Casey m'a demandé de lui apprendre à flirter, j'ai pris la décision de ne parler à personne de notre arrangement. Je ne lui en avais jamais parlé, mais ça ne me semblait pas correct de le partager. C'était entre nous.

— Après Reegan… Il m'a jeté un regard de côté. — Après que ça s'est terminé, je pensais que tu te remettrais sur pied. Je m'attendais à ce que tu recommences à sortir avec des filles. Tu avais l'air coincé. Comme si tu n'arrivais pas à croire que c'était fini. Même si tu as dit que tu avais fait ce choix, on avait quand même l'impression que tu n'étais pas d'accord avec, ou pas prêt pour ça, ou je ne sais quoi. Je suppose que je m'attendais à ce que tu pètes un câble, à un moment ou à un autre. Que tu te tapes toutes les filles de la ville ou que tu partes en week-end de débauche dans une autre ville ou un truc du genre. Je ne me serais jamais attendu à te voir t'attacher à une mère célibataire divorcée.

Ma première pensée a été la colère, mais je me suis calmé et j'ai analysé ce qu'il venait de dire. — Sortir avec quelqu'un n'est pas facile. Pas seulement en général, mais spécifiquement pour moi en ce moment. Tout le monde en ville suppose que Reegan et moi, on va s'arranger. Quand j'ai des rendez-vous, et j'en ai eu, ça se termine parce que personne ne veut énerver Reegan.

— Ce n'est pas juste pour toi.

— Non. Mais c'est ce qui se passe en ce moment. Mais pas avec Casey. Elle a écouté quand j'ai dit que c'était fini avec Reegan. Elle m'a cru. Elle sait ce que c'est d'être dans la position où je me trouve. Fraîchement sortie d'une relation à long terme avec toute la douleur qui va avec.

— Alors, c'est comme une amie ?

— Je n'ai pas dit ça. Je n'ai pas pu m'empêcher de sourire en me souvenant de notre baiser. — On passe du temps ensemble.

— Elle te plaît vraiment, n'est-ce pas ?

J'ai hoché la tête et j'ai croisé le regard interrogateur de mon ami. — Oui.

Andre a expiré un rire et a secoué la tête. — Eh bien, alors je suis heureux pour toi.

— On ne va pas emménager ensemble ou quoi que ce soit.

Andre a marqué une pause. — Et peut-être que vous ne le ferez pas, mais j'aime bien que tu aies trouvé quelqu'un qui te rende heureux pour le moment. Peut-être pas pour toujours, mais on ne sait jamais.

J'ai hoché la tête. — Ouais.

Andre est sorti de son pick-up, me laissant digérer la conversation.

Je venais juste de convaincre Casey de me donner une chance. Je n'allais pas tout gâcher en décidant de la fin de notre relation avant même d'en avoir commencé une.

J'ai suivi Andre jusqu'à l'O'Kelley's et à l'arrière, où Hudson avait délimité une section pour l'enterrement de vie de garçon d'Omar. Omar avait insisté sur le fait qu'il ne voulait pas un grand truc, mais il voulait avoir l'occasion de s'asseoir, de parler et de profiter du temps avec ses amis.

À mon avis, il savait que si on était à l'O'Kelley's, personne n'engagerait de strip-teaseuses.

Omar nous a accueillis, nous a offert des boissons et s'est assuré que nous savions que toute la nourriture était prise en charge.

— Félicitations, mec, ai-je dit à Omar. — C'est presque le jour J.

— J'ai trop hâte. Plus que trois semaines avant que je puisse l'appeler ma femme. Le sourire d'Omar s'étendait sur son visage et irradiait de joie.

— Tu es un homme chanceux, ai-je dit.

— Oh que oui. Oh que oui.

— Quel conseil as-tu pour le dernier célibataire de L'anse MacKellar ?

Omar a reniflé. — J'ai entendu dire que tu n'es peut-être pas aussi célibataire que tu le prétends. Casey et toi, vous n'avez pas quitté l'enterrement de vie de jeune fille ensemble ?

— Ah, je l'ai ramenée chez elle. Mais c'est tout.

— Tu n'as pas l'air si sûr de toi, a dit Omar.

— Je ne vais pas dire que ce n'est pas tout ce que j'espérais. Mais elle avait bu, et je n'allais pas dépasser une limite sans savoir si elle était partante.

— Je comprends. Pour ce que ça vaut, j'ai une très haute opinion de Casey. Natalie a été blessée quand cet article est sorti, mais Casey jure que c'était entièrement la faute de sa rédactrice en chef, et je la crois. C'est une bonne personne. Elle voit vraiment le bien chez les autres.

— Je le pense aussi.

— Alors je te souhaite bonne chance. Son ex était un vrai connard, d'après ce que j'ai entendu. Casey a besoin de quelqu'un qui la traitera comme elle le mérite.

— J'apprécie le vote de confiance.

— Je le pense, Landon. Tu es un homme bien.

Hudson a appelé le nom d'Omar de l'autre côté de la zone.

Omar a fait un signe de la main, puis m'a fait face. — Ne l'abandonne pas. Certaines femmes sont un peu plus difficiles à cerner. Natalie était l'une d'entre elles, mais ça en valait la peine. Je pense que Casey est pareille.

— Moi aussi.

$\mathcal{E}$n voyant les séquelles de l'enterrement de vie de jeune fille, je me suis dit que l'enterrement de vie de garçon avait été sage. Ce n'était pas pour me déplaire. Je ne tenais pas à mater des strip-teaseuses avec une bande de mecs mariés ou en couple et à devoir me dévouer pour le groupe. J'avais été le mec pas célibataire assez souvent pour savoir que c'était comme ça que ça finissait. Ce n'était pas pour moi.

La plupart des conversations tournaient autour du mariage, les hommes qui avaient sauté le pas prodiguant leurs conseils.

— La communication, c'est le plus important. En tant que mec qui a failli tout foirer et perdre Blake, assurez-vous de vous parler, a dit Ian.

— Je suis bien d'accord avec ça, a dit Ramsey en hochant la tête.

— Assure-toi de lui dire à quel point tu la désires, a dit James, ce qui a déclenché des rires.

— Non, il a raison, a défendu Rowan, son collègue poli-cier. — Il ne s'agit pas seulement de sexe ou de la mettre dans ton lit. Quand je dis à Willow qu'elle est la seule pour moi et que je ne sais pas comment j'ai eu autant de chance de passer ma vie avec elle, elle sait qu'il n'y a personne d'autre. Elle sait qu'elle est aimée entièrement, peu importe ses folies ou ce qu'elle invente. On a tous besoin de ça parfois.

James a hoché la tête, donnant une tape dans le dos de Rowan en signe d'approbation.

— Traite-la comme une reine, a dit Knox. —Et fais ta part à la maison. Surtout si vous avez des enfants. Haley se tue à la tâche au travail et à la maison. Elle n'aime pas lâcher prise, mais quand je prends le bébé et que je la force à prendre un bain, à dormir ou à faire quelque chose qui lui permette de souffler, elle se sent plus elle-même après.

— Je plussoie, a dit Sebastian.

— Profitez de chaque instant, a dit Hudson doucement, captant l'attention de tout le monde. Il a secoué la tête et pincé les lèvres avant de continuer. —Il y aura des moments où elle te rendra dingue, et pas dans le bon sens du terme. Où elle t'énervera au plus haut point. Profitez du bon comme du mauvais. Pas seulement parce que vous ne savez pas quand vous serez à court de moments, mais parce que ces disputes, ces prises de bec, ces désaccords... ils mèneront à une nouvelle profondeur dans votre relation. Ils la rendront meilleure, car vous saurez tous les deux que vous pouvez dire tout ce que vous avez besoin de dire sans que ça ne détruise ce que vous avez.

J'ai dégluti pour chasser la boule que j'avais dans la gorge, luttant contre mes émotions après sa déclaration. À en juger par le silence qui m'entourait, je n'étais pas le seul à sentir l'impact de ses paroles.

— Merci, mec, a dit Omar, en serrant Hudson dans ses bras et en lui tapant dans le dos. —Tu as raison.

Hudson a hoché la tête, rendant son étreinte à Omar. Ils ont partagé un sourire en se séparant, et nous avons tous fait écho aux mêmes pensées avec nos propres hochements de tête et sourires silencieux.

Je n'ai partagé aucun conseil, vu que je n'étais pas en couple et que personne ne veut de l'avis du célibataire à un enterrement de vie de garçon, mais j'ai bu toutes leurs paroles. Un jour, j'en aurais besoin.

On s'est remis à boire et l'ambiance s'est détendue une fois les conseils prodigués. James a convaincu Ramsey de faire une partie de fléchettes, puis s'est plaint quand Ramsey a gagné. Andre a demandé à Knox des nouvelles de son bébé, ce qui l'a poussé à sortir son téléphone.

J'ai regardé par-dessus l'épaule d'Andre la petite fille de Knox et Haley, Amanda. Le petit paquet rose était petit et tout potelé et ça m'a rendu jaloux comme pas possible.

Je voulais ça. Pas le bébé de Knox, mais ma propre famille. Quelqu'un avec qui partager ma vie. Des enfants, un avenir et une vie qui n'était pas en suspens jusqu'à ce que je trouve quelqu'un qui veuille la même chose.

Je me suis excusé pendant que les deux hommes discutaient et j'ai quitté la zone de la fête, ayant besoin d'une pause loin de tout ce bonheur et cette joie dont j'étais exclu. J'étais heureux pour eux tous. Ils méritaient tous le bonheur qu'ils avaient trouvé, mais où diable était mon bonheur à moi ? Où était ma joie ? Où était ma fin heureuse ?

J'ai demandé une bière au barman et je me suis assis sur un tabouret à l'autre bout du bar. Deux femmes se sont assises à côté de moi. L'une d'elles m'a souri. Leurs visages ne me disaient rien, mais l'autre a murmuré quelque chose à son amie. Quelque chose qui ressemblait étrangement au nom de Reegan.

J'ai eu envie de leur hurler que j'étais célibataire. Que Reegan, c'était de l'histoire ancienne. Qu'on n'allait pas se remettre ensemble. Ni maintenant, ni jamais. Mais je n'en avais pas l'énergie.

Les deux femmes étaient magnifiques, mais aucune d'elles n'éveillait le moindre désir en moi. Elles n'étaient pas des mères célibataires avec des formes, qui cumulaient les boulots et ne voulaient pas s'engager avec moi, ni avec personne d'autre.

J'ai ri tout seul, sans aucune once d'humour. J'avais passé trois ans avec une femme qui ne voulait pas les mêmes choses que moi et j'avais mis fin à notre relation pour cette raison, et un an plus tard, j'étais dans la même situation, à désirer une femme qui n'avait aucun intérêt pour ce que je voulais.

Qu'est-ce qui n'allait pas chez moi ?

— Qu'est-ce que tu fais ici ? a demandé Andre, en prenant le siège vacant à côté de moi.

— Je prends une bière.

— Il y a de la bière là-bas avec tout le monde.

J'ai hoché la tête et j'ai siroté ma boisson.

— Qu'est-ce qui se passe ?

Je lui ai lancé un regard noir.

— Reegan ?

— Putain de merde. Non. Je croyais avoir été clair sur le fait que c'était fini avec Reegan. Je te jure que si tu mets encore mon humeur sur le dos de Reegan, je ne te parle plus.

— Promis ? a souri Andre.

— Va te faire foutre.

— Casey ?

J'ai haussé les épaules. —Elle ne veut pas se remarier. Ni avoir d'autres enfants.

— Ouah, sérieusement ? Tu vas vite en besogne si tu lui as déjà fait ta demande.

— Je ne lui ai pas fait ma demande. Putain de merde. On discute.

Andre a plissé les yeux. —Vous discutez ? Genre, pendant des rencards ou en ligne ?

J'ai évité son regard entendu. —Les deux ?

— Merde. Tu as matché avec elle ? Comment tu sais que c'est elle ?

— J'ai deviné.

— Et elle sait que c'est toi ?

J'ai secoué la tête. —Je ne crois pas.

— Tu dois le lui dire.

— Non. Pas encore.

— Tu sais que ça va mal tourner si tu le lui caches.

— Je suis prêt à prendre ce risque.

— Vraiment ? Parce que si elle découvre que tu savais et que tu lui as menti pendant des semaines, elle pourrait ne pas te le pardonner.

— Ça va aller.

— Donc tu utilises cette connexion pour en savoir plus sur elle ? C'est comme ça que tu sais qu'elle ne veut pas se marier ?

— Non, ça, elle me l'a dit en personne.

Andre a ricané. —On dirait que tu commences fort avec elle.

J'ai eu un petit rire. —Un truc dans le genre.

Au bout d'une minute, Andre a demandé : —Pourquoi tu te lances avec Casey si vous voulez des choses différentes ?

J'ai laissé échapper un rire. —Si seulement je le savais.

Andre m'a étudié attentivement. —Tu as rompu avec Reegan parce qu'elle ne voulait pas d'enfants, non ?

— Ouais.

— Qu'est-ce qui est différent avec Casey ?

— Qu'est-ce que tu veux dire ?

— Je suppose que vous avez parlé d'enfants ou de non-enfants avec Reegan bien avant qu'elle refuse d'emménager avec toi. Je sais que c'était le truc final qui t'a fait réaliser que vous n'étiez pas sur la même longueur d'onde.

— Et alors ?

— Il y avait quelque chose qui vous a maintenus ensemble aussi longtemps.

Je me suis passé une main sur le visage. —Beaucoup de choses, ouais. Que je l'aimais était l'une des plus importantes, mais à la fin, ça n'avait pas suffi. Sur la fin, je retenais mon souffle. À l'époque, je me disais que c'était de l'espoir, mais ce que j'espérais n'était pas ce que je croyais espérer. Quand Reegan a refusé d'emménager avec moi, j'ai été soulagé.

Et j'ai été un connard pour ça.

— Tu vas finir au même point avec Casey, a dit Andre. — Elle ne veut pas d'autres enfants ni se marier, alors qu'est-ce qui est différent ?

J'ai ouvert la bouche pour lui dire que tout était différent, mais il avait raison. Rien n'était différent.

— Je n'essaye pas de t'énerver. Si elle te plaît, fonce, mais je ne veux pas te voir blessé à nouveau.

— Ça ira.

— Je sais que ça ira, mais je t'aime, mec. Tu es comme un frère pour moi.

— Un petit frère, ai-je plaisanté.

Andre a ricané. —Un frère que j'aurais beaucoup tabassé quand on était petits.

— Tu pourrais toujours essayer, ai-je dit avec un sourire en coin.

— Putain de merde, j'essaye d'être sérieux là, a-t-il dit en riant.

— Je sais. Et merci. Je ne sais pas ce qu'il y a avec Casey. Elle me fait sourire. Elle a cette force en elle qu'elle ne semble pas voir, mais qui est si évidente quand je la regarde. Elle n'a aucune idée à quel point elle est sexy, et ça me rend dingue. Je veux dire, elle m'a dit… — Je me suis interrompu avant de lui dire qu'elle m'avait dit que j'avais sa bite préférée.

— Vous avez déjà des secrets et des blagues bien à vous. Ça fait longtemps que je ne t'ai pas vu comme ça en parlant d'une femme. Andre m'a frappé l'épaule. —Je pige. Je ne veux pas que tu sois blessé, mais je pige.

— Tu piges quoi ? ai-je demandé, me demandant de quoi diable il parlait.

Il a ri et s'est levé. —Tu finiras par comprendre, un jour. Je retourne à la fête. Tu viens ?

— Comprendre quoi ? ai-je demandé en le suivant à la trace. —De quoi diable tu parles ?

Andre s'est contenté de rire et de montrer le chemin pour retourner vers les autres, sachant que je laisserais tomber une fois que nous serions entourés.

JE N'ÉTAIS PAS amoureux de Casey. Il m'a fallu bien plus de temps que je ne voulais l'admettre pour le comprendre, mais j'ai fini par réaliser que c'était ce que supposait Andre.

Je la connaissais à peine. L'amour n'était… Ce n'était pas possible. Peut-être un jour, mais pas maintenant. Pas alors qu'on faisait semblant.

Mais si elle comptait continuer à m'ignorer et à m'éviter, je n'étais plus sûr d'avoir encore une cavalière pour le mariage d'Omar et Natalie. Et j'avais besoin de cette réponse avant d'en parler à qui que ce soit.

Cinq jours de silence m'ont convaincu que je n'avais pas d'autre choix que de me pointer à son appartement, c'est pourquoi, le lundi matin, avant d'ouvrir le magasin, je me tenais devant l'immeuble de Casey. Par chance pour moi, c'était aussi l'immeuble d'Andre, et je n'allais pas me priver d'utiliser mes relations pour accéder à la femme dont je n'étais pas amoureux.

J'ai envoyé un texto à Andre pour qu'il m'ouvre, mais je lui ai précisé de ne pas m'attendre à sa porte. Il m'a répondu par un pouce levé et la porte en face de moi a vrombi. J'ai souri en l'ouvrant d'un coup sec et je suis entré dans l'immeuble.

Avoir ramené Casey à la maison après l'enterrement de vie de jeune fille m'avait donné l'avantage de savoir quel était son appartement. L'immeuble était presque aussi calme que ce soir-là, mais les bruits des gens qui se préparaient à partir pour la journée m'ont indiqué que ce n'était pas tout à fait pareil.

Je me suis arrêté devant sa porte et j'ai levé la main pour frapper, m'interrompant en entendant sa voix à l'intérieur. Merde. J'avais oublié qu'elle avait une fille. Une jeune qui était encore à la maison. À moins que Casey ne parle toute seule.

Non. Il y avait une deuxième voix. Et les deux voix se rapprochaient de la porte.

La porte s'est ouverte, mais aucune des deux ne m'a remarqué, car elles se parlaient.

— La répétition se termine à seize heures, c'est ça ? a demandé Casey.

— Oui. Toute la semaine. Sa fille avait les mêmes cheveux bruns que Casey, mais plus courts et plus bouclés. Elle arrivait à la poitrine de Casey quand elles se sont prises dans les bras.

Elles se sont tournées d'un même mouvement et ont toutes les deux sursauté en me voyant.

— Landon, s'est exclamée Casey. Qu'est-ce que tu fais là ?

— C'est qui, lui ? L'attitude d'adolescente transparaissait dans ces trois mots et m'a presque fait rire.

— C'est mon ami, Landon. Landon, voici ma fille, Mikayla. Qui va rater son bus si elle ne se dépêche pas.

Mikayla a levé les yeux au ciel et est passée devant moi.

— Enchanté de te rencontrer, lui ai-je dit.

— Moi aussi, a-t-elle dit, consciencieusement, comme si elle ne pouvait pas se résoudre à ne pas répondre.

Je me suis tourné vers Casey et je l'ai regardée tandis qu'elle mordillait sa lèvre inférieure en fixant sa fille jusqu'à ce qu'elle disparaisse dans les escaliers.

— Pourquoi es-tu là ? Et comment es-tu entré ?

— Andre habite dans cet immeuble. Je lui ai demandé de m'ouvrir.

— Il n'habite pas à cet étage.

— Je sais. Mais je ne suis pas là pour le voir.

Elle a croisé les bras sur sa poitrine. Qu'est-ce que ça veut dire ?

— Tu n'as pas répondu à mes textos.

— J'ai été occupée, a-t-elle dit sans croiser mon regard.

Je lui ai pris le menton et l'ai relevé doucement jusqu'à pouvoir la regarder dans les yeux. Je ne te crois pas.

— Ah oui ? Je suis une mère célibataire qui a trois boulots. Je suis toujours trop occupée. J'ai à peine le temps de prendre une douche, alors t'envoyer des textos constamment…

— Nous savons tous les deux que ce n'est pas la raison pour laquelle tu ne m'as pas répondu depuis cinq jours, Casey.

Ses sourcils se sont haussés. Ah oui, c'est vrai ? Alors, éclaire-moi. Pourquoi est-ce que je ne te réponds pas ?

— Parce que tu penses que c'était une erreur de m'embrasser.

— C'est toi qui es parti d'ici en courant.

— Je ne dirais pas en courant, mais je suis parti parce que j'avais peur que tu le regrettes si je ne le faisais pas.

— Et alors ? Tu veux une médaille pour avoir eu raison ?

— Non. Je veux que tu me parles. Je veux que tu m'embrasses à nouveau. Je veux que tu me dises que tu as toujours envie de moi.

— Quoi ? a-t-elle soufflé.

Une porte s'est ouverte de l'autre côté du couloir, et elle a forcé un sourire pour son voisin.

— Bonjour, Casey.

— Bonjour, Ron. Passez une bonne journée.

— Vous aussi. Tout va bien ?

Elle a hoché la tête. Tout va bien. Merci.

Ron m'a jeté un regard plus protecteur qu'un voisin lambda ne devrait en jeter à un autre homme.

J'ai eu envie de grogner contre lui. De bomber le torse. De lui montrer que j'étais le plus fort et qu'il devait foutre le camp.

— Parlons à l'intérieur, a chuchoté Casey.

Et tout ce que j'ai fait, c'est afficher un sourire suffisant et la suivre dans son appartement. Tandis que Ron partait au travail.

Oui, j'étais un connard. Et peut-être qu'Andre n'avait pas complètement tort. Mais ce n'était pas de l'amour. C'était du désir. C'était de l'envie. C'était toutes ces choses chimiques et biologiques qui attirent deux personnes l'une vers l'autre.

— Nous n'allons pas coucher ensemble, a dit Casey, adossée à la porte maintenant fermée.

— Jamais ? ai-je haleté.

Elle a laissé échapper un rire. Je voulais dire maintenant, mais je ne promets rien pour l'avenir non plus.

— Écoute, je ne suis pas là pour ça. Nous… nous avons un accord. Tu as dit que tu voulais que je t'aide à apprendre à flirter. Et je voulais une cavalière pour le mariage. S'il y a une alchimie entre nous, il n'y a rien de mal à ça.

— Si, si nous ne voulons pas les mêmes choses.

— Je ne te forcerai jamais à rien, Casey. Et oui, je veux des enfants. Je veux me marier. Je veux me poser un jour et avoir quelqu'un avec qui je me réveille le matin et m'endors chaque soir. Mais ça ne veut pas dire que je ne suis pas prêt à profiter des prochaines semaines avec toi.

Elle a inspiré, retenu son souffle, puis l'a expiré lentement. Je te propose un nouvel accord. Le même, mais avec une date limite. Après le mariage, nous suivons chacun notre chemin.

Sa suggestion m'a fait mal à la poitrine. Mon corps s'est raidi. J'avais l'impression d'avoir reçu un coup de pied. Mais j'ai refusé de la laisser le voir. Plus question de m'éviter. On se voit au moins deux fois par semaine. Et on s'assure d'être crédibles en tant que couple au mariage.

— Qu'est-ce que ça veut dire ?

— Ça veut dire que tu vas devoir m'embrasser à nouveau. Et danser avec moi. Et me laisser te toucher et faire comme si tu aimais ça. Je me suis rapproché d'elle en parlant. Quand je fus à sa portée, je lui ai pris la main.

Elle a tremblé à mon contact. Landon.

Je n'ai pas hésité. Je l'ai tirée contre moi, écrasant mes lèvres sur les siennes.

Elle a répondu instantanément à mon baiser, aspirant une bouffée d'air et la laissant s'échapper dans un soupir. Sa main s'est posée sur ma chemise et m'a agrippé.

J'ai encadré sa mâchoire avec mon autre main et j'ai laissé ma langue se frayer un chemin dans sa bouche. J'ai amené nos mains jointes derrière son dos et je l'ai maintenue contre moi, la dévorant comme j'avais voulu le faire l'autre soir.

Elle a gémi. Elle n'a pas repoussé mon baiser ni essayé de le contrôler. Je pouvais dire qu'elle appréciait, mais elle ne me montrait pas ce qu'elle voulait, ce qu'elle aimait.

J'avais une envie folle de le savoir. Je voulais tout savoir sur elle. Ce qui l'excitait, ce qui la faisait se replier sur elle-même. Sa blague préférée et son plat préféré. Je voulais tout.

Une alarme s'est déclenchée quelque part sur ma gauche, et je l'ai laissée s'éloigner de moi.

Elle s'est précipitée dans la cuisine et a éteint l'alarme. Je suis désolée. Je dois aller travailler ce matin.

— Tu n'as pas à t'excuser de vivre ta vie.

Elle a souri. Je t'ai dit que j'étais occupée.

— Je sais que tu l'es. Marché conclu ? Un déjeuner deux fois par semaine, au moins. Ou tout ce que tu veux faire d'autre. Que ce soit un café l'après-midi, un dîner ou la collecte d'autres bites.

Elle a reniflé de rire.

— Où as-tu mis tout ça ? Pas la moindre bite en vue. Sauf celle qui essayait de sortir de mon pantalon.

— Elles sont dans ma chambre. Dans mon placard, où Mikayla ne les verra pas toutes.

— Logique. Et je suis désolé de me suis pointé alors qu'elle était là. Je n'ai pas réfléchi.

Casey a secoué la tête. Ce n'est rien. Elle est assez absorbée par son propre monde. Elle a probablement déjà oublié que tu étais là.

— J'espère. Elle ne va pas au mariage ?

— Non. J'y vais techniquement pour le travail, donc je n'ai jamais prévu de l'emmener, mais Finley et Trent ont proposé leur maison pour une soirée pyjama pour tous les enfants. Trent a une intendante qui vit sur place, et les lycéens les plus âgés seront chargés de s'occuper de tous les plus jeunes.

— C'est un super plan.

Casey a hoché la tête. Oui. Cette communauté est assez exceptionnelle.

— Toi aussi, tu l'es, ai-je murmuré.

Elle a souri et a baissé la tête. Ses joues ont rougi.

J'ai pris mentalement note de lui faire plus de compliments. Elle avait besoin de savoir à quel point elle était incroyable.

— Euh, je dois y aller. Je suis désolée.

— Compris. Tu veux déjeuner aujourd'hui ?

Elle a secoué la tête. Je ne peux pas aujourd'hui. Après ma réunion de ce matin, je fais des ménages le reste de la journée jusqu'à ce que je récupère Mikayla à l'école.

— Demain ?

Elle a hésité, puis a hoché la tête. Demain, je peux.

— Bien. Je t'enverrai un texto plus tard, et nous décide-rons d'une heure et d'un lieu. Je me suis approché d'elle et je l'ai embrassée doucement. Passe une bonne journée.

— Toi aussi, a-t-elle soufflé.

J'ai souri et je suis sorti de son appartement. De retour sur la bonne voie.

14

CASEY

Je m'attendais tout à fait à ce que Gretchen exige des modifications à mon article sur l'enterrement de vie de jeune fille de Natalie, et pas du tout à ce que Landon se pointe à ma porte parce que je n'avais pas répondu à son texto.

J'avais tort sur toute la ligne.

Non seulement Gretchen n'a voulu rien changer à mon article, mais elle m'a même félicitée, en disant que c'était l'un de mes meilleurs travaux.

Elle n'avait pas besoin de savoir que j'étais ivre pendant la majeure partie de la soirée, et encore moins que j'avais écrit la moitié de l'article la même nuit, après que Landon m'a embrassée et m'a laissée avec l'envie de bien plus qu'un baiser.

J'avais supprimé ces passages de l'article, mais en les relisant le lendemain matin, j'ai su que je ne pourrais pas lui faire face à nouveau. Jusqu'à ce qu'il se présente à ma porte et me fasse sentir que l'embrasser n'était pas seulement une erreur, mais un cadeau. Cet homme savait embrasser. Je pensais que mon cerveau ivre s'était trompé en le trouvant exceptionnel, mais non. Il l'était.

Une raison de plus qui me faisait me demander pourquoi diable Reegan l'avait laissé partir.

Et qui me rendait jalouse de la femme qui ne l'avait pas fait.

Dommage que ça ne pouvait pas être moi. Mais je ne cherchais pas un nouveau mari. Ni à recommencer une vie de mère. Mes anciens rêves s'étaient envolés, et même si Landon s'en faisait l'écho, ça ne me ferait pas changer d'avis.

Juste après que Mikayla est partie prendre le bus le mardi matin, j'ai cherché mon article, retenant mon souffle en lisant chaque mot pour m'assurer que Gretchen ne l'avait pas modifié sans me le dire, encore une fois.

Les femmes de L'anse MacKellar savent faire la fête. Votre journaliste a eu la chance de recevoir une invitation à l'enterrement de vie de jeune fille de Natalie Edwards, et c'est une soirée que je ne suis pas près d'oublier. L'amitié et l'amour étaient à l'honneur, ainsi qu'une sélection de friandises pour adultes soigneusement choisies. Du gâteau aux décorations, il ne faisait aucun doute que la soirée était destinée à être très amusante.

J'ai souri. Chaque mot était de moi, et chaque mot était parfait. Natalie était ravie de l'article, et j'étais impatiente de commencer le suivant. Je voulais capturer l'ambiance de la réception en mettant en vedette le photographe, le groupe et le DJ. C'étaient les personnes qui donneraient le ton de la réception et seraient les éléments dont Natalie et Omar se souviendraient pour toujours.

Je devais rencontrer les prestataires seule. Natalie et Omar travaillaient tous les jours pour s'assurer d'avoir deux semaines complètes de congé pour le mariage, et le groupe, le

DJ et le photographe avaient des mariages réservés tout le week-end. J'avais un rendez-vous de prévu avec le photographe le mardi matin et un avec le groupe le mercredi, mais le DJ s'avérait plus difficile à joindre. Je lui avais laissé un message la semaine précédente pour lui demander de fixer un moment pour discuter, mais il ne m'a jamais rappelée.

Le téléphone a sonné deux fois, puis un homme a décroché.

— Adam à l'appareil.

— Bonjour, Adam. C'est Casey White de la Gazette de L'anse MacKellar. J'ai essayé de vous joindre pour convenir d'un rendez-vous. Je travaille sur un article concernant le mariage de Natalie Edwards et Omar Knight et je sais que vous seriez un excellent atout pour celui-ci. Seriez-vous disponible cette semaine pour qu'on puisse discuter ?

— Non.

— Oh. Hum, d'accord, peut-être qu'on pourrait se parler au téléphone ?

— Ça n'arrivera pas.

— Y a-t-il une raison pour laquelle vous ne voulez pas me parler ?

— Je ne vous connais pas. Et je ne vous dois aucune explication.

— Vous ne me devez rien, mais...

Le téléphone est devenu silencieux. J'ai regardé, et il avait raccroché.

— Putain. Je ne voulais pas embêter Natalie avec le problème que je rencontrais pour joindre son DJ, mais si je n'arrivais pas à le faire me parler, j'allais devoir soit modifier l'article, soit contacter Natalie.

Aucune de ces options ne me plaisait.

J'ai fait quelques recherches sur d'autres sujets sur lesquels je pourrais écrire l'article, d'autres prestataires qui aideraient à donner le ton de la réception, mais j'étais à court d'idées. Sans musique, un mariage ne serait qu'un groupe de gens qui discutent. Le groupe était génial, mais ils jouaient pendant le cocktail et le dîner. Le DJ serait celui qui mettrait tout le monde sur la piste de danse. Il passerait la musique que Natalie et Omar avaient choisie. Il ferait de cette nuit un souvenir inoubliable.

Mais il ne voulait pas me parler.

J'essayais encore de trouver d'autres options quand je suis partie rejoindre Landon pour le déjeuner. Il voulait aller à Just Tacos, et comme c'était l'un de mes endroits préférés, j'ai accepté sans hésiter.

Il était déjà à une table quand je suis entrée. Il s'est levé et a glissé son téléphone dans sa poche, marchant vers moi comme s'il ne pouvait s'empêcher d'être à mes côtés.

— Salut, a-t-il dit en se penchant pour m'embrasser sur la joue.

— Salut. Mon visage s'est enflammé. Les autres clients nous regardaient, se demandant probablement ce qu'il pouvait bien faire avec moi.

— Je voulais t'attendre pour commander. Tu sais ce que tu veux ?

Toi ? Mes joues ont brûlé encore plus fort à cette pensée.

— J'aime ta façon de penser, a-t-il chuchoté, délaissant ma joue pour m'embrasser sur les lèvres. Il s'est retiré rapidement et m'a souri. — On gardera cette pensée pour une autre fois.

— Je l'ai dit à voix haute ?

Il a eu un petit rire et a attrapé ma main. — C'était écrit sur ton visage.

— Tu ne sais pas ce que je pensais.

Il a serré ma main. — Non, mais je sais que tu penses à ton truc préféré.

— Oh mon Dieu, ai-je gémi. — J'espérais que tu avais oublié ça.

Il a tapoté sa tempe. — Jamais. C'est gravé ici pour la vie.

J'ai fermé les yeux et secoué la tête, souhaitant que cela suffise à effacer ma gêne.

— Tu n'as aucune idée à quel point cette déclaration était excitante, a-t-il murmuré à mon oreille. — Je n'ai pas pu arrêter d'y penser. Ni de prendre les choses en main à cause de ça.

Le souffle m'a manqué. Je l'ai regardé, mon regard plongeant dans le sien. Ses pupilles étaient dilatées. Il n'y avait aucune trace de taquinerie dans ses yeux. — Tu…

— Absolument, Casey.

— Oh.

— Est-ce que ça te met mal à l'aise ? Ce n'était pas mon intention.

J'ai secoué la tête, souhaitant pouvoir croiser les jambes ou prendre les choses en main. — Pas mal à l'aise dans le sens où tu le demandes.

Il a gloussé. — C'est bon à savoir.

— Qu'est-ce que je vous sers aujourd'hui ? a demandé la femme derrière le comptoir.

— Je prendrai trois tacos souples, poulet grillé, bien garnis. De l'eau à boire. Et des chips et de la salsa. Tu veux du queso ?

J'ai hoché la tête.

— On prendra du queso aussi, s'il vous plaît.

— Vous êtes ensemble ? a demandé la femme alors qu'elle finissait de taper sa commande.

— Non, ai-je dit.

— Oui, a dit Landon plus fort. — Casey, commande.

Le ton autoritaire de sa voix m'a fait frissonner. J'ai dégluti difficilement, puis j'ai commandé trois tacos garnis au bœuf et aux haricots, et une eau.

— Je peux avoir un nom pour la commande ?

— Landon, a-t-il dit, tapant son téléphone pour payer notre repas. — Merci.

— Bon appétit.

Landon m'a éloignée du comptoir et m'a ramenée à la table où il se trouvait quand je suis arrivée. — La prochaine fois qu'on déjeune ensemble, il faudra qu'on aille dans un endroit plus privé pour que je puisse t'embrasser comme je le veux.

— Ton flirt est d'un autre niveau, tu sais ça ? Je savais que tu étais doué, mais là, c'est…

— Ce n'est pas du flirt pour le plaisir de flirter, Casey. Je t'ai dit que la première règle, c'est d'être sincère.

— Je ne pense pas savoir quoi faire de ça.

— De quoi ?

— Du fait que tu dises être sincère. Je suis bien plus âgée que toi, et nous voulons des choses différentes.

— Et ça veut dire que je ne peux pas être attiré par toi ?

— Non, je juste…

— Premièrement, je ne pense pas que tu sois beaucoup plus âgée que moi. Tu n'es peut-être même pas plus âgée que moi du tout. J'ai trente-cinq ans. Je peux te demander ton âge ?

— Je viens d'avoir trente-huit ans.

— Moins de trois ans. Ça veut dire qu'on aurait été au lycée en même temps. Si j'étais plus âgé que toi, tu ne penserais pas une seconde à ces quelques années entre nous, alors pourquoi est-ce un problème que tu sois un peu plus âgée ?

— Je… Je vous pensais beaucoup plus jeune.

— Aïe.

J'ai ri avec lui. — Ce n'est pas ce que je voulais dire.

— Non, non, ce n'est pas grave. Vous êtes en train de me dire que je suis vieux. J'ai compris.

J'ai secoué la tête. — Je suis plus âgée que vous, alors qu'est-ce que ça fait de moi ?

— Parfaite.

J'ai reniflé. — Loin de là.

Il a attrapé ma main. — Vous êtes belle et sexy et intelligente et talentueuse et une mère formidable et indépendante et vous avez un rire qui me coupe le souffle et vous me donnez envie de passer tout le temps que vous voudrez bien m'accorder.

Mes joues sont devenues de plus en plus chaudes à chaque mot qu'il prononçait. Je ne savais absolument pas comment recevoir les compliments, mais il avait cette façon de me parler comme s'il ne pouvait imaginer garder ces choses pour lui. Je me suis mordu la lèvre et j'ai baissé le menton pour me cacher de son regard.

Son nom a retenti au-dessus du brouhaha des autres clients et il m'a fait un clin d'œil avant d'aller chercher notre déjeuner. J'ai expiré lentement, essayant de calmer mon désir débordant pour cet homme que je n'avais aucun droit de désirer.

Même si je le désirais vraiment, vraiment.

Landon a posé les plateaux sur la table et s'est assuré que nous avions tout ce que nous avions commandé avant que je déballe mon premier taco.

— Votre article était vraiment bon, a-t-il dit alors que je mordais dans mon taco.

— Vous l'avez lu ? ai-je demandé, la bouche pleine.

Il a hoché la tête, ses yeux se plissant comme s'il n'en croyait pas ma question. — Bien sûr. J'aime savoir ce qui se passe en ville, mais j'apprécie aussi vos mots. Vous avez vraiment du talent, Casey.

— Merci. Dommage que tout le monde ne pense pas la même chose.

— Que voulez-vous dire ?

J'ai secoué la tête. — Rien. Je me plains, c'est tout.

— Et je veux savoir ce qui se passe avec vous. Qui ne pense pas la même chose de votre écriture ?

— Je ne sais pas s'il a déjà lu quelque chose que j'ai écrit, mais j'essaie d'obtenir un rendez-vous avec le DJ que Natalie et Omar ont engagé. Il a évité mes appels, et quand il a répondu aujourd'hui, il m'a dit qu'il ne me parlerait pas. Je ne sais pas pourquoi.

— Tu veux que je l'appelle ?

— Tu connais Adam ?

Landon a sorti son téléphone et a tapoté sur l'écran. — C'est moi qui l'ai suggéré. Il a travaillé sur quelques mariages pour lesquels j'ai fait les fleurs et j'ai entendu de très bonnes choses sur lui. On s'est recommandés mutuellement plusieurs fois. Il n'y a pas une tonne de prestataires dans les Mille-Îles. Ce ne sont que des petites villes tout le long de la région. Adam est talentueux. Et il est du coin. Il vit à une vingtaine de minutes au nord avec son mari et ses deux enfants.

— Ça me gêne de te demander de t'en mêler.

— Ça ne me dérange pas du tout. Mangeons, et je l'appellerai avant que tu ne me quittes pour la journée.

— Toi aussi, tu dois retourner travailler.

Il a eu un petit rire. — C'est vrai, mais je préférerais passer l'après-midi avec toi.

Mes joues se sont de nouveau échauffées. J'ai souri en prenant une autre bouchée de mon taco. — Alors, quelle est ma prochaine leçon ? Je ne pense pas que la première ait fonctionné.

— Qu'est-ce que tu veux dire ?

— Je suis sur cette application de rencontres. À la Recherche du Héros Littéraire Parfait ?

— Je connais, a-t-il dit, d'un air peu ravi.

— Je suis désolée. Est-ce que… Je ne devrais pas.

— Tu ne devrais pas quoi ?

— Je ne devrais pas te parler d'autres hommes.

— Je ne vais pas mentir et dire que ça m'enchante que tu voies d'autres hommes, mais après le mariage, j'ai accepté de m'effacer si c'est ce que tu veux. On a commencé ça parce que tu voulais apprendre à flirter.

Je me suis mordillé la lèvre, hésitant sur ce que je devais lui dire à propos de Sale vie.

— Dis-le, Casey. Tu as rencontré quelqu'un d'autre ?

— Oui et non. On se parle depuis un moment. Avant même que toi et moi commencions à nous parler.

— C'est avec lui que tu pensais flirter quand tu m'as demandé de t'apprendre ?

J'ai hoché la tête. — Ouais. C'est facile de parler avec lui, mais la plupart du temps, on se plaint de nos ex et de la difficulté de tourner la page. Mais après ta dernière leçon, j'ai essayé de l'inviter à sortir. Il m'a dit qu'il n'était pas disponible pour déjeuner à cause du travail.

— Ce qui n'est pas rare, a-t-il dit.

— Je sais, mais j'ai eu l'impression qu'il ne me disait pas la vérité.

— Qu'est-ce que tu veux dire ?

J'ai haussé les épaules. — Je ne sais pas. J'ai juste senti qu'il y avait une raison pour laquelle il ne voulait pas me rencontrer.

— Alors vous ne vous parlez plus ?

— Si. On ne l'a pas fait pendant quelques jours, mais il m'a recontactée et a dit qu'il voulait qu'on se voie. On a convenu de se parler pendant quelques semaines, et on va se rencontrer après le mariage. Je me suis dit que c'était bon. C'est bon ?

— Nous aurons fini avec les leçons, a dit Landon avec un sourire que je savais forcé. — Je me retirerai avec grâce.

— Mon intention n'est pas de te blesser.

— Je sais. Et ce n'est pas grave. Tu dois découvrir ce qui

te rend heureuse. Et si ce type est celui qui te rend heureuse, je ne peux pas te dire de ne pas le rencontrer.

— Merci. Mais j'ai besoin de plus de leçons. Comme ça n'a pas été si facile de le convaincre d'accepter une rencontre, je sais que je vais devoir faire mieux quand on se verra en vrai.

— Flirter en ligne peut être difficile. En personne, tu peux utiliser plus que des mots.

— Vrai.

— Je suppose que ta prochaine leçon doit être de flirter sans dire un mot. Il a remué les sourcils.

J'ai ri. — Tu es ridicule.

— Peut-être que j'aime juste t'entendre rire.

Putain, il était doué. Une bouffée de chaleur a parcouru tout mon corps. — Je peux comprendre ça.

— Bien. Qu'est-ce que tu ferais pour me faire rire ?

— Un strip-tease ?

Il s'est étouffé avec son eau. — Ça ne me ferait certainement pas rire. Je resterais sans voix, je ne rirais pas.

— Les hommes sont des créatures simples.

Il a hoché la tête. — Oui, nous le sommes, mais je ne reste pas sans voix à chaque fois que je vois une femme nue.

— Je ne sais pas ce que je ferais pour te faire rire.

— Ce n'est pas grave. Tout le monde est différent. J'ai suggéré ça puisque tu as dit que tu voulais du rire dans ta prochaine relation. Les relations et le flirt, ce n'est pas juste une question de sexe ou d'alchimie. C'est aussi trouver des choses qui vous unissent. Bien sûr, tu sais ça. Désolé.

— Non, tu as raison. Mon ex et moi n'avions pas assez de choses qui nous unissaient. Nous avions une alchimie au début, mais nous nous sommes mariés parce que je suis tombée enceinte. Ce n'était pas notre intention au départ. Nous n'avons jamais eu ce projet. Nous avons décidé de nous marier à cause de Mikayla, pas parce qu'on ne pouvait pas imaginer vivre l'un sans l'autre. Nous n'avons jamais été comme Natalie et Omar.

Landon a hoché la tête mais n'a rien dit.

— Est-ce que... Je ne voulais pas me lancer sur mon mariage raté. Je suis désolée.

— Ne t'excuse pas pour ton passé. Je ne pensais pas à ça. Je... je me faisais la même réflexion à propos d'Omar et Natalie. Reegan et moi n'avons jamais été comme ça non plus. À la fin, c'était devenu confortable. On passait du temps ensemble. Elle débarquait chez moi, et j'allais chez elle. Nous avions nos habitudes. Mais regarder Natalie et Omar me montre une facette des relations que je n'ai jamais connue.

— Pareil.

— Mais j'en ai envie. Un jour. Je veux ça.

J'avais terriblement envie d'être d'accord. De dire que je l'espérais aussi. Mais je ne pouvais pas. L'idée de m'ouvrir, d'être aussi vulnérable avec une autre personne, et de la regarder partir... Ça me briserait pour de bon.

— Bref, a dit Landon quand je n'ai pas répondu, — je vais appeler Adam et voir s'il peut te rencontrer cette semaine. Je dois retourner au travail, mais je te dirai ce qu'il en est. Landon s'est levé et a porté son plateau jusqu'à la poubelle. Il a jeté ses déchets et a continué, sortant et me laissant finir mon déjeuner seule.

Non pas que je lui en veuille d'être contrarié. Mais je ne pouvais pas changer ce que je ressentais. Peu importe à quel point j'aurais aimé le pouvoir.

15

Landon m'a envoyé un texto alors que j'attendais pour récupérer Mikayla, pour m'annoncer qu'Adam était d'accord pour me rencontrer. Il m'a donné ses coordonnées, me laissant le soin d'organiser le rendez-vous.

Je l'ai remercié, mais ça ne semblait pas suffisant. J'avais l'estomac noué. Je n'aimais pas être en froid avec Landon. Ça n'avait aucun sens, mais le savoir contrarié me donnait l'impression que quelque chose n'allait pas.

Comme j'avais un peu de temps avant que Mikayla ait fini, j'ai appelé Adam pour fixer un rendez-vous. Il s'est montré plus coopératif en apprenant que je connaissais Landon, il a confirmé qu'ils se connaissaient bien, et nous avons convenu de nous voir deux jours plus tard pour parler du mariage.

Mikayla est montée dans la voiture quelques secondes après que j'ai raccroché avec Adam. Elle débordait d'énergie et d'enthousiasme pour la comédie musicale à venir.

— C'est trop cool. Je vais chanter, et Amber va danser. Le spectacle va être tellement génial. Tu vas venir, pas vrai ?

— Bien sûr. Je ne manquerais ça pour rien au monde. J'ai quitté le parking et j'ai pris la direction de la maison.

— Tu crois que papa va venir ?

Putain. Sa question douce m'a transpercé le cœur. Nous connaissions toutes les deux la réponse, mais je ne pouvais pas anéantir son espoir. J'en avais marre de jouer les méchantes. De la protéger de son comportement de merde. S'il ne voulait pas être là pour elle, c'était à lui de le dire.
— Pourquoi tu ne l'appelles pas pour lui demander ? Assure-toi qu'il connaisse les dates. On pourra lui transmettre les informations pour les billets quand on les aura, s'il peut venir.

— Vraiment ?

— Oui, ma puce. Bien sûr. Appelle-le maintenant. Je lui ai tendu mon téléphone.

— Le type qui était à notre appartement hier ? Il s'appelait Landon ?

Mon cœur a fait un bond. — Oui, pourquoi ?

— Il t'a envoyé un texto. Tu veux que je te le lise ?

— Non ! Je veux dire, je le lirai plus tard et je lui répondrai.

— C'est qui ?

— C'est un ami. On va ensemble au mariage de Natalie et Omar.

— Oh. D'accord. Elle a tapoté l'écran et porté le téléphone à son oreille.

J'ai essayé de ne pas paniquer pendant qu'elle appelait Kyle. Je voulais m'arrêter sur le côté pour lire le texto de Landon, mais je devais me concentrer sur Mikayla.

— Il n'a pas répondu, a-t-elle soufflé.

— Tu veux laisser un message ?

— Non. Il ne viendra pas de toute façon. À quoi bon ?

Merde. Ce n'était pas juste pour elle. Kyle était tout autant responsable que moi du fait que je sois tombée enceinte.

Nous avions convenu d'être toujours là pour notre fille. Je m'attendais à ce qu'il tienne sa part du marché. — Je le recontacterai pour m'assurer qu'il ait les dates. Peut-être qu'il était occupé et ne pouvait pas répondre au téléphone.

Elle a grommelé quelque chose que j'ai pris pour un accord, puis a croisé les bras et s'est affalée sur son siège. Elle est restée silencieuse jusqu'à la maison, puis elle a pris ses affaires et a traîné les pieds jusqu'à la porte.

Une fois à l'intérieur, Mikayla est allée dans sa chambre sans un mot. Mon cœur me faisait mal pour elle. Il n'était pas juste pour elle que son père soit un connard égoïste qui ne se souciait que de lui-même. J'ai regardé ma fille s'éloigner, puis j'ai appelé son père avec l'intention de lui dire exactement ce que je pensais de lui.

— Pourquoi tu n'arrêtes pas de m'appeler ? a demandé Kyle en répondant au téléphone. — Je suis occupé.

— C'est Mikayla qui t'appelait, ai-je dit. — Elle voulait parler à son père.

— J'ai plein de trucs sur le feu. Tu peux juste me dire ce qu'elle voulait ?

— Elle est dans la comédie musicale de l'école. Elle veut que tu viennes la voir.

— Je ne pense pas que je pourrai.

— Je ne t'ai même pas dit quand c'est, ai-je sifflé. J'ai vérifié qu'elle n'était pas sortie de sa chambre et je suis allée dans la cuisine pour qu'elle ne m'entende pas.

— Bon, c'est quand ?

— C'est le mois prochain. Le week-end avant Thanksgiving. Jeudi, vendredi, samedi soir, et dimanche après-midi.

— Je ne pourrai pas venir.

— Mais putain, c'est quoi ton problème ? C'est ta fille. Elle veut que tu sois là. Elle veut une relation avec toi. Pourquoi tu ne peux pas lui donner ça ?

— Qu'est-ce que tu attends de moi, Case ? Je n'ai jamais été un bon père. Elle te préfère.

— Peut-être parce que tu n'as jamais essayé. Si tu faisais ne serait-ce qu'un tout petit effort, ce serait très différent.

— J'en doute.

— Qu'est-ce que je suis censée lui dire ?

— Ce que tu veux.

— Kyle, ne sois pas comme ça. Kyle !

Le téléphone était silencieux.

— Mince, ai-je grondé.

— Il ne vient pas, n'est-ce pas ? a demandé Mikayla derrière moi.

Je me suis retournée et j'ai su qu'elle avait entendu la majeure partie de ma conversation avec lui. — Mik, je…

— Ce n'est pas grave. Je sais qu'il ne s'en soucie pas vraiment. Je pensais juste que…

— Je suis désolée, ma puce. Je n'ai plus d'excuses pour ton père. Il devrait être ici. Il devrait être là pour toi. Et s'il ne l'est pas, c'est de son fait. Ça ne vient pas de toi.

— D'accord.

— Je le pense, Mik. Tu n'as rien fait de mal. Tout est de sa faute.

— Je sais juste pas…

— Je sais. Qu'est-ce que tu dirais qu'on aille manger au restaurant ce soir ?

— Je pensais que tu n'aimais pas ça. Elle m'a observée d'un œil suspicieux.

— C'est vrai, mais c'est une soirée spéciale. Tu travailles dur sur la comédie musicale, et tu mérites une soirée pour te détendre.

— Et les devoirs ?

— Tu en as beaucoup ?

— Pas trop.

— Allons-y. Peut-être qu'on achètera des fleurs avant de rentrer, aussi. Quelque chose pour égayer cet endroit.

— Des lys ?

J'ai eu un petit rire. — Bien sûr.

— On peut y aller d'abord ?

— Si tu veux.

— Ouais !

— Allons-y.

Mikayla souriait alors que nous passions la porte. La corruption n'était pas mon truc, mais aux grands maux les grands remèdes.

Je ne savais pas ce qui m'avait poussée à suggérer les fleurs, mais la voir s'illuminer à cette idée m'a réchauffé le cœur.

Je me suis garée devant Fleurir & Cultiver et j'ai suivi Mikayla jusqu'à la porte d'entrée de la boutique. Elle s'est dirigée directement vers la vitrine réfrigérée sur la droite.

— Bienvenue chez Fleurir & Cultiver. Je suis à vous dans un instant, a lancé Landon depuis un endroit hors de vue.

— Merci ! a répondu Mikayla.

J'ai eu un petit rire et je l'ai suivie jusqu'à la vitrine, voyant le talent de Landon dans chaque bouquet. Il ne se contentait pas de couper les fleurs et de les entasser là, il les rendait toutes magnifiques. Il mélangeait les couleurs et les textures, créant des œuvres d'art avec chaque composition.

— En quoi puis-je vous aider, mesdames ? a demandé Landon derrière nous. — Casey ? Salut. Hum… Il s'est interrompu et s'est concentré sur Mikayla.

— Voici ma fille, Mikayla. Vous ne vous êtes pas vraiment rencontrés hier. Mikayla, voici mon ami, Landon.

— Celui avec qui tu vas au mariage ? a demandé Mikayla.

J'ai hoché la tête. — C'est lui.

Je n'ai pas manqué le sourire qui a traversé le visage de

Landon en sachant que j'avais parlé de lui à Mikayla, mais il l'a effacé avant qu'elle ne le voie. — C'est un plaisir de te rencontrer, Mikayla.

— Toi aussi. Ma mère a dit qu'on pouvait prendre des fleurs. Vous avez des lys ? Ce sont mes préférés.

— Oui, j'en ai. Ils sont par ici. Est-ce que tu as une sorte de lys que tu préfères ?

Mikayla a suivi Landon de l'autre côté du magasin, me laissant les suivre à la traîne alors qu'ils discutaient de tout ce qui concernait les lys. Je ne savais pas que Mikayla aimait les lys, et encore moins qu'elle s'y connaissait, mais elle était en pleine conversation avec Landon sur le sujet.

— Maman, on peut prendre celui-là ? a demandé Mikayla.

Landon a croisé mon regard, avec une lueur d'appréciation dans les yeux. — J'aimerais beaucoup que vous l'ayez. C'est moi qui l'offre.

— Je ne peux pas te laisser faire ça. C'est ton commerce, ton gagne-pain.

— Et j'adorerais savoir que tu as quelque chose de beau chez toi. Ça fait des semaines que tu dis vouloir des fleurs et tu n'as jamais rien ramené.

— J'oublie tout le temps quand je viens ici, ai-je admis, les joues rougissantes.

— Alors s'il te plaît, prends-les. C'est un cadeau. Il a attrapé le bouquet et l'a porté à l'avant comme si j'avais accepté.

— Je n'ai pas accepté.

— Non, mais tu vas le faire.

— Comment tu sais ça ?

Il a fait un signe de tête derrière moi, et je me suis souvenue que ma fille était là, à nous regarder.

— C'est ton préféré ? ai-je demandé à Mikayla.

Elle a hoché la tête, ses yeux allant de moi à Landon.

— D'accord. Merci, ai-je dit à Landon.

— De rien.

— Tu devrais venir dîner avec nous, a dit Mikayla pendant que Landon et moi nous fixions du regard.

— Quoi ? ai-je lâché.

— Bien sûr, a-t-il dit au même moment.

Je l'ai regardé, les yeux écarquillés. Il a haussé les épaules.

— Je suis sur le point de fermer pour la journée. Je fermais à l'arrière quand vous êtes entrées. Mais je n'y suis pas obligé si tu préfères que je ne vienne pas.

Je n'avais pas d'autre choix que de dire oui. Si je disais non, j'étais une connasse. Mais je ne pouvais pas vraiment profiter de leçons de flirt avec lui alors que ma fille était juste là.

Mais je pouvais profiter de sa compagnie, ce que je faisais bien trop souvent ces derniers temps.

— Tu devrais venir avec nous, ai-je fini par dire.

Son sourire était un mélange de victoire et de gratitude. — Laisse-moi finir de fermer et je reviens tout de suite.

J'ai hoché la tête, le regardant s'éloigner.

— Je l'aime bien, maman.

— Moi aussi. Il est très gentil.

— On va manger où ?

Merde. Payer pour Mikayla et moi était déjà juste pour mon budget. Le fait d'ajouter Landon allait rendre les choses encore plus difficiles, mais il était hors de question que je lui demande de payer son propre dîner.

J'ai passé en revue nos endroits habituels et j'ai eu du mal à trouver un lieu que nous pouvions nous permettre.

— Bon, les filles. Où est-ce qu'on va ? a demandé Landon, nous rejoignant à nouveau.

— On n'a pas encore décidé, a dit Mikayla. — On ne sort pas beaucoup manger. Tu nous recommanderais quoi ?

— Mon endroit préféré, c'est Will Work For Burgers, mais on peut aussi me convaincre d'aller chez Gino's sans aucun effort.

— Je ne suis allée à aucun des deux, a dit Mikayla.

— Pas possible, a haleté Landon, me jetant un coup d'œil tout en nous guidant vers l'avant. — Burgers ou italien ? C'est ma tournée, puisque je m'incruste dans votre soirée.

— Tu nous as déjà offert des fleurs. Je ne peux pas te demander de payer le dîner en plus.

— Tu ne demandes rien, Casey. Ça me fait plaisir de le faire. Je n'ai pas l'occasion de dîner avec deux femmes extra-ordinaires la plupart des soirs.

— Juste certains soirs ? a demandé Mikayla avec un sourire malicieux.

— Mikayla !

Landon a renversé la tête en arrière et a éclaté de rire. — Je t'aime bien, toi. Tu ne manques pas de piquant. Un peu comme ta mère.

Mikayla a secoué la tête. — C'est une maman. Elle n'a pas ça.

— Oh, ta mère a du piquant. Est-ce qu'elle t'a raconté que la première fois qu'elle est venue à Fleurir & Cultiver, elle a renversé un présentoir et a failli en démolir un autre ?

— En quoi est-ce avoir du piquant ?

Landon a réfléchi à sa question pendant une seconde, puis a haussé les épaules. — Je ne sais pas, mais ça a claire-ment eu un impact.

Mikayla a pouffé. — Les adultes sont bizarres.

— Mikayla ! On ne dit pas aux gens qu'ils sont vieux.

— Pourquoi pas ? Les adultes sont vieux.

J'ai soupiré lourdement, mais Landon a gloussé.

— Nous sommes vieux comparés à toi. Mais il y a encore quelques trucs qu'on peut t'apprendre.

— Comme quoi ?

J'ai déverrouillé mon véhicule utilitaire sport, le montrant à Landon. Il a ouvert la portière avant pour Mikayla, en faisant tout un cinéma pour l'aider à monter. Elle a ri, ses joues devenant rouges alors qu'elle savourait son attention.

Landon s'est assis derrière Mikayla, son regard fixé sur le côté de mon visage.

J'ai démarré le moteur et je me suis tournée pour le regarder. — Où va-t-on ?

— C'est à vous de décider, les filles. Les burgers sont plus rapides s'il y a quelque chose qui vous oblige à rentrer, mais je suis partant pour l'un ou l'autre. Je n'ai rien de prévu pour le reste de la soirée.

— Italien ? a suggéré Mikayla.

— Je croyais que tu avais dit que tu avais des devoirs.

Elle a fait la grimace. — J'espérais que tu aurais oublié.

— On fera l'Italien la prochaine fois. Will Work For Burgers est bien. Ils ont de tout. Il y a quelque chose comme six fromages différents et une douzaine de garnitures. Ils ont des burgers fourrés, des burgers standards, des doubles burgers, même un triple. À quel point as-tu faim, Mikayla ?

Elle a rigolé. — J'ai assez faim.

— Oh oh. J'ai peut-être sous-estimé ce que vous êtes capables de manger toutes les deux. On va peut-être devoir retourner chercher plus d'argent, l'a taquiné Landon.

— Ou tu pourras faire la vaisselle, a plaisanté Mikayla.

J'ai ricané, me demandant quand j'avais entendu Mikayla comme ça pour la dernière fois. C'était une bonne gamine, gentille et parfois silencieuse. Elle ne plaisantait jamais avec Kyle comme elle le faisait avec Landon. Elle le faisait parfois avec moi, et c'était ce que je préférais au monde. L'entendre être aussi à l'aise avec Landon me le faisait apprécier encore plus.

Ils ont continué à se taquiner pendant que je conduisais. Nous n'avons pas mis longtemps à arriver chez Will Work

For Burgers. Nous sommes entrés tous les trois et Landon a demandé une table pour trois.

Mikayla voulait s'asseoir à côté de Landon, il s'est donc retrouvé en face de moi à table. Le serveur a pris nos commandes de boissons, puis nous a laissés consulter le menu. Chaque fois que je levais les yeux, mon regard tombait sur lui.

Il était bien trop beau pour un homme qui était censé être mon ami et qui ne cherchait pas les mêmes choses que moi. Ses yeux se plissaient aux coins quand il riait de quelque chose que Mikayla disait. Ses lèvres étaient constamment étirées en un sourire. Ses mains tenaient son menu avec soin, comme s'il s'agissait de quelque chose de précieux plutôt que d'un menu qui serait manipulé par une douzaine d'autres personnes avant la fin de la journée.

Le serveur est revenu et a pris nos commandes, puis nous a laissés seuls tous les trois.

— Comment se passent les répétitions ? a demandé Landon à Mikayla.

— C'est super amusant.

— Bien. J'ai participé à quelques spectacles d'école en grandissant.

— Vraiment ?

Landon a hoché la tête. — Ouais. J'étais la star de la chorale dans ma comédie musicale de CE2, j'étais un singe en CM1, et j'étais un arbre en CM2.

Mikayla a laissé échapper un rire. — Alors tu t'y connais en showbiz.

Landon a gardé un visage neutre. — Effectivement. Ça a commencé à me monter à la tête. J'étais une terreur en arrivant en sixième. Il a secoué la tête tristement. — La célébrité était un vrai problème pour moi, et mes parents ont dit que je devais prendre du recul et me souvenir de qui j'étais.

— C'était probablement la bonne décision. Il ne faut pas que ça te monte à la tête.

— Certainement pas. Ça te rend difficile à supporter si tu prends la grosse tête.

Mikayla a ri de nouveau. — J'imagine bien que ça ait pu t'arriver.

— Mikayla ! ai-je protesté.

Elle a mis une main sur sa bouche. — Désolée.

Landon a secoué la tête. — Il n'y a pas de quoi s'excuser. On plaisante, c'est tout. Je le sais. Il m'a regardé. — Je crois qu'elle a ton sens de l'humour.

Mes joues se sont échauffées. J'ai hoché la tête. — C'est vrai. Mais d'habitude, elle ne le laisse pas paraître devant d'autres adultes.

— Je suis honoré d'être quelqu'un avec qui tu te sens à l'aise, a dit Landon à Mikayla.

— Je ne voulais pas te vexer.

— Pas du tout vexé. Je te le promets. J'ai tendance à revivre ma gloire de l'école primaire, et c'est bien d'avoir quelqu'un pour me rappeler de ne pas en faire trop.

Mikayla a rigolé. — Tu dois faire attention à ça.

Landon a souri. — Absolument. Parle-moi encore de toi, Mikayla. Qu'est-ce qui t'intéresse d'autre ?

Mikayla s'est confiée à Landon d'une manière que je n'avais jamais vue auparavant. Ils sont passés d'un sujet à l'autre, parlant de l'école, des amis et même des garçons pour qui ses amies avaient le béguin. Elle est devenue rouge vif quand Landon lui a demandé si elle avait un petit ami. Elle a dit qu'elle n'en avait pas, mais il y avait un garçon qu'elle aimait bien.

Je n'avais jamais réussi à lui soutirer toutes ces informations.

Nos plats sont arrivés, et nous avons attaqué nos assiettes, déclarant que les burgers étaient les meilleurs que nous ayons jamais mangés.

Landon a piqué une frite dans l'assiette de Mikayla, et elle lui en a volé une en représailles. Il a coupé un morceau de son burger pour qu'elle y goûte et m'en a offert une bouchée. Il m'a tendu le burger, son regard plongé dans le mien pendant que je me penchais pour en prendre un morceau.

Ses pupilles se sont dilatées. Ses narines ont frémi. Il a bougé sur son siège.

Qu'est-ce que cet homme me faisait ? Je n'avais pas pu me le sortir de la tête de toute la journée, et quand j'en avais eu l'occasion, j'avais passé la soirée avec lui et ma fille. Comme si nous étions une famille.

Mikayla a demandé si nous pouvions aller prendre une glace après nos burgers, et nous nous sommes retrouvées dans la file avec d'autres familles à The Creamery. Mikayla a vu une amie de l'école et est allée lui parler pendant que Landon et moi gardions notre place dans la file.

— Je paie les glaces, ai-je dit à Landon.

— Si tu insistes, a-t-il dit. Il est resté silencieux un instant pendant que je regardais le panneau listant tous les parfums. — Ça m'a vraiment fait plaisir de rencontrer Mikayla.

— C'est une bonne gamine.

— Elle a une super maman.

Je lui ai souri. — Merci. Elle a eu un après-midi difficile.

— Que s'est-il passé ?

— Mon ex. Elle voulait qu'il vienne la voir dans la comédie musicale, et il a dit qu'il ne pouvait pas.

Les yeux de Landon se sont écarquillés. — Il lui a dit qu'il ne viendrait pas ?

J'ai haussé les épaules. — Il me l'a dit à moi. Elle l'a appelé, et il n'a pas répondu. Je l'ai rappelé, et il m'a dit qu'il était occupé. Avant même que je lui dise quand avait lieu le spectacle.

— Quel connard.

— Ouais.

— Vous méritez mieux toutes les deux.

— Merci.

Il est resté silencieux une minute alors que nous nous rapprochions du comptoir pour commander. — Je suis désolé d'être parti précipitamment du déjeuner aujourd'hui.

J'ai forcé un sourire. — Ce n'est rien.

Il a secoué la tête. — Mais si. Je savais ce que c'était quand on a commencé à parler. Ce n'est pas juste de ma part de changer les règles du jeu maintenant.

— Qu'est-ce que tu veux dire ?

Il a attendu que je le regarde. Le désir dans son regard était le même que j'avais vu chez lui plus d'une fois. C'était un regard qui me donnait envie de plus de sa part. Qui me donnait envie de savoir comment les choses pourraient être avec lui.

Ça me terrifiait.

— J'aime passer du temps avec toi. Je veux le faire plus souvent. Pas seulement des déjeuners où je t'apprends à flirter avec d'autres hommes, mais des rendez-vous où tu flirtes avec moi.

— Landon, ai-je soufflé.

— Je sais. Tu ne ressens pas la même chose. C'est juste que je...

— Je... Si. Je...

— C'est vrai ?

J'ai haussé les épaules. — Je...

— Maman, la famille de Carrie a dit qu'on pouvait s'asseoir avec eux. Elle est dans la comédie musicale avec moi. Ça te va ? a demandé Mikayla, interrompant la conversation que j'avais peur d'avoir.

J'ai forcé un sourire et j'ai hoché la tête. —Bien sûr. Tu sais quelle glace tu veux ?

— Ouais.

— C'est notre tour. Va lui dire. J'ai jeté un coup d'œil à Landon, surprenant le sourire qui persistait sur ses lèvres.

Il a chuchoté : — On terminera cette conversation plus tard.

Et je sais qu'il m'a sentie frissonner contre lui.

J'étais dans le pétrin avec cet homme. Dans un sacré pétrin.

LANDON

’allais me mettre dans l'embarras en me levant. Être assis à côté de Casey pendant qu'elle léchait son cornet de glace me mettait dans des états qui n'auraient pas dû se produire alors que j'étais à une table avec deux adolescentes et d'autres parents. Mais putain, à cause de Casey, j'avais envie d'être ce cornet de glace.

Elle n'avait aucune idée à quel point je la désirais. Mais entendre qu'elle ressentait ne serait-ce qu'un peu la même chose me faisait sourire bêtement et m'empêchait de détacher mon regard d'elle.

Mikayla et son amie étaient assises au bout de la table et parlaient de leur comédie musicale. Casey tenait la conversation avec la mère de la jeune fille. Le père veillait sur ses filles comme si quelque chose de mal pouvait arriver s'il détournait le regard. Il avait une main sur le genou de sa femme, et un sourire qui disait qu'elle était tout son monde.

C'est ce que je voulais. Une femme que je pourrais toucher en public sans me soucier de ce que les autres penseraient. J'étais presque sûr que Casey ne le prendrait pas bien si je posais ma main sur sa cuisse. Même si elle allait devoir l'accepter au mariage.

Ce qui signifiait que je devais trouver un moyen de contrôler ma réaction envers elle. Parce que bander pendant tout le mariage n'était pas du meilleur effet.

— Vous êtes le propriétaire de la boutique de fleurs, n'est-ce pas ? m'a demandé le père alors que nous finissions notre glace. Je n'arrivais pas à me souvenir de son nom.

— C'est exact. Fleurir & Cultiver.

— J'essayais de vous situer. Je lui prends toujours ses fleurs chez vous. Il a fait un signe de tête vers sa femme.

— Et elles sont magnifiques, a-t-elle dit avec un large sourire.

J'ai souri. — Je suis heureux d'apprendre qu'elles vous plaisent.

— La seule chose qui ne me plaît pas, c'est qu'il m'apporte généralement des fleurs quand il fait une bêtise. Vous pouvez y faire quelque chose ? a demandé la femme.

J'ai ri avec eux. — Je ne pense pas avoir ce pouvoir, mais de toute évidence, les fleurs vous aident à lui pardonner.

Elle a regardé son mari avec adoration. — Oui, ça aide.

— Maman, j'ai des devoirs à finir, a dit Carrie, attirant l'attention des adultes.

— Moi aussi, a dit Mikayla.

— Si tout le monde a fini, on peut y aller, a dit Casey, en vérifiant auprès de l'autre mère.

— C'est bon pour nous, a dit la mère de Carrie. — C'était vraiment sympa de vous voir.

Les deux mères se sont fait une accolade, et le père m'a serré la main. — Ravi de vous avoir rencontré.

— Moi de même, lui ai-je dit. — En espérant ne pas vous revoir de sitôt.

Il a ri. — J'en doute.

— Peut-être que vous le verrez parce qu'il est gentil, a dit la mère, en passant son bras autour de la taille de son mari.

Il a passé son bras sur ses épaules. — Je crois que je devrais faire ça. La surprendre.

— Ce serait une surprise, en effet.

J'ai ri et j'ai dit au père de m'appeler. Ils sont partis dans la direction opposée vers leur voiture, et j'ai suivi Mikayla et Casey jusqu'à celle de Casey. — C'était sympa.

— Ouais. Tu devrais venir dîner avec nous tous les soirs, a dit Mikayla.

Le rire de Casey était tendu. — Landon a sa propre vie, ma chérie. Je ne pense pas que ce soit une option.

— Mais on pourrait faire quelque chose chaque semaine, par contre, ai-je suggéré, sans me soucier que cela puisse me causer des ennuis avec Casey. Je voulais passer plus de temps avec elle, et si cela signifiait que Mikayla traîne avec nous, je n'y étais pas opposé.

— Je ne suis pas sûre qu'on puisse s'arranger. Entre le travail et la comédie musicale, on est assez occupées, a dit Casey.

— Mais vous devez bien manger. Je peux peut-être prendre une pizza et passer de temps en temps. Ce serait sympa de vous voir davantage toutes les deux.

Casey m'a lancé un regard qui suggérait que je devais me taire.

— Ouais, Maman, on devrait faire ça, a dit Mikayla.

Casey a forcé un sourire pour sa fille. — On verra.

Les épaules de Mikayla se sont affaissées, ce qui me disait que ça voulait dire *non* dans le langage de Casey.

— Monte, ma chérie, lui a dit Casey, debout à côté de la voiture.

Je suis resté avec Casey, sachant que j'allais me faire sermonner. Elle a attendu que Mikayla soit dans la voiture avant de se tourner vers moi.

— Je n'ai pas les moyens de la sortir chaque semaine, et je ne peux pas te demander de payer pour nous tout le temps.

— On n'est pas obligés de sortir. Je peux cuisiner pour toi. Ou tu peux cuisiner pour moi.

Elle a eu un petit rire.

— Tu as dit que tu voulais passer plus de temps avec moi. Tu as changé d'avis, ou tu t'inquiètes pour Mikayla ?

Elle a pris une inspiration et a jeté un coup d'œil à la voiture. — Kyle n'est pas un très bon père. Il n'est pas là pour elle. Il ne l'a jamais vraiment été. Elle ne supporterait pas qu'un autre homme l'abandonne.

Je me suis approché d'elle. — Et toi ?

— Je vais bien, a-t-elle dit en raidissant les épaules et en se redressant, comme pour se prouver à elle-même qu'elle pouvait tenir sur ses deux jambes.

— Je sais que tu vas bien. Mais tu n'as pas à être si forte tout le temps. Tu pourrais me laisser entrer. T'appuyer un peu sur moi.

Elle a secoué la tête. — Je ne peux pas. Pas quand je sais que tu pourrais disparaître à tout moment.

— Je ne vais nulle part.

— Je ne suis pas un bon parti, Landon. Je le sais. Je suis une mère célibataire divorcée avec des problèmes d'argent et rien à t'offrir.

— Tu as tout ce que je veux en ce moment, Casey. Tout ce que je veux, c'est toi.

Elle a secoué la tête, la lumière déclinante du soleil attrapant des larmes sur ses cils. — Je ne sais pas quelle partie de moi-même je peux offrir. Entre le travail et ma fille… Je dois être là pour Mikayla. Je suis tout ce qu'elle a. C'est pour ça que je ne cherche pas de relation. Nous voulons des choses différentes.

— Nous n'avons pas besoin de prendre de décisions tout de suite. Nous nous sommes mis d'accord pour apprendre à nous connaître. Nous allons au mariage ensemble. Ne mets pas fin à ça maintenant, Casey.

— Ce n'est pas ce que je fais. Je ne veux pas. Mais je ne peux pas t'avoir près de Mikayla.

— C'est toi qui es venue à ma boutique aujourd'hui. Qui nous as présentés.

— Je sais. Et je n'aurais pas dû.

— Je suis content que tu l'aies fait.

Elle m'a souri. — Elle t'aime beaucoup.

— C'est réciproque. C'est une super gamine. Drôle, un peu impertinente et intelligente.

Casey a ri doucement. — Elle n'a jamais été comme ça avec Kyle.

— Comme ça comment ?

— Impertinente. Il s'énervait si elle était comme ça.

— Ce n'est pas juste. Un enfant devrait avoir le droit de s'exprimer à la maison. Surtout à la maison.

Elle a hoché la tête. — Je pense la même chose.

— Alors, on fait quoi maintenant ?

— Je ne sais pas.

— Je veux te revoir. Avec ou without Mikayla. Les deux seraient mon choix.

— Tu ne ressembles à personne que je connais.

— J'espère que c'est une bonne chose.

Elle m'a regardé dans les yeux et a dit : — Moi aussi.

CASEY M'A DÉPOSÉ à la maison, puis m'a fait un signe de la main en s'éloignant. Mikayla a fait de même, et je me suis demandé quand je la reverrais. Casey devait faire ce qui était juste pour sa fille, mais je détestais que Mikayla ne soit pas une priorité pour son père. Ce n'était pas juste pour la gamine.

J'ai attendu une trentaine de minutes, puis j'ai envoyé un SMS à Casey pour lui demander quand on pourrait se voir pour finir notre conversation de tout à l'heure.

> Je travaille toute la journée demain.

> Et après-demain ?

> J'ai la réunion avec Adam le matin.

> Après ça ?

> Je dois commencer à écrire mon article.

> Viens l'écrire ici.

> Dans ta boutique ?

> Ouais. Tu peux t'asseoir à l'arrière où on a rencontré Omar et Natalie. S'il y a trop de monde, tu peux monter dans mon appartement. On pourra déjeuner ensemble.

> D'accord.

> J'ouvre à dix heures, mais viens plus tôt si tu veux. Gare-toi derrière la boutique pour que ta voiture ne soit pas dans la rue et entre par la porte de derrière.

> Tu es sûr ?

> Oui.

> D'accord. On se voit là-bas, alors.

> J'ai hâte.

J'ai souri à mon téléphone. Casey dans mon espace. Chez moi et dans ma boutique. C'était un pas en avant. Un grand, d'après ce que je pouvais dire de Casey.

J'ai passé le reste de la soirée à nettoyer mon appartement et à m'assurer qu'elle ne s'enfuirait pas en hurlant. Mes bottes étaient toutes en bas dans la boutique puisqu'elles étaient sales, mais avec mon travail, il était inévitable que de la terre monte à l'étage.

Quand je suis enfin allé au lit, j'ai rêvé de Casey là avec moi et je me suis réveillé la main sur ma bite. J'ai grogné et je me suis précipité sous la douche pour soulager la pression, gémissant son nom alors que je jouissais avec force.

Cette femme me rendait fou. Ça faisait plus d'un an que je n'avais pas fait l'amour, et jusqu'à ce que je rencontre Casey, ça ne me manquait pas. Mon célibat me convenait. Mais avec elle dans les parages, je trouvais difficile de la garder hors de ma chambre, même si ce n'était que dans ma tête.

Savoir qu'elle serait là le lendemain m'a rendu distrait et excité toute la journée. J'ai agi machinalement, m'occupant de tout, mais j'étais heureux de voir la journée se terminer et une nouvelle commencer. Une qui me donnerait plus de temps avec Casey.

J'étais debout à huit heures et je me suis préparé pour ma journée. Je ne savais pas à quelle heure était sa réunion avec Adam, alors je voulais m'assurer d'être prêt, peu importe quand elle arriverait. À neuf heures, je finissais mon café dans la boutique quand on a frappé à la porte de derrière, suivi de quelqu'un qui essayait d'ouvrir la porte.

Mon pouls s'est accéléré tandis que je me dépêchais vers la porte, espérant que ce soit Casey.

— Désolée. C'est tôt. J'aurais dû attendre plus tard, a-t-elle dit quand j'ai ouvert la porte.

— Je t'ai dit de venir.

— Je sais, mais tu as dit que tu ouvrais à dix heures.

Je l'ai attrapée par le bras et l'ai tirée à l'intérieur pour pouvoir refermer la porte derrière elle. Je l'ai collée contre la porte et j'ai inspiré son parfum.

Elle a aspiré une bouffée d'air. — Salut.

— Salut. J'ai baissé la tête, me rapprochant d'elle à chaque respiration. Ses lèvres se sont retroussées juste avant que les miennes ne rencontrent les siennes.

Son sac a heurté le sol près de nos pieds, puis ses mains se sont glissées dans mes cheveux.

Le désir a afflué dans mes veines, ma bite dure en quelques secondes. Je me suis pressé contre elle, lui faisant sentir l'effet qu'elle me faisait, et j'ai empoigné ses fesses, la traînant contre mon érection.

Elle a gémi contre mes lèvres, et je me suis reculé, uniquement pour qu'elle se lance à la poursuite de mon baiser.

J'ai eu un petit rire et j'ai de nouveau scellé mes lèvres sur les siennes, forçant sa bouche à s'ouvrir avec ma langue.

Elle a griffé mon cuir chevelu avec ses ongles, et j'ai grogné.

— Casey.

— N'arrête pas, a-t-elle supplié.

J'ai glissé mes mains sur ses cuisses et je l'ai soulevée, la plaquant contre la porte et l'immobilisant avec mon corps contre le sien.

— Putain de merde, a-t-elle soufflé.

— Ça va ?

— Je ne sais même pas. Comment arrives-tu à me porter ?

Je lui ai fait un grand sourire. — Ma belle, je transporte des sacs de terre pour gagner ma vie. Je te porterai jusqu'à mon lit si tu me laisses faire.

— Tu le ferais ?

— Quand tu seras prête.

— Je suis prête. Allons-y.

Je me suis reculé et je l'ai regardée attentivement. — Tu en es sûre ?

— Je te voulais le soir de l'enterrement de vie de jeune

fille. Je te voulais quand tu nous as emmenées dîner et manger une glace. Je te voulais le jour où j'étais ici et que j'ai fait tomber ton présentoir. Crois-moi quand je te dis que je te veux, Landon.

Je l'ai embrassée avec fougue, ayant besoin de sentir la passion entre nous. Je la désirais ardemment, comme je n'avais jamais désiré personne. Je m'arrêterais si elle me le demandait, mais ça ferait mal.

Je me suis assuré qu'elle était bien tenue dans mes bras, puis je me suis écarté de la porte et je l'ai portée jusqu'aux escaliers qui menaient à mon appartement.

Elle s'est détachée de notre baiser alors que je montais la première marche. — Tu n'es pas obligé de me porter en haut.

— Il n'y a plus de sang dans mon cerveau à cause de la façon dont tu m'as regardé quand j'ai dit que je te porterais jusqu'à mon lit. Entre le désir que j'ai pour toi et l'adrénaline qui me parcourt, je ne m'arrêterai pas tant que tu ne seras plus capable de marcher.

— Alors dépêche-toi parce que je pourrais exploser sur place.

— Accroche-toi, ma belle.

Elle m'a agrippé plus fort avec ses bras et ses jambes, et j'ai monté les escaliers en courant, une main sur ses fesses et l'autre sur la rampe. J'ai ouvert la porte de mon appartement et j'ai traversé le petit espace jusqu'à ma chambre, refermant les portes d'un coup de pied sur mon passage, au cas où quelqu'un se pointerait.

Casey ne m'a pas lâché alors que je la déposais sur le lit, m'entraînant sur elle. Je l'ai embrassée de nouveau, la passion guidant chacun de mes mouvements.

— N'y va pas doucement, a-t-elle murmuré.

— Je ne pourrais pas même si je le voulais, mais il faut que tu me dises que tu veux ça. Que tu me veux. Je ne veux pas que tu regrettes.

— Je le regretterai si tu n'es pas en moi dans moins de deux minutes.

J'ai eu un sourire en coin et je l'ai embrassée avec des coups de langue lents et profonds dans sa bouche, et un balancement de mes hanches contre son centre.

Elle a gémi et s'est tortillée pour que je la touche là où elle le voulait.

— Deux minutes, ce n'est pas assez long pour moi.

— Pourquoi ?

— Parce que je veux te sentir jouir au moins deux fois avant de glisser ta bite préférée en toi.

Elle a reniflé un rire. — Je ne m'en remettrai jamais !

— Non. Mais aujourd'hui, tu as droit à une introduction.

Elle a souri, un air de pur plaisir sur son visage. — Alors, allons-y.

Je me suis redressé et j'ai enlevé ma chemise. Elle s'est assise et a passé ses ongles courts sur ma poitrine. J'ai tendu la main vers le bouton de mon jean, mais elle a repoussé mes mains d'une tape et a défait le bouton. Elle a baissé la fermeture éclair, le son fort dans la pièce autrement silencieuse.

Elle a poussé mon jean et l'a aidé à glisser jusqu'au sol. Je l'ai repoussé d'un coup de pied, puis l'ai attrapée, ai saisi le bord de son haut et l'ai tiré vers le haut et l'ai enlevé avant qu'elle ait eu le temps de réagir. Elle a poussé un petit cri et a enroulé ses bras autour d'elle.

— Pas de ça. Je veux te voir.

— Est-ce qu'il doit faire si clair ici ?

— C'est pour mieux te voir.

Elle a eu un petit rire. — Tu es un loup ?

J'ai secoué la tête. — Juste un homme qui sait ce qu'il aime. Et tu es magnifique, Casey. Laisse-moi te voir tout entière.

— Il y en a beaucoup, de moi.

— Arrête de gagner du temps et laisse-moi te voir.

Elle a soupiré et a bougé les mains, me laissant voir son ventre. — J'ai beaucoup de vergetures.

— Tu as eu un bébé. C'est normal. Tu es splendide. Je me suis léché les lèvres, en imaginant son goût.

— Tu me donnes l'impression que c'est vrai.

Je l'ai regardée au visage, l'étudiant attentivement. — Je le pense, Case. Ce n'est pas de la drague en l'air. C'est moi qui te dis que je te trouve incroyablement attirante, et j'utilise toute mon énergie pour ne pas t'effrayer en te sautant dessus.

— Je préférerais que tu me sautes dessus.

— Ah oui ?

Elle a hoché la tête. — Si tu peux te retenir… Elle a haussé les épaules.

— Eh bien, putain, ma belle. Si c'est ce que tu veux… J'ai laissé ma phrase en suspens alors que je m'avançais vers elle, ne jouant plus, ne taquinant plus, n'attendant plus. Elle était à moi, et j'allais lui montrer à quel point je la voulais.

Je l'ai embrassée avec force, attrapant son sein dans ma main et glissant mon pouce sur son téton. J'ai pincé le bouton tendu et l'ai tourné juste assez pour la faire haleter. Je l'ai renversée sur le lit et j'ai attrapé son pantalon, l'enlevant avant de m'installer sur elle.

Je l'ai clouée au matelas avec mon corps, coinçant ses jambes entre les miennes et tenant ses mains fermement dans mon poing. Je l'ai léchée et embrassée jusqu'à ce qu'elle se tortille sous moi, puis je me suis déplacé sur le côté et j'ai glissé une main sur son ventre jusqu'au bord de sa culotte. Je n'ai pas hésité avant de plonger en dessous, trouvant sa chair humide, pulpeuse et prête pour moi.

— Putain, Casey, tu es si mouillée.

— Ça fait un moment.

— Pour moi aussi, ai-je admis. — Je n'ai désiré personne comme je te désire. Jamais.

— Pas même-

Je lui ai coupé la parole avec un baiser brutal et une morsure sur sa lèvre inférieure. — On ne parle pas des ex au lit. Tu es à moi en ce moment, et je suis à toi. Il n'y a personne d'autre ici avec nous quand on est au lit. D'accord ?

Elle s'est mordu la lèvre et a hoché la tête.

— Bien. Maintenant, fais-moi t'entendre jouir, Casey. J'ai plongé un doigt dans son passage étroit et j'ai appuyé fort sur son clitoris.

Elle a gémi et a balancé ses hanches contre ma main. — Ça va me prendre une minute.

— Je ne vais nulle part. Dis-moi ce que tu aimes. Comment est-ce que tu te fais jouir ?

— D'habitude sur mon clito.

J'ai retiré mon doigt d'elle et j'ai étalé son humidité jusqu'à son clitoris, puis j'ai enfoncé deux doigts en elle. — Tu veux jouir comme ça ?

— Ouais… oui.

— Je peux enlever le reste de tes vêtements ?

— Oui.

Elle m'a aidé en poussant sa culotte vers le bas, puis en s'asseyant pour dégrafer son soutien-gorge. Ma main est retournée à son centre, et j'ai glissé un troisième doigt en elle pour faire de la place pour ma bite dans une minute.

— C'est bon.

— Tu es tellement mouillée, Casey. J'ai hâte de te sentir sur ma bite.

— Je veux ça.

— Bientôt, ma belle. Jouis sur mes doigts d'abord.

Elle a gémi.

— Oh, tu aimes ça. J'ai frotté de nouveau mon pouce calleux sur son clitoris, et elle a gémi plus fort. — Tu aimes vraiment ça.

— Le frottement… est bon. Tellement bon.

— Putain, ouais. J'ai frotté son clitoris plus vite et j'ai

enfoncé mes doigts plus profondément en elle jusqu'à ce que je sente son corps réagir et se resserrer autour de mes doigts.

— Jouis pour moi, Casey. Il n'y a personne. Tu peux crier aussi fort que tu veux.

— Oh, putain, c'est tellement bon. Elle s'est mordu la lèvre.

Je l'ai embrassée, aspirant sa lèvre entre mes dents. — Jouis, Casey.

Elle a crié son orgasme, son corps dégoulinant. Je voulais continuer, l'entendre encore, mais je savais que j'y perdrais la tête avant d'entrer en elle si j'attendais un autre.

J'ai pris sa main et l'ai posée sur son corps, puis j'ai retiré la mienne. — Il me faut un préservatif. N'arrête pas.

Elle m'a regardé mais n'a rien fait.

J'ai baissé mon slip, je suis sorti de celui-ci, puis j'ai attrapé un préservatif dans le tiroir à côté de mon lit. Je me suis tourné pour la regarder en le déchirant et je l'ai trouvée en train de m'observer, ses doigts immobiles.

— Je ne… je ne me suis jamais masturbée devant quelqu'un avant.

— Merde, alors. Il va falloir qu'on s'y mette. Et si tu me mettais ça ? Je lui ai offert le préservatif.

Elle l'a pris de ma main et s'est assise. Elle l'a déroulé rapidement, serrant ma bite avant de se rallonger.

— Fort ou lentement ?

— Baise-moi fort, Landon. S'il te plaît.

J'ai attrapé ses chevilles et l'ai tirée au bord du lit. Elle a poussé un cri aigu à ce mouvement, puis a gémi. J'ai glissé mes mains le long de ses jambes jusqu'à son centre et j'ai exposé son clitoris à mon regard. — Putain, tu es magnifique.

Elle n'a rien dit, alors je me suis aligné à son entrée.

— Tu es prête ?

— S'il te plaît.

Je me suis enfoncé en elle d'un coup sec, mes couilles

heurtant son corps alors que je pénétrais complètement. Je me suis immobilisé, craignant de jouir avant même de pouvoir bouger.

Elle a contracté son passage autour de moi, et j'ai juré.

Je me suis retiré, puis je suis revenu à la maison d'un coup de reins.

— Landon. Oui. Ses mots chuchotés m'ont frappé en plein dans la poitrine.

J'ai attrapé sa main et je l'ai tenue pendant que je la pénétrais, ayant l'impression de vivre une expérience hors du corps.

— Putain de merde, ai-je soufflé.

— Oui. Encore. Putain.

Je ne pouvais pas ralentir, ni me calmer, ni reprendre mon souffle. Je jurais que j'allais m'évanouir. Mais si je m'arrêtais, des pensées auxquelles je ne pouvais pas commencer à penser s'insinueraient. Alors j'ai continué, frappant mon corps contre le sien, changeant l'angle jusqu'à ce qu'elle gémisse, puis la pénétrant encore, plus fort, plus vite, comme elle l'avait demandé.

Puis elle a crié, les mots un brouillard alors que son centre s'est refermé sur ma bite et a refusé de la laisser partir.

Je l'ai suivie au-delà du plaisir, piégé, possédé et désespérément perdu pour la femme qui m'a dit que j'avais sa bite préférée.

17

CASEY

Mais qu'est-ce que c'était que ça ? Le sexe, ce n'était pas comme ça. Ce n'était pas censé me donner envie de pleurer. Le sexe, c'était juste...

Bon sang, je n'en savais rien.

Dès que Mikayla est montée dans le bus, j'ai remballé mes affaires. Je voulais aller voir Landon, mais je me sentais folle de me précipiter chez lui. Je n'avais pas pu arrêter de penser à lui, et j'avais envie de sexe. Terriblement. Avec lui.

Alors je l'ai demandé. Mais je ne m'étais jamais attendue à ce que ce soit comme ça.

C'était une preuve de plus que Reegan avait été folle de l'avoir laissé partir.

— Waouh, a-t-il soufflé.

— Pareil, ai-je répondu.

Il a gloussé. — Je devrais te laisser te relever.

— Tu n'es pas obligé de te presser.

Il m'a de nouveau laissé sentir son poids, puis m'a embrassée tendrement, sans la langue, comme si nous avions tout le temps du monde. Puis il s'est relevé.

Il m'a tendu la main pour m'aider à me mettre debout, puis a désigné la salle de bains pour que j'y aille la première.

J'ai fermé la porte, sentant que la laisser ouverte serait franchir une limite, et je suis vite allée aux toilettes. Je me suis lavé les mains et je me suis souvenue que mes vêtements n'étaient pas dans la salle de bains avec moi. Ce qui m'obligeait à ouvrir la porte dans toute ma splendeur de femme ronde pour qu'il me voie.

— Arrête de te cacher, a dit Landon de l'autre côté de la porte.

J'ai gloussé. — Tu n'es pas censé pouvoir lire dans mes pensées. J'ai ouvert la porte lentement.

Il a attendu, les bras croisés et les sourcils haussés, que je sorte. Il n'avait pas pris la peine de se rhabiller, et j'ai regardé sa bite grossir et pointer vers moi. — I'Je suis vraiment content que tu sois passée plus tôt.

J'ai gloussé et je suis passée devant lui pour prendre mes vêtements. J'ai plissé le nez, détestant que mes vêtements sentent le sexe.

— Qu'est-ce qui ne va pas ?

— J'aurais probablement dû prévoir d'apporter des vêtements de rechange.

— Je les ai abîmés ?

— Non, ils sentent juste le sexe.

— Tu veux emprunter quelque chose ? Ou laver quelque chose ?

— Je... Quelle limite étais-je en train de franchir ? — Je devrais juste rentrer en vitesse me changer.

— Tiens. Il a ouvert un tiroir et m'a lancé un pantalon de jogging, puis en a ouvert un autre et m'a tendu un T-shirt. — Porte ça pour l'instant. Reste ici jusqu'à ce que tu doives partir. Je vais mettre tes affaires à la machine. Ça ne prendra pas longtemps. Des instructions particulières ?

J'ai secoué la tête. — Non, mais tu n'es pas obligé de faire ça.

— Eh bien, c'est moi qui n'ai pas pu te résister.

— Je suis venue ici en espérant cette réaction.

Un sourire lent et sexy a étiré ses lèvres.

— Oh, arrête, ai-je dit en riant. — Tu sais que j'ai envie de toi.

— Maintenant, je le sais. Tu'reviens ici après ta réunion, n'est-ce pas ?

— J'y pensais. Tu as dit que je pouvais travailler ici. Si ça ne te dérange pas. Parfois, j'ai du mal à me concentrer quand je suis à la maison avec toutes les autres choses que je dois faire.

— Tu es la bienvenue ici quand tu le veux.

J'ai levé les yeux au ciel. — Parce que tu veux encore du sexe.

Il a secoué la tête et s'est approché de moi. — Non, Casey, parce que j'aime t'avoir chez moi. J'aime savoir que mes draps vont sentir ton odeur. Que mon jogging va être juste contre ton corps nu. Que mon canapé va t'avoir dessus. J'aime te voir dans mon espace et, oui, j'adore te baiser dans mon lit, mais c'est'bien plus que ça.

— D'accord, ai-je soufflé, parce que bon sang, que pouvais-je répondre à ça ?

J'ai enfilé son pantalon de jogging, surprise de constater qu'il était grand pour moi, puis j'ai passé son T-shirt par-dessus ma tête, notant à nouveau à quel point il était grand. Il a mis des vêtements propres, puis a emporté tout ce que nous portions à la buanderie à côté de sa cuisine et a lancé la machine.

— Tu as dit que tu devais ouvrir à dix heures ?

Il a hoché la tête. — Oui, mais Gail et Carson seront là… Il a regardé l'horloge. — Sous peu.

— Je n'avais pas réalisé.

— Pas de problème. Ils ont les clés.

Une porte a claqué en bas, et nous nous sommes regardés.

— Reste ici et travaille un peu. Je remonte dans vingt minutes pour mettre les vêtements dans le sèche-linge.

— Je peux le faire.

— Non. Tu as du travail. Tu n'as'pas besoin de te laisser distraire par ma maison.

— Et si je veux fouiner ?

Il a gloussé. — Alors ne te gêne pas, sois aussi distraite que tu le'souhaites. Il s'est penché sur moi et m'a de nouveau embrassée doucement. — Je'reviens bientôt.

J'ai souri et je l'ai regardé se diriger vers la porte. Il m'a fait un clin d'œil avant de la fermer, puis m'a laissée seule dans son appartement.

Les larmes qui menaçaient pendant l'amour sont revenues dans mes yeux, brouillant ma vision. Qu'est-ce qui n'allait pas chez moi ? Je faisais l'amour depuis plus de la moitié de ma vie. Je n'avais jamais été émotive à ce sujet. Ni la première fois, ni quand j'ai découvert que j'étais enceinte, ni même quand Kyle et moi nous sommes mariés et avons célébré notre nuit de noces.

Mais ce n'était'pas juste du sexe. Ce qui venait de se passer avec Landon était magique. C'était… le genre de chose dont elles parlaient au club de lecture. Faire l'amour avec quelqu'un qui vous connaissait et que vous connaissiez. Je pensais avoir'vécu ça avec Kyle. Nous étions mariés depuis des années. Nous nous connaissions. Mais le sexe avec lui n'avait jamais été plus qu'un acte.

Je pensais que les femmes du club de lecture racontaient des conneries. Je pensais qu'elles disaient ça pour se sentir mieux dans leur mariage. Mais si c'était de ça qu'elles parlaient…

J'étais dans le pétrin. Dans un sacré pétrin. C'était le genre de sexe auquel je pourrais devenir accro. Landon était le genre d'homme auquel je pourrais devenir accro.

— Non. Ça n'arrivera pas, me suis-je dit en secouant la tête pour chasser ces pensées et en cherchant mon sac.

Seulement pour me rappeler qu'il était en bas près de la porte où Landon avait effacé toute pensée rationnelle d'un baiser.

— Merde.

Il revenait bientôt, et avec un peu de chance, il remarquerait mon sac et le ramènerait avec lui. En attendant, je... pouvais fouiner.

J'ai ricané en moi-même et j'ai réalisé que je n'avais aucune envie de fouiller dans ses affaires. Je lui faisais confiance. Il me disait tout ce que je lui demandais, et je savais qu'il ne me mentait pas.

Je me suis allongée sur son canapé et j'ai fermé les yeux, laissant le silence m'entourer et s'installer. Je n'étais plus habituée au calme depuis la naissance de Mikayla, et vivre dans un appartement était plus bruyant avec des voisins qui partageaient des murs. Écouter le silence m'a procuré une sorte de paix dont je n'avais pas réalisé le manque jusqu'à ce que je me concentre dessus.

Mon corps tout entier s'est détendu. Mes épaules se sont relâchées. La tension s'est dissipée de mon corps. Entre les orgasmes incroyables et le calme, je n'étais pas sûre de vouloir quitter son appartement un jour.

Des pas dans l'escalier devant la porte m'ont fait ouvrir les yeux avant même que la porte ne s'ouvre. Landon est entré, mon sac à la main. — Je viens de remarquer ça. Désolé. Je ne voulais pas t'interrompre.

J'ai souri. — J'appréciais le calme qui règne ici.

Il a laissé échapper un rire. — D'habitude, le silence me rend fou. J'ai toujours la télé ou la musique allumée.

— Il y a tellement de bruit dans mon appartement que

c'est'parfois difficile de se concentrer. Je ferais tellement plus de travail s'il y avait autant de calme qu'ici.

— Alors reviens. Travaille ici quand tu veux.

Je secouais déjà la tête. — Non. Je ne pourrais pas faire ça. Ce n'est'pas juste pour toi.

— Qui a dit ça ? Je suis'en bas. Je ne te'dérangerai pas. Personne ne le fera. Je monte ici pour déjeuner la plupart du temps, mais personne d'autre ne le fait. Sauf Andre de temps en temps, mais moins maintenant qu'il'est avec Joelle.

— Je ne sais pas.

— Penses-y. Vois tout ce que tu arrives à faire et vois si tu veux revenir. Tu es toujours la bienvenue.

— Merci.

— Je'vais vérifier le linge, puis je te laisse de nouveau tranquille.

J'ai hoché la tête, voulant lui demander de rester plus que je n'aurais dû. Je ne pouvais pas tomber amoureuse de cet homme.

Il a changé le linge et a dit que tout serait prêt dans quarante-cinq minutes, puis il m'a embrassée et a de nouveau disparu.

J'ai écouté ses pas descendre l'escalier, puis j'ai pris mon ordinateur portable et je me suis mise au travail.

La chose suivante dont je me suis souvenue, c'est Landon qui ouvrait la porte, et mon article était entièrement esquissé.

— Comment ça avance ?

— J'ai presque fini, ai-je admis. Je n'ai jamais autant écrit en si peu de temps.

— Je pense que mon appartement est magique.

— C'est toi qui es magique, ai-je dit sans réfléchir.

Il a eu un petit rire. — C'est bon de savoir que tu penses ça.

Mes joues se sont échauffées.

— À quelle heure est ton rendez-vous ?

J'ai regardé l'heure et je me suis levée. — Je devrais y aller.

— Après t'être changée, a dit Landon en baissant les yeux vers son jogging.

— Oh, oui. Merci. Je peux les laver avant de te les rendre.

Il a secoué la tête. — Et rater l'occasion d'avoir ton odeur dessus ? Non. Ça me va comme ça.

J'ai eu un petit rire, les joues en feu.

— Tu reviens déjeuner après ?

J'ai hoché la tête. — Si ça ne te dérange pas.

— Bien sûr. Il a traversé la pièce jusqu'à moi et m'a plaquée contre son corps. — J'aime t'avoir ici.

Il m'a embrassée lentement, ses doigts trouvant ma peau nue et sa langue glissant sur mes lèvres. J'ai léché sa langue, et il a gémi, aspirant ma langue dans sa bouche.

Il n'a pas fallu longtemps pour que je sois haletante et humide entre mes cuisses.

Il s'est reculé en jurant. — Je vais perdre la tête avec toi. Je sais que tu dois y aller, mais quand tu reviendras pour le déjeuner, j'espère que tu pourras travailler très vite pour que j'aie le temps de te faire jouir à nouveau.

— Tu n'as pas peur de dire ce que tu penses, n'est-ce pas ?

Il a lissé mes cheveux pour dégager mon visage. — D'habitude, non. C'est un problème ? Je veux que tu saches où tu en es avec moi. C'était… C'était la raison pour laquelle ça s'est terminé avec Reegan. Nous n'étions pas sur la même longueur d'onde. Je sais que tu ne cherches pas la même chose que moi, mais je ne vais pas te mentir sur ce que je veux ou te faire croire que j'ai changé d'avis sur quoi que ce soit. Je te veux, Casey. Je veux t'entendre jouir, te sentir, te goûter et profiter de ton corps. Je veux te faire rire, danser avec toi au mariage et m'amuser tant que tu ressens la même chose.

— D'accord.

Il a souri, ses yeux se plissant et s'illuminant. — Bien. Alors, va te changer et pars avant que je te convainque d'annuler.

J'ai eu un petit rire, sachant qu'il n'aurait pas besoin de beaucoup d'efforts pour me convaincre, mais je devais me concentrer sur l'article. La série d'articles rapportait bien, et avoir une chronique régulière, même si elle était temporaire, était important pour moi.

— Gail et Carson sont en bas, mais ils ne diront rien sur ta présence s'ils te voient. La porte de derrière n'est pas verrouillée, donc tu peux sortir par là et rejoindre ta voiture, puis revenir et monter directement ici si tu veux.

— D'accord. Merci.

— Et si tu veux que les gens sachent que tu es là, passe par-devant et embrasse-moi comme si je t'appartenais.

J'ai ri, mais il s'est contenté de me faire un clin d'œil avant de sortir à nouveau de l'appartement.

Je me suis rhabillée avec mes vêtements professionnels, laissant le jogging de Landon sur son lit. Je me suis mordu la lèvre en me demandant si je devais passer par-devant, mais j'étais en retard et je ne voulais pas faire attendre Adam.

Quatre-vingt-dix minutes plus tard, après une conversation plus qu'agréable avec Adam, et avec le reste de mon article qui se formait dans mon esprit, j'ai franchi la porte de derrière et j'ai continué jusqu'à l'avant de chez Fleurir & Cultiver.

Landon était derrière le comptoir, en train d'encaisser un client. Il a remercié l'homme de sa visite, puis m'a remarquée et m'a fait un grand sourire. — Comment s'est passée l'interview ?

Je me suis approchée de lui et j'ai hoché la tête. — C'était vraiment bien. Et ça n'aurait jamais été possible sans ton aide. Merci. Je me suis hissée sur la pointe des pieds, attrapant ses épaules pour l'attirer dans un baiser.

Il s'est tourné vers moi et a répondu à mon baiser, ses mains se posant sur mes hanches et me maintenant contre lui.

Je me suis reculée juste assez pour croiser son regard et j'ai vu le plaisir que je ressentais se refléter dans ses yeux.

— Merci, a-t-il murmuré à mon oreille.

— Toute la ville sera bientôt au courant.

Il eut un petit rire. — Après notre déjeuner de l'autre jour, on leur a déjà donné de quoi jaser. Ça te va ?

J'ai hoché la tête et me suis éloignée de lui. — Je vais monter travailler sur mon article. Tu veux que je commence à préparer quelque chose pour le déjeuner ?

— Tout est déjà prêt, a-t-il dit d'un air énigmatique.

— D'accord. Je te vois tout à l'heure.

Il m'a fait un clin d'œil, puis a reporté son attention sur les clients.

J'ai pressé mes doigts contre mes lèvres en montant les escaliers vers son appartement. Si nous voulions que notre rôle de couple pour le mariage soit crédible, il fallait que les gens le sachent. Maintenant, c'était sûr, ils allaient le savoir.

LANDON et moi avons pris une routine au cours de la semaine suivante. Après que Mikayla soit montée dans le bus, j'allais chez Landon. Nous montions dans son appartement avant l'arrivée de ses employés, puis je travaillais sur mon article jusqu'à ce que je doive partir pour un autre rendez-vous ou un autre travail.

Le dimanche, je me sentais enfin assez à l'aise pour aller au club de lecture. Quatre semaines d'affilée, c'était nouveau pour moi, mais j'ai découvert que j'appréciais vraiment le temps passé avec les dames de L'anse MacKellar. Melody a dit qu'elles n'auraient pas de club de lecture le week-end suivant à cause du mariage, et je savais que ce temps passé avec des femmes que j'avais commencé à considérer comme des amies allait me manquer.

Puis je suis entrée. Des sueurs froides m'ont parcourue. Reegan était assise à côté de Blake.

— Salut ! a lancé Reegan à Melody et moi, en se levant pour nous serrer dans ses bras.

— Salut ! avons-nous répondu, Melody et moi, en la serrant à notre tour dans nos bras.

J'ai lancé un regard *à l'aide* à Melody, et elle a pris le relais.

— On ne te voit pas souvent ici. Comment vas-tu ? Qu'est-ce que tu deviens ? a demandé Melody, en prenant le siège à côté de Reegan et en monopolisant la conversation.

— Finley n'arrêtait pas de me demander de venir, mais je me sentais toujours un peu bizarre de socialiser avec ma patronne, a dit Reegan avec un petit rire.

— Ce que je lui ai dit être ridicule, a dit Finley.

Reegan était la nounou du fils de Finley pendant l'été depuis que George avait un an. C'est aussi comme ça que je connaissais Reegan. Finley et Trent invitaient tous les enfants à venir passer du temps chez eux pendant l'été. Mikayla était allée avec Amber quelques fois pendant l'été pour que je n'aie pas à payer pour qu'elle aille en colonie de vacances chaque semaine.

— Tu as finalement été d'accord avec elle ? a demandé Melody.

Reegan a secoué la tête. — Non, mais comme George va à la maternelle l'automne prochain, Finley et Trent prévoient de prendre la majeure partie de l'été pour passer du temps avec lui, et ensuite il ira en colonie de vacances pour être avec des amis.

— C'est logique, a dit Melody à Finley. — Amber n'a jamais fait une colonie d'été complète, mais elle a toujours adoré quand elle y allait. C'est bien pour eux d'avoir un cadre.

Finley a hoché la tête. — C'est ce qu'on se disait. Mais ça nous embête de mettre fin à notre arrangement avec Reegan. George l'adore.

— Il est tellement adorable. Le sentiment est réciproque, a dit Reegan. — Et je ne m'inquiète pas pour l'été. Je pourrais voyager, ou donner des cours d'été, ou trouver une autre famille qui a besoin d'une nounou. Je garde toutes mes options ouvertes pour l'instant.

— Nous nous sentons quand même mal. Trent a dit qu'il te trouverait un travail si tu as besoin de quelque chose.

Reegan a secoué la tête. — Non. Je ne lui demanderais jamais ça. Je n'ai pas besoin d'un travail d'été. J'aimais travailler pour vous, et c'était agréable de rester occupée.

— Tu vas nous manquer, a dit Finley. — Il faudra que tu passes nous voir un de ces jours.

— Je le ferai.

— Tant qu'elle n'est pas partie profiter de la vie quelque part loin de L'anse MacKellar, a dit Willow. — Tu as dit voyager ? Où irais-tu ?

J'ai jeté un coup d'œil à Willow et j'ai remarqué son clin d'œil.

J'ai regardé autour de la table et j'ai remarqué que tout le monde était concentré sur Reegan. Au fur et à mesure que la soirée avançait, elles lui posaient de plus en plus de questions, gardant l'attention sur elle.

Dès qu'il y avait une accalmie dans la conversation, quelqu'un d'autre intervenait avec un nouveau sujet.

Aucune d'entre elles n'a posé de questions sur Landon et moi, même si j'étais sûre qu'elles avaient toutes entendu dire que j'y passais beaucoup de temps ces deux dernières semaines. Melody m'en avait parlé en venant, mais avait dit qu'elle ne voulait pas que je partage quoi que ce soit avant que nous soyons toutes ensemble.

Personne n'a rien demandé. Parce qu'elles me protégeaient. De Reegan ?

La culpabilité m'a tordu les entrailles en l'écoutant parler de sa vie. Landon avait dit que c'était bien fini entre eux, mais pourquoi m'aurait-il choisie plutôt qu'elle ? Pourquoi voudrait-il passer du temps avec moi alors qu'une femme comme elle était disponible ?

Je devais connaître la réponse.

18

LANDON

Je regardais la télé en sirotant une bière quand on a frappé à la porte du rez-de-chaussée. Je me suis arrêté, me demandant si j'avais rêvé, mais non. Quelqu'un frappait bien à la porte.

J'ai vérifié mon téléphone, mais je n'avais aucun message. J'avais des caméras autour de la propriété, et un rapide coup d'œil m'a montré Casey devant ma porte.

— Mais qu'est-ce que c'est que ça ?, me suis-je demandé en dévalant les escaliers. J'ai ouvert la porte d'un coup sec et j'ai failli me prendre un coup de poing en pleine figure alors qu'elle s'apprêtait à frapper de nouveau.

— Pourquoi passes-tu du temps avec moi ?, a-t-elle demandé sans même dire bonjour.

— Quoi ?

— Pourquoi est-ce que tu passes du temps avec moi ? Pourquoi me choisirais-tu, moi, même pour un petit moment ?

— D'où est-ce que ça sort ?

— Pourquoi est-ce que tu évites la question ?

— Je n'évite pas la question. C'est la question qui me déconcerte.

Elle n'allait pas me laisser m'en tirer sans répondre.

Je n'avais pas vraiment de réponse. Quelle autre option avais-je que de l'admettre ? — Je ne crois pas avoir de raison particulière. J'aime passer du temps avec toi.

— Mais pourquoi ? Pourquoi me choisirais-tu alors que Reegan est toujours célibataire ?

J'ai reculé d'un pas, choqué par l'assurance de sa déclaration. La conviction absolue qu'il n'y avait aucune raison pour que je choisisse de passer du temps avec elle plutôt qu'avec Reegan.

— Tu as dit que vous aviez rompu parce que vous vouliez des choses différentes. C'est notre cas aussi. Qu'est-ce qui est différent ?

— On a déjà eu cette conversation. Je t'ai dit que Reegan m'avait pris au dépourvu. Elle m'a laissé croire qu'on allait dans la même direction, jusqu'à ce qu'elle signe un nouveau bail pour son appartement et refuse d'emménager avec moi. Pourquoi tu remets ça sur le tapis ?

Casey faisait les cent pas devant la porte, ses pieds traînant sur le gravier. — Elle était au club de lecture ce soir. Normalement, elles n'ont pas peur de se cuisiner les unes les autres sur les moindres détails de leur vie. Elles m'ont posé plein de questions sur nous quand tu m'as ramenée après l'enterrement de vie de jeune fille. Elles voulaient savoir ce qui se passait entre nous. Et encore quand on s'est embrassés en public. Mais cette semaine, elles n'ont pas dit un mot.

— Peut-être qu'elles n'avaient rien de nouveau à demander.

— Non. Non, ce n'était pas ça. Elle a secoué la tête en continuant de faire les cent pas. — Elles me protégeaient d'elle. Elles s'empêchaient de dire quoi que ce soit sur le fait qu'on soit ensemble parce qu'elle était là. Est-ce qu'elle est toujours amoureuse de toi ?

— Non. Absolument pas, ai-je dit.

— Alors pourquoi auraient-elles évité de parler de nous ?

— Je ne sais pas, Casey, mais ce que je sais, c'est que je me fiche de ce que les autres pensent. Ce qui m'importe, c'est ce que tu penses, toi. Ce qui se passe avec toi. Je croyais qu'on était d'accord. On passe du temps ensemble. On profite l'un de l'autre. On s'amuse. Et on se souciera plus tard de savoir où ça nous mène.

— Ça ne mène nulle part. Ça ne peut pas. Pas tant que toi et Reegan...

Je l'ai fait taire en pressant durement mes lèvres contre les siennes. Elle s'est débattue, essayant de s'échapper, mais je ne l'ai pas laissée faire. J'avais besoin de la sentir contre moi. De sentir ses lèvres sur les miennes, la façon dont son corps s'adoucissait contre le mien, ses doigts qui s'agrippaient à mes cheveux.

Quand elle s'est affaissée contre moi en gémissant dans ma bouche, j'ai attrapé ses hanches et je l'ai soulevée. Elle a enroulé ses jambes autour de ma taille tandis que je traversais l'atelier pour me rendre dans la salle de consultation. La table était à la hauteur parfaite pour son cul, pour que je me presse contre sa chaleur.

Elle a gémi contre moi et s'est cramponnée quand j'ai essayé de reculer.

Je me suis pressé contre elle une fois de plus, frottant mon érection contre son intimité.

Elle m'a mordu la lèvre, puis a passé sa langue dessus, resserrant ses jambes autour de mes hanches.

Si c'est comme ça qu'elle le voulait, je serais ravi de le lui donner. Je l'ai poussée sur la table et je me suis glissé sur elle, sachant que la table nous supporterait.

Elle s'est cambrée contre moi, agrippant mes vêtements.

J'ai reculé et j'ai arraché mes vêtements, la fixant tandis qu'elle peinait à faire de même. Nous n'avons pas dit un mot, mais quand j'ai déroulé un préservatif, elle s'est mordu la lèvre inférieure.

Je l'ai attrapée et l'ai ramenée au bord de la table. Mes lèvres se sont écrasées sur les siennes. On se battait, nos dents s'entrechoquaient et nos langues s'affrontaient. J'ai taquiné ses lèvres, m'assurant qu'elle était prête pour moi.

Elle était trempée, son corps m'aspirant d'un seul coup. J'ai enfoncé trois doigts en elle. Elle s'est resserrée autour de moi, gémissant tandis que je travaillais son entrée.

J'ai retiré mes doigts et les ai portés à ma bouche.

Elle a frémi contre moi alors que je suçais sa mouille.

— La prochaine fois, je veux le prendre directement sur toi.

— Baise-moi, Landon.

Je l'ai pénétrée avant même qu'elle ait fini sa demande.

Elle a joui instantanément, poussant un cri et serrant fort ma bite.

Je suis resté immobile en elle, la laissant s'habituer à moi. Dès que son corps a relâché son emprise, je me suis retiré doucement pour la pilonner à nouveau.

La table bougeait au rythme de nos coups de reins. Elle a enroulé ses jambes autour de mes hanches, me gardant collé à son corps. Je me suis penché sur elle, ayant besoin de cet appui pour la rendre folle. Pour nous rendre fous tous les deux.

— Oh, putain. Oui.

— Ça. Tu veux savoir pourquoi je passe du temps avec toi. C'est ça. C'est de savoir à quel point tu es bonne sur ma bite quand tu jouis. C'est de savoir que je peux te parler et que tu es là, avec moi. C'est de te faire rire, de voir ton humour et d'avoir l'impression que je peux tout faire. C'est toi, Casey. C'est entièrement toi. Tu es incroyable.

— Landon !, a-t-elle crié en ayant un orgasme intense, son intimité vibrant autour de ma bite et m'entraînant avec elle par-dessus bord.

— Oh, putain, Casey, ai-je grogné en jouissant plus fort que jamais. Mes jambes sont devenues cotonneuses, menaçant de lâcher, mais j'ai verrouillé mes genoux et j'ai réussi à rester debout.

Elle s'est accrochée à moi, ne me lâchant pas jusqu'à ce que nos corps se soient refroidis et que je risque de glisser hors d'elle. — Je n'étais pas venue pour ça, a-t-elle murmuré en desserrant ses cuisses.

Je me suis mordu la lèvre pour ne pas lui dire que j'aurais préféré ça plutôt qu'elle vienne m'accuser de ne pas la désirer assez. Si elle savait à quel point elle occupait mes pensées, elle s'enfuirait en hurlant.

— Je devrais rentrer.

J'ai écarté les cheveux de son visage et ignoré son désir évident de foutre le camp. — Je suis content que tu sois venue. Mais j'ai besoin que tu entendes quelque chose.

D'accord.

— Je ne suis pas avec Reegan parce que je ne veux pas être avec Reegan. Nous sommes restés ensemble assez longtemps pour savoir tous les deux ce que c'était. Je n'étais pas prêt à renoncer à ce que j'ai toujours voulu, et elle non plus. Mais nous n'avons jamais eu les conversations que nous aurions dû avoir. Nous étions sur des chemins différents, et nous le savions tous les deux, mais aucun de nous ne savait comment mettre fin à notre histoire. C'est fini. Nous sommes tous les deux heureux que ce soit fini. C'était la bonne décision pour nous. Et quoi que ce soit entre nous n'a rien à voir avec elle.

D'accord.

— Tu me plais, Casey. J'aime passer du temps avec toi. J'ai vraiment adoré faire l'amour. Mais avant ça, c'est toi que j'appréciais. Pas à cause de Reegan, ni en dépit d'elle, ni rien qui ait un rapport avec elle. Uniquement à cause de toi.

Elle a hoché la tête, les commissures de ses lèvres se relevant. — Merci.

Je l'ai embrassée à nouveau, puis j'ai finalement reculé. J'ai attrapé ma bite et retiré le préservatif pendant que Casey cherchait ses vêtements. Une fois que nous étions tous les deux habillés, je l'ai raccompagnée jusqu'à la porte. — Je suis désolé de t'avoir prise comme ça. J'espère que je ne t'ai pas fait mal.

Elle a eu un petit rire. — C'était plutôt torride, en fait. Je pense que je vais avoir des courbatures, mais dans le bon sens du terme.

J'ai ri et je l'ai prise dans mes bras, incapable de la laisser partir sans un dernier baiser. — Fais attention en rentrant.

— Oui. Désolée d'avoir interrompu ta soirée.

— Tu peux l'interrompre quand tu veux. Est-ce que je vais te voir demain ?

— Si ça te va.

— Toujours. Je suis impatient.

— Bonne nuit, Landon.

— Bonne nuit, Casey.

CASEY M'A ENVOYÉ un texto tard le lendemain matin pour me dire que sa réunion au journal s'était prolongée et qu'elle ne pourrait pas passer avant son travail de l'après-midi. Je lui ai demandé si elle voulait qu'on déjeune ensemble.

J'étais dans le pétrin. J'avais du mal à passer plus d'une journée sans la voir.

Elle m'a répondu par texto qu'elle pouvait me retrouver pour un déjeuner rapide, et nous avons convenu de nous voir à Just Tacos, car c'était rapide.

Casey n'était pas là quand je suis arrivé, mais je connaissais sa commande habituelle, alors j'ai pris de l'avance et j'ai commandé pour nous deux. Casey est entrée juste au moment où notre commande a été appelée et a pris son gobelet pour se servir à boire.

Je portais le plateau vers la table et j'ai été interpellé par un client qui m'achetait des fleurs depuis des années. Il m'a demandé comment j'allais et m'a salué. J'ai répondu à son salut, ne m'attendant pas à ce que ça aille plus loin, mais il n'en avait pas fini.

— C'est votre sœur ? a demandé Eric.

J'ai eu un petit rire. — Non, ce n'est pas ma sœur.

— Qu'est-ce que vous faites avec elle ?

— On déjeune ensemble.

— Est-ce que Reegan sait que vous déjeunez avec une autre femme ? Parce que je ne pense pas qu'elle serait très heureuse de voir ça.

— On est juste amis, a dit Casey, surprenant la question déplacée d'Eric.

Eric lui a lancé un regard, puis a rejoint sa femme dehors sur le trottoir.

— Pourquoi tu lui as dit ça ?

Casey a secoué la tête. — Je ne veux pas me disputer avec quelqu'un à propos de ce que nous sommes.

— Mais ça ne te dérange pas de te disputer avec moi à ce sujet ?

— On sait ce qu'on est.

— Ah oui ? Et comment appellerais-tu ça, ce qu'on est ?

— On sort ensemble ?

— Tu n'as pas l'air très convaincue.

— Je ne sais pas. C'est juste que…

— Le mariage, c'est ce week-end, Casey. Qu'est-ce que tu crois que les gens vont dire quand on va arriver ensemble ? Quand je te ferai tourner sur la piste de danse ? Quand je t'embrasserai à en perdre haleine et que je m'éclipserai avec toi avant la fin ?

Ses joues rougissaient un peu plus à chacune de mes questions. — Je… Je ne suis pas habituée à ça. Mon ex ne me touchait jamais en public. Les gens savaient à peine qu'on était mariés.

— C'est comme ça que tu veux que je sois ?

— Non. Elle a eu un petit rire méprisant. — Non. Je détestais ça. Mais c'est ce à quoi je suis habituée.

— D'accord, alors passons un marché, là, tout de suite. Tu vas arrêter de t'inquiéter de ce que nous sommes, de te demander si je voudrais que tu sois Reegan, et de ce que tout le monde pense de nous. D'accord ?

— Et quelle est ta part du marché ?

— Je vais réfléchir à de nouvelles façons de te faire jouir, ai-je murmuré.

Ses joues sont devenues écarlates. — Landon.

— Quoi ?

— Tu ne peux pas me dire des choses pareilles.

— Pourquoi pas ?

Elle s'est tortillée sur sa chaise.

— Ça t'excite ?

— Peut-être.

— Je crois bien que oui. Et je crois que tu vas penser à moi plus tard ce soir. Tu vas glisser ta main dans ta culotte et te faire jouir. Tu vas souhaiter que je sois là avec toi pour te lécher jusqu'à ce que tu cries, puis t'ouvrir et jouir avec toi.

— Mon Dieu, a-t-elle soufflé.

— Si ça peut te rassurer, je vais aussi me repasser cette conversation plus tard. Je vais gicler partout sur les murs de ma douche en t'imaginant te toucher.

— Vraiment ?

— Tout le temps.

— Non, ce n'est pas vrai.

J'ai ri sans joie. — Si, c'est vrai. Depuis avant même qu'on commence les leçons de flirt.

Elle en est restée bouche bée.

— J'aime les femmes qui me font rire.

Elle a souri, ses joues redevenant roses.

— J'ai hâte d'être au mariage. D'avoir toute une nuit rien que pour toi.

— Quoi ?

— Je croyais que tu avais dit que Mikayla passait la nuit chez les MacKellar.

— C'est le cas, mais je… je ne savais pas que tu voulais qu'on passe la nuit ensemble.

— On n'est pas obligés si tu as une meilleure proposition.

Elle a secoué la tête. — Aucune meilleure proposition.

— Bien. Alors, seras-tu à moi pour la nuit ?

Elle s'est mordillé la lèvre, ses yeux pétillant d'excitation. — Oui.

J'ai souri, sentant que c'était une victoire. Casey dans mon lit toute la nuit. Putain, oui.

PLUS QUE DEUX jours avant le mariage. Les fleurs étaient dans le camion qui arrivait en fin de journée, et j'étais prêt à tout assembler. Ça allait être deux longues journées, mais j'étais prêt.

Natalie et Omar avaient besoin de bouquets, de boutonnières et de centres de table. Tant que tout arrivait, j'allais vérifier la commande ce soir, et ensuite, vendredi, j'aurais le temps de faire tous les centres de table. Samedi matin, je créerais les bouquets et les boutonnières, puis je leur livrerais tout.

Je n'arrêtais pas de guetter le camion, impatient de mettre la main sur toutes les fleurs dont j'avais besoin. Les tournesols venaient de mon propre jardin, mais les roses bleu marine, les hortensias, les impatientes blanches et les lobélies étaient dans la livraison.

— Tu as besoin qu'on reste, patron ? a demandé Carson alors que l'heure pour lui et Gail de partir approchait.

J'ai secoué la tête en entendant le camion arriver. — On dirait qu'ils sont là.

— On peut garder la boutique ouverte si tu veux.

J'ai regardé l'heure. — Il ne reste que quelques minutes. Vous pouvez y aller, tous les deux. Le temps que le camion se mette en position, je fermerai.

— Bonne soirée, a dit Gail en se dirigeant vers la porte, Carson juste derrière elle.

Je leur ai fait un signe de la main, puis j'ai vérifié que le reste du stock était en ordre pour la nuit et j'ai fermé la porte à clé.

Je suis sorti par-derrière, trouvant le chauffeur qui descendait du camion.

— J'ai une commande pour vous.

— Merci.

Il m'a tendu une planchette avec tout ce qu'il livrait, et j'ai immédiatement repéré un problème. — Il devait y avoir deux douzaines de roses bleu marine, et quatre douzaines d'hortensias, d'impatientes et de lobélies. Et tout un tas d'autres choses.

Le chauffeur a haussé les épaules. — Je ne sais pas quoi vous dire. Je ne fais que les livrer, je ne les cultive pas.

— Mais ce n'est même pas la moitié de ce que j'ai commandé.

— C'est ce qu'ils m'ont donné.

J'ai parcouru le reste de la commande et j'ai remarqué d'autres choses qui n'étaient pas listées. Une partie était pour le mariage, et une autre était du stock standard que j'essayais d'avoir en réserve. Rien de tout ça n'était bon.

— Vous voulez que je décharge ce que j'ai ? a demandé le chauffeur.

J'ai hoché la tête. — Ouais. J'ai besoin de tout ça et plus encore, alors je vais devoir les appeler pour voir ce qu'il se passe.

Le chauffeur a acquiescé et a commencé à tout décharger.

J'ai étudié le bon de livraison et j'ai ressorti la commande que j'avais envoyée des semaines plus tôt. J'ai noté les différences et j'ai tout préparé pour appeler le distributeur une fois le chauffeur parti.

Trente minutes plus tard, tout était déchargé et rangé dans mes vitrines à l'arrière. Je n'avais pas le temps de trier et de répartir les choses, mais j'avais le temps de passer un coup de fil.

Sauf qu'ils ne répondaient pas.

Putain de merde.

J'ai laissé un message et j'ai enchaîné avec un e-mail détaillant les manquants de ma livraison, en joignant la preuve de ce pour quoi j'avais payé et de ce qui avait été réellement livré, selon leurs propres informations.

Ensuite, j'ai passé le reste de la soirée à fouiller dans mon propre stock pour élaborer un plan de secours. Parce que s'il y avait bien une chose que je n'allais pas foirer, c'était le mariage du maire.

19

Je me suis redressé d'un bond ce vendredi matin, paniqué à cause des fleurs. J'ai regardé autour de moi dans ma chambre. Rien n'était déplacé. Il faisait encore nuit dehors. Ce devait être mon esprit qui m'avait réveillé.

Je suis sorti doucement du lit et j'ai pris une douche pour m'éclaircir les idées. J'avais besoin de café, d'un petit-déjeuner et d'un autre regard sur tout ce que j'avais imaginé. Gail et Carson travaillaient le samedi pendant que je m'occupais de tout pour le mariage, ce qui signifiait que j'étais seul pour la journée, sans personne avec qui discuter des changements que j'avais faits.

Pour un mariage.

Sans la permission de la mariée.

C'était un putain de désastre.

Le mariage le plus important de ma carrière, et j'étais en train de tout gâcher.

Mais je n'avais pas le choix. Appeler Natalie la veille de son mariage pour lui dire que je devais faire des changements majeurs et qu'il était impossible de faire ce que nous avions convenu n'aurait fait que la faire paniquer. Si j'avais appris une chose d'Omar, c'était que Natalie ne gérait pas bien les changements.

Je finissais mon petit-déjeuner quand on a frappé à la porte de derrière. J'ai vérifié l'heure et j'ai réalisé que Casey devait être de l'autre côté de la porte.

Je me suis dépêché de descendre et j'ai ouvert la porte, ayant besoin de son calme pour m'aider.

Elle est entrée d'un pas vif et a frissonné. — Il fait un froid de canard, dehors.

— Vraiment ?

— Ouais, il a plu toute la matinée, et il fait froid. Tu n'avais pas la porte ouverte. Tout va bien ?

J'ai pris une profonde inspiration et j'ai tendu les bras vers elle, la serrant dans mes bras pour un câlin dont j'avais besoin plus que je ne voulais l'admettre. — J'ai passé une sale nuit.

— Qu'est-ce qui ne va pas ? Tu vas bien ?

J'ai hoché la tête. — Les fleurs pour le mariage de Natalie et Omar ne sont pas les bonnes.

— Quoi ? Elle a reculé pour me regarder, comme si elle pensait que c'était une blague.

— Ils n'ont pas envoyé tout ce que j'avais commandé. Je les ai contactés hier soir, mais personne n'était disponible pour me parler. J'ai passé des heures à fouiller dans mon stock pour récupérer ce que je pouvais utiliser, mais je ne suis pas sûr que ça suffira.

— Alors, voyons ce que tu as et trouvons une solution.

J'ai fermé les yeux et j'ai hoché la tête. — Merci.

— Tu l'as déjà dit à Natalie ?

J'ai grimacé et j'ai secoué la tête. — Je voulais avoir quelques idées avant de le faire. J'essayais de décider si je devais l'appeler, elle, Omar, ou quelqu'un d'autre pour l'aider à ne pas paniquer.

— Elle doit savoir, mais oui, ce sera probablement plus simple si Omar est là avec elle. Elle m'a dit qu'il l'aidait à rester calme.

— Laisse-moi te montrer ce que j'ai, et ensuite je l'appellerai.

— Tu veux que je reste avec toi quand ils viendront ?

Je lui ai souri et je l'ai attirée vers moi pour un autre câlin. — Tu dois travailler aujourd'hui ?

Elle a secoué la tête. — J'ai ma journée. Je vais à la répétition ce soir, puis je passe la journée avec Natalie demain pendant qu'elle se prépare.

— Et tu es prête à sacrifier ton jour de congé pour m'aider ?

Elle a souri, avec quelque chose dans son regard que je n'avais pas remarqué auparavant. Elle a fait glisser sa main sur ma joue. — Bien sûr.

— Merci. Je me suis penché et je l'ai embrassée pour la première fois depuis son arrivée. J'ai mis tout ce que j'avais dans ce baiser, ayant besoin qu'elle ressente ma gratitude d'une manière que je ne pouvais exprimer autrement. Je la désirais, mais plus que ça, je voulais qu'elle sache qu'elle comptait plus pour moi qu'un coup d'un soir ou un faux rencard.

C'est aussi pourquoi je me suis retiré.

— Si tu comptes m'embrasser comme ça, je vais peut-être passer tous mes jours de congé avec toi, a-t-elle plaisanté.

— Ça me va, ai-je répondu sur le même ton, en retenant tout ce que je voulais vraiment lui dire.

— Montre-moi ce que tu as. On pourra peut-être trouver quelques options et ensuite appeler Natalie et Omar.

J'ai hoché la tête et je l'ai conduite à la salle de consultation.

Nous avons passé l'heure suivante à examiner tout ce que j'avais commencé à rassembler la veille. Je lui ai montré ce que j'avais prévu lors de notre rencontre initiale quelques semaines plus tôt en utilisant les fleurs qui étaient arrivées, puis les choses que j'envisageais en fonction de ce que j'avais en stock.

Casey a fait des suggestions que j'ai trouvées excellentes, et au moment où j'ai ouvert la boutique, nous avions quelques très bons choix et des options qui mélangeaient le tout et empêcheraient la plupart des invités de remarquer quoi que ce soit de différent.

— Tu veux que je l'appelle ? a proposé Casey.

J'ai secoué la tête. — C'est ma responsabilité. Je vais le faire. Je crois que je vais d'abord appeler Omar, cependant. Voir ce qu'il en dit. Il voudra peut-être aller la chercher pour l'amener ici.

— C'est une bonne idée.

J'ai appuyé sur le nom d'Omar et j'ai attendu qu'il réponde. Quand il l'a fait, j'ai pu entendre le sourire dans sa voix et j'ai su que j'allais le réduire à néant.

— Bonjour, Landon. Comment vas-tu ?

— Euh, pas très bien, en fait. Il y a eu un problème avec les fleurs et j'ai dû faire quelques changements.

— Quel problème ? a demandé Omar, tout à coup sérieux.

— La moitié n'est pas arrivée comme prévu. J'ai assez de fleurs avec ce que j'ai en stock, mais ça va changer l'aspect général de l'ensemble. Je voudrais que vous et Natalie approuviez les changements avant demain. Je sais que vous êtes tous les deux occupés.

— En fait, on ne travaille pas aujourd'hui, donc nous ne sommes pas si occupés. On allait faire nos valises pour notre lune de miel et nous détendre pour la journée. On peut être chez toi dans un quart d'heure, si ça te va.

— Oui, absolument. Je vous vois alors. Merci, Omar. Et je suis vraiment désolé pour tout ça.

— Ce n'est pas de ta faute. Je suis sûr que tout ce que tu as imaginé est excellent.

— Je l'espère. À tout à l'heure. J'ai raccroché et j'ai croisé le regard curieux de Casey. — Ils seront là dans un quart d'heure.

— C'est bien. Comme ça, ils pourront tout regarder et tu sauras comment procéder.

J'ai pris une grande inspiration. — Je n'aurais pas pu faire ça sans toi.

— Apparemment, on forme une bonne équipe.

— Oui, c'est vrai.

La porte d'entrée s'est ouverte, m'arrachant à elle. Elle est restée dans la pièce pendant que je suis sorti aider le client.

— Bonjour, a dit Justin. Il venait toutes les deux semaines chercher des fleurs pour la tombe de sa femme. Après trente-deux ans de mariage, il l'avait perdue à cause d'un cancer, mais il lui rendait encore visite tous les jours et lui apportait des fleurs tout le temps.

— Comment vas-tu, Justin ?

— Je vais bien. Pas une super journée.

J'ai plissé le nez. — Non, c'est sûr. Tu as besoin de quelque chose qui résistera au temps ?

— Ouais, si tu as quelque chose comme ça, j'apprécierais.

— Bien sûr. Voyons ça. J'ai dû sortir quelques trucs suite à une confusion avec la livraison et le mariage du maire, mais je devrais avoir des options. Tu préfères les roses, les rouges et le vert, c'est ça ?

— Si tu en as. Ça peut être difficile de trouver ces couleurs vives à cette période de l'année.

— Je pense qu'on peut trouver quelques trucs. Je suis allé à la vitrine réfrigérée et j'ai sorti quelques options pour Justin. Des zinnias et des pavots roses, des œillets et des lys rouges, et des fougères vertes qui correspondaient toutes aux couleurs que Justin aimait apporter à sa femme. J'ai attrapé les bacs contenant chacune d'elles et je les ai sortis pour qu'il puisse en choisir quelques-unes.

— Ces roses sont magnifiques. Nancy les aurait adorées. Il a montré les pavots du doigt.

— Ce sont de superbes fleurs. Tu veux un bouquet de celles-ci ou en mélanger quelques-unes ?

— J'aime bien ces rouges, mais je ne suis pas sûr de ce que ça donne ensemble. Il a caressé les pétales de lys.

— Essayons ça, ai-je dit en prenant quelques pavots, en ajoutant deux lys, puis en les séparant avec des fougères. Je suis retourné à la vitrine et j'ai attrapé de minuscules roses blanches pour casser encore plus les couleurs et je lui ai montré le bouquet.

Il a tendu la main pour le prendre, son regard fixé sur les fleurs. — Chaque fois que j'entre ici, je te regarde faire ça, et je n'ai toujours aucune idée de comment tu arrives à assembler tout ça. C'est magnifique. Nancy serait si fière d'avoir ça avec elle.

J'ai souri à l'homme et j'ai porté le bouquet au comptoir pour pouvoir bien l'emballer. — J'adore ce que je fais, ai-je dit à Justin en travaillant. — Les fleurs ne se fâchent pas contre toi. Elles veulent juste que quelqu'un les aime.

— Un peu comme les gens, non ? a dit Justin.

J'ai eu un petit rire. — Très vrai.

La porte d'entrée s'est ouverte et Omar et Natalie se sont précipités à l'intérieur.

— Qu'est-ce qui s'est passé ? a demandé Natalie.

— Casey est à l'arrière. Tu peux y aller pour lui parler. J'arrive dans une minute.

Natalie ne m'a pas laissé finir et s'est dirigée vers l'arrière. Omar a marqué une pause et m'a adressé un sourire reconnaissant. — Désolé.

J'ai secoué la tête. — Je comprends. Mais je pense qu'on a de bonnes options.

— Merci, Landon.

J'ai hoché la tête et je l'ai laissé suivre Natalie dans l'arrière-boutique.

— Tu viens chercher des nouveautés ? a demandé Justin en tendant sa carte de crédit.

— Ouais. Je devais les prévenir que je n'avais pas reçu tout ce que j'avais commandé.

— Tu as l'air plutôt détendu, pour le coup.

J'ai reniflé. — Je ne l'étais pas il y a quelques heures.

— Mais quelque chose a changé. Je parie que c'est cette Casey qui est dans l'arrière-boutique, d'après ce que tu as dit.

Mon corps s'est réchauffé à sa suggestion.

— Tu es différent depuis quelques semaines. Je pensais que tu te remettais enfin de ton ex, mais on dirait que tu es plutôt en train de te mettre sous cette Casey.

— Justin, ai-je soufflé en riant de son commentaire déplacé.

— Oh, je suis un vieil homme qui a des enfants et des petits-enfants. Je sais comment ça marche. Et je sais que tu es plus heureux avec cette femme que tu ne l'étais avec la dernière. La plupart du temps, je venais et tu faisais la tête. Ces dernières semaines, tu n'es que sourires. Elle est bonne pour toi, Landon. Ça fait plaisir à voir.

— Merci, Justin.

— Ne la laisse pas filer.

J'ai soupiré. — Je vais essayer.

— Bien. Profite de cette journée pluvieuse. Je vais voir celle qui me fait toujours sourire.

J'ai souri. — Dis-moi si ces fleurs font leur effet.

— Tu sais bien que oui. À dans quelques semaines.

J'ai salué de la main Justin qui se traînait jusqu'à la porte, puis je suis allé affronter la mariée.

Natalie et Omar étaient assis avec Casey quand je suis entré, et tous les trois souriaient.

— La situation a l'air meilleure que ce que j'espérais, ai-je dit.

Natalie s'est levée d'un bond et m'a serré dans ses bras. — Merci. Casey a dit que tu avais travaillé là-dessus hier soir et ce matin. Je n'aurais pas remarqué les changements si tu ne nous avais pas appelés.

— Je ne voulais pas te mettre devant le fait accompli le jour de ton mariage. Je détestais devoir le faire aujourd'hui, mais je ne trouvais pas ça juste.

— Omar a dit que tu avais passé la commande et qu'ils n'avaient pas livré ce que tu avais demandé. Ce n'est pas de ta faute.

— Si, un peu. Ils ont déjà fait ça avant, mais pas à ce point, donc je savais que c'était une possibilité. D'habitude, je suis prévenu à l'avance.

— Les fournisseurs peuvent ne pas envoyer ce qu'on a commandé, comme ça ? a demandé Omar.

J'ai haussé les épaules. — Si les fleurs n'existent pas, ils ne peuvent pas les créer. Il y a des serres qui approvisionnent la plupart des magasins, mais parfois les plantes ne poussent pas comme on l'espère. C'est pour ça que j'essaie d'agrandir ma serre. Plus je peux en cultiver ici, moins j'ai besoin d'en commander.

— Et tu as assez de clients pour ça ? a demandé Omar.

J'ai gloussé. — J'y arrive. Mes deux employées sont exceptionnelles et elles m'ont trouvé de nouveaux clients parmi les entreprises locales qui veulent des plantes en pot dans leurs bureaux. Entre les clients de passage, les habitués et les entreprises, je vais tout vendre ce qu'il y a dans la serre cette année. On s'agrandirait si j'avais plus de place.

— Waouh. Tant mieux pour toi. C'est incroyable. Et si tu

as besoin de quoi que ce soit de ma part, s'il te plaît, dis-le-moi.

J'ai gloussé. — Ton mariage est suffisant. J'ai plus de contrats grâce à d'autres personnes qui se marient dans la région et qui pensaient devoir aller plus loin pour leurs fleurs de mariage. C'est bien que le maire, et le journal local, mettent en avant mon entreprise.

— Tu mérites d'être mis en avant, a dit Casey.

— Merci.

— Quand est-ce que vous vous êtes mis ensemble ? a demandé Natalie.

— Et c'est le signal pour nous d'y aller. On se voit demain, vous deux. Casey, à ce soir. Merci encore à vous deux, a dit Omar en entraînant Natalie vers la porte.

Casey et moi les avons suivis, riant de voir Natalie protester et Omar ne pas la lâcher avant qu'ils soient dehors. Il s'est arrêté et l'a embrassée sous la pluie jusqu'à ce qu'elle cesse de se débattre, puis ils ont disparu de notre vue.

Casey a ri. — Ils ont adoré ce que tu as proposé.

— On dirait qu'ils ont adoré ce que tu as proposé.

Elle a haussé les épaules. — On forme une bonne équipe.

— Oui, c'est vrai. Merci pour ton aide. Je paniquais aujourd'hui, et quand tu es arrivée, j'ai su que tout irait bien.

— Maintenant, on doit tout assembler pour que ce soit prêt pour demain.

— Merci. Vraiment.

— De rien. Mais maintenant, tu as une chose de plus à m'apprendre.

Une bouffée de chaleur m'a traversé le corps, et ma bite a durci. — Tu es une allumeuse.

Elle a gloussé et m'a regardé par-dessus son épaule. — Qui a dit que je te taquinais ?

J'ai grogné et je l'ai suivie, souhaitant l'allonger sur la table à la place des fleurs.

AVEC L'AIDE DE CASEY, j'ai terminé tous les centres de table le vendredi avant qu'elle ne parte se préparer pour la répétition. Je détestais l'idée de ne pas la revoir avant le mariage, mais j'adorais savoir que je l'aurais pour moi tout seul pour la nuit.

Le samedi matin, j'ai chargé le camion avec tout ce qu'il fallait pour le mariage et je me suis dirigé vers le Retraite avec vue sur la montagne. La colonie de vacances de Natalie était ouverte pour les mariages et autres événements de la ville tout au long de l'année. C'est cet endroit qui a réuni Natalie et Omar quand il a été donné et qu'elle l'a repris pour la colonie.

Natalie utilisait les plantes de Fleurir & Cultiver à l'extérieur du camp et autour du bureau, et voir l'endroit illuminé et décoré pour la réception était un véritable aboutissement.

Il y avait des gens qui travaillaient dans la salle de réception, mettant tout en place pour plus tard. J'ai trouvé ce qui semblait être la personne responsable et j'ai demandé si je pouvais disposer les centres de table. Elle a proposé de m'aider, et nous avons déchargé le camion et tout terminé en un temps record.

Mon prochain arrêt était la maison de Daisy, où toutes les femmes se préparaient.

— Tu es allé au Retreat ? a demandé Natalie.

J'ai hoché la tête. — Oui. Et tout est magnifique. Les fleurs sont toutes installées, et on dirait qu'ils sont prêts pour la journée.

— Bien. Merci. Je n'arrive pas à croire que tout ça arrive, a murmuré Natalie, presque pour elle-même. — Je n'ai jamais pensé que je me marierais, et maintenant j'épouse ce foutu maire.

— Tu n'épouses pas le maire, a dit Casey, se plaçant devant Natalie et lui prenant les mains. — Tu épouses l'homme qui t'aime. L'homme avec qui tu as hâte de passer le reste de ta vie. L'homme qui t'aime toi et toute ta folie.

Natalie a ri. — Je n'arrive pas à croire que tu te souviennes de ça. J'étais tellement saoule.

— C'est vrai, mais tu étais aussi heureuse. Tu m'as demandé ce qui fait un bon mariage. Ce qu'il faut éviter. Pourquoi le mien n'a pas duré. Tu te souviens de ce que j'ai dit ?

— Éviter les mauvais coups, a dit Natalie.

J'ai étouffé un rire.

Casey m'a jeté un regard. — Oui. Et se faire rire mutuellement. Découvrir ce dont l'autre a besoin et être celui qui le lui donne. S'ouvrir l'un à l'autre. Un mariage, ce n'est pas seulement aujourd'hui, ce n'est pas qui vous êtes en ce moment. C'est le reste de votre vie. C'est trouver quelqu'un qui est toujours là pour toi, qui sait ce dont tu as besoin avant même que tu ne le saches. Un mariage, c'est plus qu'un seul jour. C'est une vie entière de secrets partagés et de moments volés, et de trouver de la joie quand la vie est folle et que tu ne sais pas d'où vient cette joie. Trouvez la joie l'un dans l'autre.

Natalie a hoché la tête, pinçant ses lèvres. — Merci, Casey. Natalie a serré fort Casey dans ses bras.

Daisy a reniflé, s'épongeant le dessous des yeux. — Ton ex est un idiot.

Casey a ri. — Non, il ne l'est pas. Nous n'étions pas faits l'un pour l'autre. Nous nous sommes mariés pour de mauvaises raisons, pour nous.

— Peut-être que la prochaine fois, tu te marieras pour les bonnes raisons, a dit Natalie.

— Peut-être bien, a dit Casey, son regard se posant sur moi.

Mes lèvres se sont relevées sans que j'y pense. Elle ne disait pas non. Elle ne rejetait pas l'idée. Et elle me regardait.

La femme que j'aimais pensait au mariage, parlait d'éternité, et me regardait.

Peut-être que lui apprendre à flirter était la deuxième meilleure chose que j'aie jamais pu faire.

Juste après être tombé amoureux d'elle.

20

Je suis rentré chez moi après avoir déposé les fleurs à Omar et lui avoir assuré que Natalie était aussi impatiente que lui de se marier. Il avait l'air de l'homme le plus heureux du monde. Il était certainement le plus chanceux. La femme qu'il aimait partageait ses sentiments et allait être à lui dans quelques heures.

Bordel, j'en crevais d'envie.

Gail et Carson s'occupaient de la boutique, alors je suis monté directement pour me préparer. Mon costume était déjà choisi et posé sur le lit. J'ai passé une main sur ma mâchoire couverte d'une barbe naissante et j'ai décidé de me raser avant de prendre une douche.

Le visage propre et lisse, j'ai sauté sous la douche et j'ai fait ma toilette en vitesse. J'ai vérifié mon reflet dans le miroir avant de descendre, en espérant que le costume gris anthracite serait suffisant pour le mariage.

Un sifflement a percé l'air quand je me suis arrêté en bas des escaliers. J'ai levé les yeux et j'ai vu Carson me faire un signe de la main.

— Tu es superbe, patron. Je ne t'ai jamais vu en costume.

J'ai ri. — D'habitude, je suis couvert de terre.

— Pareil, a dit Carson. — Hé ! Viens voir le patron tout beau.

Gail est apparue une seconde plus tard et a laissé échapper un long sifflement admiratif. — Tu es très élégant, patron. Elle a regardé Carson. — Je peux dire ça sans que ce soit bizarre ?

— Tu me le dis bien quand je suis beau pour un rencard, a dit Carson.

— C'est vrai. Je ne voulais pas te vexer, patron, a dit Gail.

— Pas de souci. Ni l'un ni l'autre. J'apprécie. Je suis un peu nerveux pour ce soir. Je ne sais pas pourquoi je leur ai avoué ça.

— T'inquiète. Casey est canon, et elle est à fond sur toi, a dit Carson.

— Ce qu'il a dit, a approuvé Gail.

— Vous ne nous avez pas vus ensemble.

— Ça fait des semaines qu'elle passe son temps ici, patron. Les femmes ne font pas ça à moins de vraiment t'apprécier, a expliqué Gail.

— Et puis on est à L'anse MacKellar. Tout le monde se connaît ici. On sait qui elle est, a dit Carson.

J'ai inspiré. — Tu crois qu'elle va aimer le costume ?

Gail s'est approchée et m'a donné une petite tape sur la main alors que je tirais sur ma cravate. — Si tu arrêtes de la tripoter, oui. Ou mieux encore, défais-la un peu en chemin et demande-lui de la remettre en place pour toi.

J'ai renâclé, mais elle ne plaisantait pas.

— C'est comme lui remonter la fermeture éclair de sa robe. C'est sexy de montrer que tu es un peu vulnérable et prêt à t'ouvrir à elle. Les femmes aiment ça.

— Ah oui ?

Gail a hoché la tête. — Absolument. Amuse-toi bien ce soir, patron. On pense que la boutique sera assez calme, mais on sera là jusqu'à la fermeture et on s'assurera que tout est en ordre avant de partir.

— Merci. J'apprécie vraiment que vous travailliez ici, tous les deux.

— Et nous, on apprécie d'avoir un travail. Sans rire.

J'ai hoché la tête, puis je suis sorti par la porte de derrière.

Casey et moi n'avions pas parlé d'arriver ensemble au mariage, puisqu'elle allait être avec Natalie toute la journée, mais je voulais m'assurer qu'elle avait un moyen de transport.

> Je pars pour le mariage. Où est ta voiture ?

En fait, je suis chez moi. Quand ils ont commencé les photos, je suis partie.

> Je peux venir te chercher ? Comme ça tu n'as pas à te soucier de conduire ?

Ce serait super.

> Je te vois dans cinq minutes. Je peux attendre si tu n'es pas prête.

Je serai prête.

> À tout de suite.

J'ai rangé mon téléphone et j'ai quitté le parking derrière la boutique. Mes mains tremblaient. J'étais terriblement nerveux.

Une place était libre juste devant son immeuble. Je me suis garé et j'ai commencé à sortir quand la porte d'entrée s'est ouverte.

Casey est sortie dans une robe rouge foncé qui lui arrivait aux chevilles. Les manches étaient courtes avec une encolure carrée qui mettait en valeur le haut de sa poitrine. La robe était ajustée sous sa poitrine et fluide jusqu'en dessous de ses hanches où le tissu était froncé, lui donnant du volume, puis un autre fronçage autour de ses genoux.

La robe m'a laissé sans voix. Elle suggérait un côté séducteur tout en étant assez sobre pour un mariage. La couleur était magnifique sur elle, surtout avec les délicats bijoux en argent et les talons à brides qu'elle portait.

— Tu n'aimes pas ? a-t-elle demandé quand je n'ai pas bougé.

J'ai secoué la tête, sortant de ma transe et me déplaçant vers elle sur le trottoir. J'ai passé mon bras dans son dos et je l'ai serrée contre moi, puis j'ai fait une pause, les lèvres à quelques centimètres des siennes. — Je peux t'embrasser ?

— Pourquoi penses-tu que tu dois demander ?

— Le maquillage. Je ne veux pas le ruiner et que tu m'en veuilles.

— Le maquillage, ça se refait.

Je n'ai pas attendu qu'elle en dise plus. J'ai scellé mes lèvres sur les siennes et je lui ai montré à quel point j'aimais sa robe. J'ai étalé ma main sur son dos, appréciant la peau exposée de son haut du dos avec une découpe assortie à celle de devant. J'allais garder mes mains sur elle toute la soirée.

— Ça veut dire que tu aimes la robe ?

— J'adore putain de cette robe.

Elle a souri contre mes lèvres. — Je ressens la même chose pour ce costume.

J'ai reculé d'un pas. — Vraiment ? Il est bien ?

— Oh que oui.

— Et la cravate ? Je n'ai pas l'habitude et je n'arrête pas de tirer dessus.

Casey s'est approchée de moi et a tiré sur le nœud, redressant la cravate que j'avais décentrée. Elle a lissé ma cravate de sa main et a gardé le bout dans ses doigts. — Tu es vraiment beau.

— Merci. Tu es prête ? Attends, je pensais que tu allais prendre un sac pour rester chez moi.

— Je n'étais pas sûre que tu le veuilles toujours, a-t-elle dit, en évitant mon regard.

Je lui ai relevé le menton avec un doigt. — Si, je le veux. Je ne vais pas te forcer, mais j'aimerais vraiment t'avoir dans mon lit toute la nuit.

— D'accord. Laisse-moi aller le chercher.

— Tu veux que je vienne avec toi ?

Elle a ricané. — On n'arrivera jamais au mariage. Je reviens tout de suite.

— Je vais prendre ça comme un aveu que tu ne pourras pas garder tes mains loin de moi de toute la nuit.

Elle a souri en ouvrant la porte, son regard parcourant mon corps de haut en bas.

La soirée s'annonçait bien.

CASEY et moi nous sommes assis vers l'arrière de la foule pour la cérémonie. Elle m'a tenu la main, s'est tamponné les yeux et a ri quand Natalie a failli remonter l'allée en courant dès qu'elle a vu Omar.

Le mariage était magnifique, et ils étaient si heureux tous les deux que c'était difficile de ne pas être ému. Je voulais la même chose pour moi. Je voulais construire un avenir avec Casey.

Après le mariage, tout le monde s'est dirigé vers le Retraite avec vue sur la montagne pendant que les mariés prenaient des photos. Casey m'a tenu la main en entrant et l'a serrée fort quand elle a vu toutes les tables.

— Waouh. C'est incroyable, s'est-elle extasiée. — Tu as un talent fou.

— Merci. Je n'aurais jamais pu faire tout ça sans toi.

Elle m'a souri et a passé ses bras autour de mon cou. — Je n'en suis pas si sûre. J'ai vu la façon dont tu organises les choses. Tu as un œil incroyable pour ce que tu fais.

— J'adore vraiment ça.

Elle a souri, sans me quitter des yeux.

Le désir de lui dire ce que je ressentais était fort. Ça allait arriver si je ne faisais pas attention, alors j'ai rompu le contact et je lui ai demandé si elle voulait trouver notre table.

— Oui, voyons avec qui nous sommes. Avec un peu de chance, des gens qu'on aime bien.

Nous étions à une table avec Andre et Joelle et deux couples que nous ne connaissions pas. Une femme a dit qu'elle était l'assistante d'Omar à la mairie, et l'autre a dit qu'elle ne travaillait pas pour Omar mais était une collègue à la mairie. Peu après nous être présentés, Natalie et Omar ont été annoncés.

Ils ont enchaîné directement avec leur première danse en tant que mari et femme. J'ai surpris Casey qui les regardait avec nostalgie.

— Ça va ?

Elle a hoché la tête. — J'ai manqué beaucoup de traditions quand je me suis mariée. On est allés à la mairie et on a zappé la réception et la lune de miel.

— Comme tu l'as dit à Natalie hier, le mariage ne dure qu'une journée. C'est la vie de couple qui compte.

Casey a renâclé. — Et on sait tous les deux comment ça a fini. J'aurais peut-être dû lui dire de profiter de son mariage parce que sa vie de couple pourrait craindre.

— Je ne pense pas que ce sera un problème pour ces deux-là.

Omar a penché Natalie en arrière alors que les dernières notes de la chanson résonnaient et l'a embrassée jusqu'à ce que les joues de Natalie soient rouges et que toute la foule applaudisse.

— Non, je ne pense pas non plus, a dit Casey avec un soupir.

— Tu veux boire quelque chose ? lui ai-je demandé.

— Bien sûr. Du vin ou autre chose.

J'ai hoché la tête et j'ai demandé à Andre s'il voulait venir avec moi chercher des boissons.

— Vous êtes assez proches, vous deux. Je n'avais pas réalisé que c'était sérieux, a dit Andre une fois que nous nous sommes un peu éloignés de la table.

— Je ne pense pas qu'elle en soit déjà là.

— Mais toi, si ?

J'ai hoché la tête. — Ouais. Et je ne suis pas sûr de comment ça va se terminer. Elle n'arrête pas de me dire qu'elle ne veut pas se remarier, ni avoir d'autres enfants, ni rien de plus que du sexe.

— Tu couches avec elle ? a lâché Andre.

— Crie-le sur tous les toits, tant que tu y es.

— Désolé. Je ne savais pas. Désolé.

— Ce n'est pas grave. Je n'ai jamais ressenti ça avec... personne d'autre. C'est comme si on se comprenait à un autre niveau.

Andre a hoché la tête. — Je comprends ça.

— Il faut juste que je la convainque que je suis sérieux à propos de nous.

— Est-ce qu'elle sait déjà que tu es son match ?

J'ai secoué la tête. — Non, mais elle n'a pas beaucoup parlé à ce — moi dernièrement.

— Qu'est-ce que tu penses que ça veut dire ?

— J'espère que ça veut dire qu'elle est satisfaite de moi en personne et qu'elle ne cherche pas un autre homme en ligne.

Il a trinqué sa bouteille de bière contre la mienne. — Espérons-le.

Nous avons mangé un délicieux dîner, puis le DJ a commencé à passer de la musique pour que tout le monde danse. Il a fallu un peu de persuasion pour amener Casey sur la piste de danse, mais une fois qu'elle y était, elle y est restée. Elle a dansé avec les femmes et elle a dansé avec moi.

Plusieurs heures après le début de la réception, alors que l'ambiance se calmait, une chanson plus lente a commencé. Casey a passé ses bras autour de mon cou et s'est appuyée contre moi.

— Salut, a-t-elle chuchoté.

— Salut. Tu t'amuses ?

Elle a hoché la tête. — Oui. Je ne pensais pas que j'apprécierais autant, mais Natalie et Omar ont vraiment rendu cette soirée amusante pour tout le monde.

— C'est vrai.

— Je crois qu'ils s'apprêtent à s'éclipser.

— Ah oui ?

Casey a fait un signe de tête en direction de Natalie et Omar qui rassemblaient leurs affaires.

— En effet. C'est malin.

— C'est intelligent. Ils mettront une heure à sortir d'ici s'ils ne partent pas comme ça.

— Ils ont des choses importantes à faire.

Elle a haussé les sourcils en me regardant. — Des choses importantes ?

— Le reste de leur vie.

— Tu es un romantique, n'est-ce pas ?

J'ai hoché la tête et j'ai fait glisser ma main sur sa nuque. — Je le suis. Je crée des bouquets et fournis des fleurs pour les mariages, je suis entouré de ça tout le temps. J'aime ce que je fais, mais je suis définitivement un romantique.

— Je trouve ça très sexy.

— Ah, vraiment ?

— Oui, vraiment.

— Aussi sexy que ce costume ? ai-je demandé en déposant des baisers le long de sa mâchoire.

Elle a fredonné. — C'est un choix difficile. Est-ce qu'ils peuvent être à égalité ?

— Bien sûr. Tant que tu parles toujours de moi.

Elle a ri et a penché la tête sur le côté. — Je parle bien de toi. Et je suis sur le point de suivre Natalie et Omar vers la sortie.

— Je suis prêt quand tu le seras.

— Il y a quelques petites choses que tu as dit que nous devions faire ce soir.

— Tellement de choses que j'ai hâte de te faire.

— Je crois qu'il est temps pour nous de partir.

— Je te suis.

Elle a ri et m'a conduit à notre table. Elle a ramassé son sac à main, puis m'a guidé jusqu'à mon pick-up.

Je lui ai tenu la main sur le trajet de retour chez moi. Elle a attrapé son sac à l'arrière quand je me suis garé, et nous sommes entrés.

— Cette robe m'a rendu fou toute la soirée, lui ai-je dit en la suivant dans les escaliers menant à mon appartement.

— J'avais remarqué. Tu n'as pas arrêté de me toucher. J'ai été mouillée toute la journée à cause de ça.

J'ai grogné. — Je crois que j'ai besoin d'une preuve.

— Tu devrais peut-être nous laisser entrer d'abord.

Je me suis pressé contre son dos, tendant le bras autour d'elle pour déverrouiller la porte. Nous sommes entrés en chancelant, nous agrippant l'un à l'autre tandis que je fermais la porte d'un coup de pied et la serrais contre moi.

Elle a laissé tomber son sac par terre et m'a entraîné vers la chambre, ma cravate enroulée autour de sa main. Dans la pièce, elle m'a lâché et a reculé.

— Je crois qu'on devrait aller à plus de mariages. Je t'aime beaucoup dans ce costume.

— C'est ce que tu as dit. Mais je ne peux pas te contredire. Cette robe me tue.

— Attends de voir ce qu'il y a en dessous.

J'ai avancé vers elle, la désirant avec une ardeur que je n'avais jamais ressentie auparavant.

Elle m'a tourné le dos et m'a jeté un regard par-dessus son épaule. — Tu veux bien me dézipper ?

J'ai embrassé sa nuque et j'ai saisi la tirette. Lentement, j'ai descendu la fermeture éclair de sa robe, exposant son dos à mon regard affamé. De la dentelle noire s'étirait sur son dos, et de la dentelle noire assortie enveloppait ses fesses. Je me suis penché et j'ai embrassé sa peau nue, remontant le long de sa colonne vertébrale avec ma langue.

— Tu me fais me sentir si belle.

— Parce que tu l'es.

Elle a eu un petit rire. — Merci. Elle s'est retournée et a laissé la robe tomber au sol en une flaque de tissu, la laissant vêtue uniquement de son soutien-gorge et de sa culotte en dentelle noire.

— Putain, ai-je sifflé. — Tu es putain de magnifique.

— Et autant j'adore ce costume, autant je préférerais le voir par terre.

J'ai grogné. J'ai tendu la main vers ma cravate, mais elle a de nouveau repoussé mes mains d'un geste sec.

Elle m'a regardé sous ses cils sombres, soutenant mon regard pendant qu'elle dénouait ma cravate. Elle a laissé le tissu flotter jusqu'au sol, puis a défait mes boutons un par un. Elle a fait glisser la chemise de mes épaules et a posé ses mains sur mon pantalon.

J'ai ravalé tout ce que je voulais lui dire et je l'ai laissée finir de me déshabiller. Je me suis tenu devant elle, complètement nu, ma bite pointée vers elle, exigeant qu'elle soit dans la même tenue.

Elle s'est dirigée vers le lit et s'est assise sur le bord,

portant la main dans son dos pour dégrafer son soutien-gorge. Ses seins se sont déversés, reposant sur son ventre rebondi.

Je suis tombé à genoux devant elle et j'ai porté un téton à ma bouche, taquinant sa pointe avec mes dents et léchant le tour de son aréole. Elle a gémi et a maintenu ma tête en place, se pressant contre ma bouche quand j'ai changé de côté.

J'ai relâché ses tétons et j'ai descendu mes baisers sur son ventre, la regardant tandis qu'elle me regardait. Quand je me suis arrêté à sa culotte, elle s'est allongée sur le lit. Ses hanches se sont soulevées tandis que j'arrachais la dentelle délicate de son corps.

Elle a tremblé sous mon regard scrutateur, son sexe suintant.

— Tu es tellement belle, putain, ai-je murmuré en embrassant sa cuisse. — J'ai tellement de chance que tu sois là avec moi.

Elle a expiré un rire. — Je crois que c'est moi qui ai de la chance.

— Ne te dévalorise pas. Pas quand je suis là. Tu es belle, Casey. Tu me… j'ai dégluti avec difficulté. — Tu m'excites tellement.

Elle a hésité, son regard croisant le mien. Elle s'est mordillé la lèvre. — Toi aussi.

J'ai embrassé sa cuisse à nouveau, puis je me suis dirigé vers son centre. J'ai levé les yeux vers elle, plantant mon regard dans le sien alors que je portais mes lèvres à son sexe.

— Oh, oui, a-t-elle murmuré, les yeux fermés.

— Regarde-moi, Casey. Je veux que tu voies à quel point j'adore ton corps.

Elle a ouvert les yeux et m'a regardé.

J'ai léché son sexe, grognant au goût d'elle sur ma langue. — Putain, c'est bon.

— Bordel de merde, a-t-elle soufflé.

J'ai enfoncé deux doigts en elle, la trouvant trempée et gonflée. J'ai ajouté un troisième doigt et j'ai déposé un baiser sur son clitoris.

— Landon, a-t-elle gémi, ses hanches se balançant contre mon visage.

Je l'ai relâchée et j'ai léché son clitoris, pompant rapidement mes doigts en elle. Je fixais son visage, son regard sur le mien, tandis que je la dévorais. Un coup de langue, puis un baiser. J'ai sucé fort, puis j'ai caressé son clitoris avec ma langue.

Elle bougeait avec moi, répondant à tout ce que je lui faisais. Ses muscles se sont contractés et ses yeux se sont fermés, et je l'ai laissée basculer, son clitoris aspiré dans ma bouche et mes doigts s'enfonçant profondément en elle.

— Oh, putain. Landon. Oui. Landon. Oh, oui ! Elle a crié et pleuré et a agrippé ma tête pendant qu'elle jouissait, plaquant mon visage contre son corps.

Putain, j'ai adoré ça. La regarder perdre le contrôle, la voir jouir si fort, avec mon nom sur ses lèvres et son clitoris sur ma langue, c'était tout pour moi. Elle était tout.

Et le visage enfoui entre ses jambes, j'ai murmuré les mots que je brûlais de dire, sachant qu'elle ne pouvait pas les entendre et s'enfuir.

21

CASEY

Mon orgasme m'a submergée, m'emportant dans un lieu où je n'étais jamais allée. Un lieu avec un homme qui me donnait envie des choses que j'avais abandonnées depuis longtemps. Un lieu où l'avenir n'était pas si effrayant parce que nous y faisions face ensemble.

J'ai libéré tous mes espoirs et mes rêves dans un cri tandis que je jouissais intensément contre les lèvres de Landon. Les larmes me sont montées aux yeux et ont coulé le long de mes joues. Comment un homme que je ne connaissais que depuis quelques semaines pouvait-il me donner l'impression qu'il détenait la clé de tout ce dont j'avais rêvé toute ma vie ?

La langue de Landon s'est adoucie, me léchant jusqu'à me nettoyer avant de se retirer d'entre mes jambes. Il a embrassé l'intérieur de mes cuisses, puis a remonté le long de mon corps en m'embrassant.

J'ai essuyé mes yeux, espérant lui cacher ma réaction, mais rien ne semblait échapper à cet homme.

— Qu'est-ce que j'ai fait ? a-t-il soufflé, son corps entier planant au-dessus du mien.

J'ai secoué la tête. — Rien. Tu n'as rien fait. Je te le promets.

— Tu pleures. Il s'est passé quelque chose. Qu'est-ce qui ne va pas, Casey ? S'il te plaît, parle-moi.

— C'est juste que… c'était bien. Tellement bien que ça m'a mis les larmes aux yeux. Tu es incroyable, et tu me donnes l'impression que tout est possible.

— Tout est possible. Il s'est abaissé sur moi, juste assez pour que je sente sa peau, pas son poids. Il m'a embrassée doucement, ses lèvres effleurant les miennes pendant quelques secondes avant de se reculer. — Tu es sûre que ce n'était que ça ?

J'ai hoché la tête, gardant pour moi les choses que j'aurais voulu lui dire. Peut-être qu'un jour je lui dirais que je l'aimais. Peut-être qu'un jour je me sentirais assez en sécurité pour prononcer ces mots. Mais pas encore.

— Tu veux qu'on arrête ?

— Non, ai-je lâché.

Il a laissé échapper un rire. — Eh bien, d'accord. Je suppose que je n'ai pas à te supplier, puisque tu l'es déjà.

J'ai gloussé. — Je le ferai si c'est nécessaire. Je veux te sentir en moi, Landon. J'ai enroulé mes bras autour de son cou et je l'ai tiré sur moi. — Je veux sentir ton poids sur moi.

Il s'est laissé aller sur moi et m'a embrassée. Sa langue a taquiné mes lèvres et s'est glissée à l'intérieur une seconde avant de se retirer. Il a déposé des baisers jusqu'à mon oreille et a murmuré : — J'ai adoré te sentir jouir sur ma langue.

— C'était… J'ai dégluti difficilement, mes émotions menaçant de refaire surface. — Tu es incroyable.

— Nous sommes assez incroyables ensemble. Il m'a mordillé le lobe de l'oreille, le tirant avec ses dents, puis a passé sa langue le long du pavillon et a mordillé sa route jusqu'à ma mâchoire. Il a roulé sur le côté juste le temps de prendre un préservatif et de se couvrir, puis il s'est enfoncé en moi sans aucune résistance de mon intimité.

J'ai soupiré tandis qu'il me remplissait, étirant mon corps de cette manière délicieuse qui me disait que ce n'était pas juste un jouet, mais un homme bien vivant à l'intérieur de moi. Le centre de mon être frémissait de conscience, mon corps se sentant vivant, éveillé et tellement excité que c'en était dingue.

Et puis Landon a bougé. Mon Dieu, cet homme avait le tour. Il a fait pivoter ses hanches et a changé d'angle, et j'étais sans défense face à lui. Non pas que j'aie voulu me débattre. Oh, non, je voulais m'abandonner. Je voulais donner tout de moi à cet homme. L'avoir tout entier. Ne jamais douter de ce qu'il ressentait pour moi.

J'ai ravalé la peur qui est montée aussi vite que mon orgasme et j'ai laissé mes instincts primaires prendre le dessus. Mon intimité s'est resserrée autour de lui alors que je jouissais intensément. Mes mots étaient un fouillis incohérent, tout comme mes sentiments.

Il a martelé en moi, mon orgasme déclenchant le sien. Il a saisi ma main comme si j'étais la seule chose qui pouvait l'ancrer.

J'ai levé les yeux vers lui et je l'ai surpris en train de me fixer.

— Casey, a-t-il gémi en tremblant, ses épaules se contractant jusqu'à ses oreilles, ses muscles se tendant, puis il s'est laissé aller.

Il a soutenu mon regard alors qu'il explosait en moi. Sa bouche s'est ouverte, sa mâchoire détendue.

J'ai tendu ma main libre vers son visage, faisant glisser mes ongles sur sa mâchoire avant de lui caresser la joue.

Son corps entier a tremblé avant qu'il ne s'effondre sur moi.

Je l'ai serré contre moi, mes jambes et mes bras l'enlaçant.

Il respirait contre moi, la sueur de son corps perlant sur le mien. Ses lèvres ont bougé contre mon cou, comme s'il murmurait quelque chose, mais je n'ai rien entendu.

Il a arrêté de trembler quelques minutes plus tard et s'est redressé suffisamment pour croiser mon regard. — Merci d'avoir été ma cavalière.

J'ai gloussé. — Merci de m'avoir appris à flirter. Même si je ne suis pas sûre d'être meilleure qu'avant.

— Tu n'as jamais eu besoin de leçons, Casey. Tout ce que tu avais à faire, c'était d'être toi-même, et les hommes se seraient jetés à tes pieds.

J'ai ricané. — Pas d'après mon expérience.

— Peut-être que tu n'as juste jamais rencontré le bon.

Mon souffle s'est bloqué. — Peut-être.

Il a souri et m'a embrassé le nez, puis a roulé pour se lever. Il m'a tendu la main pour m'aider à me relever, puis m'a laissé utiliser la salle de bains en premier. Quand je suis sortie, il m'a souri et y est allé à son tour.

Je ne savais pas trop ce que j'étais censée faire. Est-ce que je devais m'asseoir sur le canapé ? Me glisser dans son lit ? Demander à rentrer chez moi ? Penserait-il que j'étais collante si je restais, même s'il me l'avait demandé ?

— À quoi tu penses, là, maintenant ?

Je me suis retournée et je l'ai trouvé adossé à l'encadrement de la porte de la salle de bain. Il était complètement nu, son sexe à moitié en érection, entouré d'un nid de poils sombres. Il était totalement à l'aise avec son corps, mais ce n'était pas choquant quand je le regardais. Il était svelte et musclé. N'importe quelle femme s'estimerait chanceuse d'avoir son attention.

Et elle était toute entière tournée vers moi.

— Je ne sais pas ce que tu attends de moi, et je ne veux pas abuser de ton hospitalité.

Il s'est détaché de l'encadrement de la porte et s'est avancé vers moi.

J'ai résisté à l'envie de le fuir.

Son sourire en coin indiquait qu'il avait remarqué que j'avais combattu mon impulsion, et il en était heureux. — Tu n'abuseras jamais de mon hospitalité, parce que je te veux ici tout le temps. Je t'ai demandé de faire un sac et de rester. Si tu veux rentrer chez toi, je te ramènerai, mais j'adore t'avoir ici. Je te veux ici.

— D'accord.

Il m'a embrassée. — D'accord. Tu as besoin de boire quelque chose ? J'allais chercher de l'eau.

J'ai hoché la tête. — Ça me va.

— Ensuite, je te veux encore. Si tu es partante.

J'ai souri. — Je pense que je pourrais me laisser persuader.

Il m'a embrassée avec fougue, sa langue se glissant entre mes lèvres. Il avait le goût de bain de bouche au lieu du mien. — Je n'étais pas sûr de ce que tu penserais de sentir ton propre goût sur moi.

— Je n'en étais pas sûre non plus, mais je crois que j'ai bien aimé.

Il a lissé mes cheveux en arrière, loin de mon visage. — Alors il faudra que je récupère un peu plus de toi sur ma langue avant la fin de la nuit.

J'ai gloussé, mon intimité se contractant à cette conversation coquine désinvolte. Une humidité a percé entre mes cuisses. — Je ne vais pas protester.

— Bien. D'abord de l'eau. Ensuite, toi sur mon comptoir.

— Landon !

— J'ai vu comment tu as tremblé. J'ai peut-être besoin de quelques minutes pour récupérer, mais clairement pas toi.

Mon souffle s'est coincé dans ma gorge. Cet homme allait me faire briser toutes mes règles. Et j'allais adorer chaque minute.

J'AI ÉTÉ RÉVEILLÉE avant Landon le lendemain matin. Des années à me lever très tôt avec un enfant m'avaient forcée à être une personne du matin. Quand j'étais mariée, j'adorais ça. Être debout avant Kyle et Mikayla, c'était le moment de la journée que j'avais pour moi, parfois le seul.

Mais regarder Landon dormir me donnait envie de rester plus longtemps au lit avec lui. Je voulais le voir ouvrir les yeux, voir l'expression sur son visage en constatant que j'étais là, juste à côté.

Ce qui expliquait en partie pourquoi je me suis glissée hors de son lit, même s'il n'était même pas six heures, et que je me suis dirigée vers la cuisine. Mes joues se sont empourprées quand je me suis appuyée contre le comptoir sur lequel il m'avait juchée et léchée jusqu'à ce que je crie son nom et que je salisse tout son plan de travail. Il avait sorti un préservatif et fait taire ma culpabilité en me baisant jusqu'à ce que nous criions tous les deux et que le comptoir soit trempé de notre sueur, de notre foutre et de nos baisers.

Il avait nettoyé le comptoir pendant que j'utilisais la salle de bains, puis m'avait rejointe dans son lit. Nous avions parlé pendant des heures, nous embrassant et en apprenant plus l'un sur l'autre que la vitesse à laquelle nous pouvions nous faire jouir mutuellement, et nous nous étions finalement endormis, nos bras et nos jambes enchevêtrés.

Je me laissais tomber amoureuse de lui. Je ne m'y attendais pas, ni ne l'avais prévu, mais je ne pouvais pas non plus l'arrêter. Il était doux, sexy et drôle. J'aimais être avec lui. Et si j'étais honnête avec moi-même, nous voulions les mêmes choses.

Je voulais une famille. Un mari. D'autres enfants. Une vie à L'anse MacKellar. Toutes les choses que mes amis avaient. Tout ce que Natalie et Omar partageaient.

La seule chose qui me retenait, c'était la peur. La peur que le prochain que je choisirais finisse como Kyle. La peur qu'à la fin, on se parle à peine. La peur qu'il se sente piégé.

La peur de me sentir piégée.

Je ne regretterais jamais d'avoir eu Mikayla, mais je regrettais de m'être pliée à ce que les autres attendaient de moi. Je savais que Kyle et moi n'étions pas faits l'un pour l'autre, mais dire non quand il m'a demandé si nous devions nous marier m'a plus effrayée que de dire oui.

Mon estomac s'est noué, me donnant la nausée.

Landon n'était pas pareil. La situation n'était pas la même. Je n'étais pas enceinte, et il ne me demandait pas en mariage. Putain, je ne pensais même pas qu'il ressentait la même chose que moi. Il s'amusait, et il a dit que je lui plaisais, mais ce n'était pas une histoire faite pour durer.

Et je ne pouvais pas m'inquiéter de savoir si ça pouvait l'être. J'avais une journée chargée, et une semaine encore plus chargée. Je devais aller chercher Mikayla, m'assurer qu'elle soit prête pour la semaine et commencer mon article. Gretchen le voulait lundi matin à la première heure, et même s'il était presque terminé, j'avais encore du travail.

J'ai mis le café en route et j'ai attrapé mon téléphone. J'ai pris des notes sur le mariage et j'ai ajouté des éléments qui, je le savais, compléteraient le tableau. Gretchen n'arrêtait pas de me réclamer du drama, mais elle n'avait changé aucun de mes articles depuis le premier. Si elle devait en changer un, ce serait celui-ci. Elle savait que Natalie et Omar étaient partis en lune de miel et que je ne pouvais pas avoir l'approbation de Natalie pour des modifications.

Mais ça ne voulait pas dire que Gretchen n'allait pas insister.

Mon estomac s'est de nouveau retourné. Je n'avais aucune envie de créer des histoires. Surtout pour deux personnes qui en avaient assez bavé.

Le café a fini de glouglouter, et j'ai attrapé une tasse, me blottissant sur le canapé pour compléter mon article.

Deux heures plus tard, Landon a bougé. J'ai entendu les draps remuer, puis sa main a tapé sur le matelas. Ses pieds ont touché le sol et se sont dirigés vers le salon, puis il est apparu.

— Tu es encore là, a-t-il dit, la voix rauque de sommeil, et la bite dure pour la même raison. — Je pensais que tu étais partie.

— Tu voulais que je parte ?

Il a secoué la tête et s'est approché, se laissant tomber sur le canapé à côté de moi et me tirant brutalement dans ses bras. Il m'a embrassée sur le sommet du crâne, puis a inspiré d'une traite en me serrant contre lui.

— Ça va ?

Il a hoché la tête et s'est reculé. Il a forcé un sourire. — Tout va bien. Merci d'être restée. J'en déduis que tu es du matin.

J'ai acquiescé. — est juste une habitude, maintenant, d'être debout tôt.

— Même si on s'est couchés tard hier soir ?

— Oui. J'aimerais pouvoir faire la grasse matinée, mais je n'y arrive jamais.

— Tu aurais pu me réveiller. J'aurais essayé de t'épuiser. Il a remué les sourcils et a souri.

J'ai ri. — La prochaine fois.

La surprise a illuminé son visage avant qu'il ne la masque par un simple sourire. — La prochaine fois.

— J'ai fait du café.

— Qu'est-ce que tu as fait d'autre, ce matin ?

— Travaillé. Je suis en train de réfléchir à mon article sur le mariage. Je vais révéler que Natalie est la femme sur cette photo avec Omar, il y a deux ans.

— Attends, quoi ? Pourquoi tu fais ça ?

— C'est Natalie qui me l'a dit. Ma rédactrice en chef veut des potins, et Natalie a dit que je devais écrire là-dessus. Ils m'ont expliqué ce qui s'est passé et comment cette nuit-là a démarré leur relation. On a pensé que ce serait une belle façon de boucler la boucle de leur histoire. Le début sordide et la magnifique fin de leur romance.

— C'est poétique.

J'ai ri. — Oui. Je me suis dit la même chose. Je dois le rendre demain, mais je dois aller chercher Mikayla dans la matinée, alors j'ai avancé pendant que tu dormais.

— À quelle heure veux-tu que je te ramène à la maison ?

J'ai haussé les épaules, ne voulant pas partir mais sachant que je le devais. — Probablement bientôt. Si ça ne te dérange pas.

— Bien sûr. Quand ça t'arrange. Je vais prendre une tasse de café et m'habiller.

— Tu pourrais remettre la deuxième partie à un peu plus tard. J'ai levé les sourcils vers lui.

— Voyons, Mme White, êtes-vous en train de me faire des avances ?

— Seulement si tu dis oui.

— Toujours, Casey. Je te dirai toujours oui.

J'ai souri, puis j'ai poussé un cri de joie quand il m'a soulevée et m'a portée jusqu'à son lit.

Tout le reste pouvait attendre.

J'AI SOUMIS mon article dès que Mikayla a été dans le bus, le lundi matin. Quand je suis arrivée à la réunion du matin, Gretchen m'a dit qu'elle l'avait reçu et qu'elle me contacterait après l'avoir lu.

Je n'attendais pas ses commentaires avec impatience. J'étais fière de l'article. Il était bon. Il racontait toute l'histoire de Natalie et Omar et concluait la série sur leur mariage. J'ai envoyé une copie à Natalie, mais j'espérais qu'elle profitait trop de sa lune de miel pour le lire. Pour ma propre tranquillité d'esprit, je l'ai aussi envoyé à Amelia et Daisy, sachant que la patronne et la meilleure amie de Natalie veilleraient aux intérêts de Natalie pendant qu'elle profitait de sa nouvelle vie de femme mariée.

La réunion n'a pas été longue, mais j'avais une maison à nettoyer après et pas le temps de voir Landon pour le déjeuner. Avec la répétition de la comédie musicale de Mikayla, j'ai pris une deuxième maison pour la journée, ce qui a rendu mon emploi du temps encore plus serré.

Quand j'ai eu fini avec les deux, il me restait moins de trente minutes avant de devoir récupérer Mikayla. J'ai hésité entre aller voir Landon et m'arrêter au supermarché, mais je n'avais plus rien à manger à la maison, donc cette option l'a emporté, même si j'avais vraiment envie de voir Landon.

J'ai attrapé un petit chariot et j'ai parcouru les allées, à la recherche d'options rapides, car nos soirées étaient de plus en plus chargées à mesure que la comédie musicale approchait. Les répétitions allaient être plus longues, et Mikayla serait affamée. J'ai choisi quelques en-cas supplémentaires autorisés par l'école et adaptés aux allergies qu'elle pourrait emporter, et quelques options de dîner faciles que je pourrais préparer à l'avance et que nous pourrions manger pendant quelques jours.

J'étais presque à la fin de mes courses quand j'ai aperçu la seule femme sur qui je ne voulais pas tomber. Jamais.

Reegan.

— Salut Casey. Comment allez-vous ? a-t-elle demandé avec un sourire hésitant.

Fraîchement baisée et divinement bien grâce à votre ex. Et au fait, mais putain, comment avez-vous pu être assez folle pour le laisser partir ? Merci, mais à quoi pensiez-vous ?

— Je… Je vais bien, Reegan. Comment allez-vous ?

— Bien. Euh, on dirait que Landon et vous vous êtes bien amusés au mariage.

Merde. Mon estomac s'est de nouveau noué. C'était censé être sans lendemain. On flirtait, on ne tombait pas amoureux. Je ne pouvais rien faire contre mes sentiments, mais c'était mal de ma part de me mettre en travers du chemin de deux personnes qui étaient censées être ensemble.

Même si Landon insistait pour dire que c'était fini.

— Je suis désolée. Nous… Il a dit que vous n'étiez plus ensemble. Je n'essayais pas de vous marcher sur les plates-bandes.

Reegan a ri doucement. — Landon… C'est fini entre nous. Ça l'est depuis longtemps. Une partie de moi l'aimera toujours, mais pas de la même manière que vous deux vous vous aimez.

— Ce n'est pas… On ne…

— Je sais reconnaître quand Landon est amoureux. Vous n'avez pas à me convaincre du contraire, Casey. Je ne suis pas contrariée. Je suis vraiment heureuse pour vous deux. On ne se connaît pas bien, mais je connais Landon. Vous lui faites du bien. Ça faisait longtemps qu'il n'avait pas paru aussi heureux.

— On passe juste du temps ensemble.

Reegan a soupiré, puis a souri. — Ça ne me regarde pas, Casey. Je voulais juste que vous sachiez que je ne vais pas vous causer de problèmes, ni essayer de le récupérer ou quoi que ce soit. Landon et moi sommes meilleurs en tant qu'amis, et encore, et je veux qu'il trouve son bonheur. J'étais contente de voir qu'il l'avait trouvé avec vous.

— Merci, ai-je murmuré alors qu'elle s'éloignait avec son chariot.

Elle a tourné au coin d'une allée et a disparu de ma vue.

Avait-elle raison ? Est-ce que Landon m'aimait ?

Une vague de nausée m'a submergée. J'ai plaqué une main sur ma bouche et j'ai couru vers les toilettes, abandonnant mon chariot au milieu du magasin.

J'ai réussi à atteindre la cabine, vidant mon estomac avant de m'affaler contre le mur.

Oh, merde.

22

Le mardi matin, je me suis réveillée avec un message de Gretchen qui me demandait de venir au bureau immédiatement. Ça ressemblait plus à un ordre, d'ailleurs. Mais peu importe. J'avais des choses à faire avant de pouvoir la voir.

J'ai mis Mikayla dans le bus, puis j'ai fixé mon téléphone bien trop longtemps. Comme j'avais dû passer au journal la veille, je n'avais pas vu Landon pour le déjeuner. Il m'avait demandé si j'allais le retrouver aujourd'hui, mais je ne pouvais pas.

Je déjeunais avec mon match.

J'ai déjà quelque chose de prévu pour le déjeuner, mais je passerai te voir demain si tu es disponible.

Je serai là.

J'ai verrouillé mon téléphone et je me suis forcée à aller au bureau. Tout ce que je voulais, c'était me blottir sur le canapé, mais je ne pouvais pas. J'avais des responsabilités.

À commencer par défendre mon article.

Gretchen était furieuse quand je suis arrivée. Elle m'a ordonné d'un ton sec de venir dans son bureau, me guettant de toute évidence avant même que j'entre.

Mike m'a lancé un regard de sympathie, et quelques autres m'ont observée avec curiosité. J'ai gardé la tête haute en allant affronter Gretchen.

— C'est quoi ce torchon ? a exigé Gretchen avant même que la porte soit refermée. Vous essayez de faire couler le journal ?

Je ne voulais pas réagir, mais j'ai blêmi face à son ton. — J'essaie d'écrire des articles que, je crois, les gens de L'anse MacKellar apprécieront.

— — Toutes les fins ne sont pas heureuses, mais celle-ci l'est. La femme avec qui notre maire préféré a été vu il y a deux ans… C'est la femme qu'il aime, celle avec qui il va passer le reste de sa vie. Et ils ne pourraient pas être plus heureux ensemble, a lu Gretchen, citant l'article que j'avais soumis.

— J'en déduis que ça ne vous plaît pas ?

— Non, ça ne me plaît pas. Je déteste ça ! Tout le monde s'en fiche. Personne ne veut que du rose et pas de drame. Je vous ai laissé la bride sur le cou pour créer des articles que les gens liraient, Casey, et tout ce que vous avez fait, c'est écrire de la guimauve lèche-bottes. Ce n'est pas ce qu'on fait ici.

J'ai inspiré, puis expiré lentement. Ma tension était au plus haut, comme toujours quand je devais voir Gretchen. — Qu'est-ce qu'on fait, alors ? Qu'est-ce que vous me demandez de faire ?

— Je vous demande d'écrire quelque chose que les gens ont envie de lire. Tout le monde sait que cette photo, c'était Natalie. C'est de l'histoire ancienne, maintenant. Vous n'avez rien dit sur un drame au mariage, sur l'un d'eux qui se serait dégonflé. Rien du tout. Il nous faut quelque chose de mieux que ça.

— Rien de tout ça n'est arrivé. Ils étaient enthousiastes, heureux. Leur amour est réel.

— Alors inventez. Elle a ricané. Je ne sais pas ce qui vous fait croire qu'on est là pour être amis avec tout le monde, mais ce n'est pas le cas. On est là pour vendre des journaux. Pour montrer les aspects intéressants de cette ville. Vous ne me donnez rien qui corresponde à ça. Vous n'allez pas faire long feu dans ce secteur si vous n'êtes pas prête à faire ce qu'il faut pour capter l'attention.

Je me suis levée en haussant les épaules. — Alors j'imagine que je ne vais pas faire long feu.

— De quoi parlez-vous ? a exigé Gretchen.

— Je démissionne, Gretchen. Je ne vais pas écrire un article sur deux personnes bien pour détruire leur réputation. Je vous l'ai déjà dit, et vous n'avez pas l'air de vouloir écouter. Alors je démissionne. J'ai ouvert la porte pour quitter son bureau.

— Vous ne pouvez pas démissionner, parce que je vous vire. a crié Gretchen par-dessus le bruit du reste de la rédaction.

Je me suis retournée vers elle. — Ça me va très bien. Quoi qu'il en soit, je ne travaillerai pas pour vous ni pour aucun rédacteur en chef qui veut publier des mensonges pour vendre des journaux.

— Tous les journaux le font. Si vous croyez que vous allez simplement partir et trouver quelqu'un qui dit la vérité, vous êtes une imbécile.

— Alors je suis un imbécile, moi aussi, a dit Mike en se levant de son bureau. Je ne vais pas me censurer, mais vous pouvez être sûr que je ne vais pas mentir et m'exposer à un procès parce que vous ne savez pas comment diriger un journal qui marche.

— Oh, je vous en prie. Vous vous en fichez. Le journal vous protégera, a dit Gretchen.

— Peut-être, et peut-être pas. Mais je ne mettrai pas mon nom sur quelque chose en quoi je ne crois pas. Je démissionne aussi, a dit Mike. Il a rassemblé ses affaires et s'est dirigé vers la porte.

— Je démissionne, a dit Stephanie en suivant Mike.

— Je démissionne, a dit Jose.

— Qu'est-ce qui ne va pas chez vous tous ? a hurlé Gretchen. Vous ne voulez pas vendre de journaux ?

— Si, a dit Jose en s'arrêtant avant de partir. Mais pas comme ça. Nous aimons cette ville. Nous aimons les gens qui y vivent. Nous ne serons pas vos pions pour gâcher des vies. Erik en a fait assez, et nous étions tous d'accord pour ne pas laisser ça se reproduire.

— Vous ne pouvez pas partir. Vous êtes tous virés ! a crié Gretchen derrière eux.

Aucun d'eux ne s'est arrêté, et j'ai senti une vague de fierté et de joie. Je ne voulais pas que tout le monde démissionne, mais savoir qu'ils me soutenaient, qu'ils étaient d'accord avec ce pour quoi je me battais, était une sensation formidable.

— Vous, a grondé Gretchen. C'est vous qui avez fait ça. Vous les avez montés contre moi.

J'ai secoué la tête. — Je n'ai rien fait. C'est vous, Gretchen.

Elle a grogné, mais n'a pas protesté.

J'ai suivi mes collègues hors du bureau, ne voulant pas être seule avec Gretchen, et je les ai trouvés qui m'attendaient sur le parking.

— Ça va ? a demandé Mike.

J'ai hoché la tête. — Ouais. Je suis désolée que vous ayez tous dû démissionner à cause de moi.

Mike a secoué la tête. — On a démissionné à cause d'elle. Je les ai mis au courant de ce qui se passait, et on était tous d'accord qu'on n'allait pas la laisser faire ce qu'Erik a fait. Ce n'est pas du tout l'esprit de cette ville.

Jose s'est raclé la gorge. — Aucun de nous n'est d'accord avec ce que Gretchen a fait il y a quelques semaines. Ce n'est pas comme ça que ça devrait se passer.

— Non, c'est sûr, ai-je convenu.

Nous avons tous hoché la tête en échangeant des sourires tristes. Je ne m'attendais pas à ce que les disputes avec Gretchen en arrivent là. Je pensais qu'elle finirait par céder.

Je pensais que j'obtiendrais un poste à plein temps au journal.

Mais au lieu de ça, je n'avais plus que deux boulots et très peu d'espoir de pouvoir payer mes factures dans les mois à venir.

Je suis montée dans ma voiture et j'ai posé ma tête sur le volant. J'étais censée déjeuner avec mon match, mais ce n'était pas là que je voulais être.

Je me suis garée devant Fleurir & Cultiver et j'ai pris une grande inspiration. Tout allait changer. Tout avait déjà changé, mais ça allait changer encore.

Landon parlait à une cliente. Son sourire était sincère. Tout comme l'homme lui-même.

J'ai glissé mes mains sur mon ventre. Landon ne ressemblait en rien à Kyle, mais il n'était pas plus facile de lui annoncer qu'il allait être père qu'il ne l'avait été avec Kyle.

Je l'ai su dès que je suis tombée malade à l'épicerie. La dernière fois que j'avais vomi, c'était quand j'étais enceinte de Mikayla. Je suis retournée vers mon caddie, j'ai ajouté un test de grossesse, puis je me suis précipitée aux caisses automatiques pour ne pas avoir à affronter qui que ce soit en l'achetant.

Ça n'a pas été une surprise quand il s'est révélé positif, mais ce n'était pas non plus entièrement une bonne chose. Landon voulait des enfants et il voulait une femme, mais je n'étais pas sûre qu'il veuille l'une de ces choses avec moi. Et je refusais d'épouser un autre homme qui n'avait pas vraiment envie de m'épouser.

Le grand changement avec cette grossesse, c'était que j'aimais le père de mon bébé à naître. Je le savais depuis un moment, mais j'avais lutté contre mes sentiments pour lui. Il était temps d'être honnête avec lui et de découvrir si nous avions une chance d'avoir un avenir.

J'ai ouvert la porte de Fleurir & Cultiver. Le carillon au-dessus de la porte lui a signalé ma présence, et il a levé la tête avec un sourire.

Son visage s'est figé quand il m'a vue. Il n'était pas content de me voir.

Merde.

Il a dit quelque chose à la cliente avec qui il parlait, puis s'est approché de moi. — Salut. Je pensais que tu avais quelque chose de prévu.

J'ai hoché la tête et j'ai enroulé mes bras autour de mon ventre. — C'est le cas. J'ai secoué la tête. — C'était le cas. Je voulais te voir.

— Tu vas bien ?

— J'ai démissionné, ai-je lâché.

— Quoi ? Il m'a pris par le coude et m'a guidée à travers le magasin. Il a fait un signe de tête à une jeune femme. Elle nous a souri, puis est allée aider la cliente à qui Landon parlait quand je suis entrée.

Il a refermé la porte de la salle de consultation et m'a tirée dans ses bras. — Tu vas bien ? Quel boulot as-tu quitté ? Pourquoi ?

J'ai frissonné dans ses bras. — Ça va aller. Ma rédactrice en chef n'a pas aimé l'article que j'ai écrit. Elle voulait que j'invente du drame, et j'ai refusé.

—Tu as bien fait. Cet article était génial.

J'ai souri. Je le lui avais envoyé en même temps qu'à Natalie, Daisy et Amelia. —Merci.

—Je le pense vraiment, Casey. Tu es une autrice talentueuse avec un don pour capturer l'émotion d'une journée. Tu m'as fait ressentir leur amour. C'était exceptionnel.

—Merci.

Il a relevé mon menton. —C'était ça, tes plans pour le déjeuner ? Tu avais un truc en rapport avec le travail ?

J'ai secoué la tête. —Je... non. Je devais retrouver le type avec qui j'avais matché.

—Oh. Il a pris une inspiration, et je me suis dépêchée de continuer.

—On avait prévu ça il y a un moment. Des semaines. Je t'avais dit que c'était pour lui que je songeais aux leçons de flirt, mais quand on a commencé à coucher ensemble... je ne lui ai pas parlé depuis un moment. On a convenu de se voir aujourd'hui, et que si l'un de nous deux ne venait pas, ce n'était pas grave. Je doute qu'il vienne, parce qu'on ne s'est pas parlé, mais j'avais l'impression que je devais y aller pour pouvoir lui dire...

—Lui dire quoi ? a murmuré Landon.

J'ai levé les yeux vers lui. —Lui dire que j'ai rencontré quelqu'un d'autre. Quelqu'un avec qui... quelqu'un avec qui je ne suis pas encore prête à rompre.

—C'est un homme chanceux, a dit Landon.

J'ai grogné. —Quand je suis sortie du journal, la seule personne que je voulais voir, c'était toi, Landon. Je sais que tu travailles et je sais qu'on a accepté de tenir jusqu'au mariage, mais je veux qu'on continue à se voir.

—Je le veux aussi.

—Bien. J'ai souri. —Euh, il y a autre chose que tu dois savoir, cependant.

—Il y a aussi quelque chose que tu dois savoir.

—Oh, euh, d'accord. Qu'est-ce que c'est ?

Il m'a pris les mains, puis les a lâchées et s'est éloigné de moi en faisant les cent pas. Le dos tourné, il a dit : —Je n'ai jamais voulu te mentir.

La tristesse m'a submergée. Mon corps tout entier a été pris d'une bouffée de chaleur. Je m'apprêtais à lui dire que j'étais amoureuse de lui, et il allait m'annoncer que tout ce qui s'était passé entre nous n'avait été qu'un mensonge.

—Je sais que j'aurais dû dire quelque chose il y a des semaines, mais je ne savais pas comment te le dire.

J'ai dégluti. —Dis-le, c'est tout, Landon. Je peux l'encaisser.

Il s'est retourné pour me faire face, son regard a glissé au-delà du mien avant qu'il ne prenne une grande inspiration et ne croise mes yeux. —Je suis Sale vie.

J'ai penché la tête sur le côté en essayant de comprendre ce qu'il me disait. Il était… —Attends, tu es quoi ?

Il a laissé échapper un souffle tremblant. —Je suis ton match, Casey. Mon pseudo est Sale vie. Tu es bien Trop occupé, n'est-ce pas ?

—Putain de merde. Tu es sérieux ?

Il a hoché la tête. —J'aurais dû te le dire dès que j'ai compris. Andre m'a dit de le faire. J'avais peur. Je me suis dit que tu arrêterais de me parler et que je te perdrais. Je voulais apprendre à te connaître. J'étais en train de tomber amoureux de toi. Je suis tombé amoureux de toi. Et je sais que commencer une relation sur un mensonge n'est pas une bonne idée, mais je pensais que ça irait. J'allais te retrouver pour déjeuner aujourd'hui et te le dire, mais…

—Tu es Sale vie. Tu es mon match. Je t'ai demandé des leçons de flirt pour pouvoir… flirter avec toi.

Il s'est frotté la nuque. —Ouais. Je… Je ne l'ai pas su tout de suite.

—Quand est-ce que tu l'as compris ?

—Quand tu m'as proposé de sortir. À l'autre moi.

Mes sourcils se sont haussés. —C'était il y a des semaines.

Il a hoché la tête.

—Tu as… toutes ces conversations. J'ai l'impression que j'aurais dû le voir.

—Non, a-t-il dit. —Je… quand on a commencé à parler, je n'avais aucune idée de qui tu étais. On ne s'était pas rencontrés, et je ne savais pas. Quand tu es arrivée ici, la première fois, je t'ai trouvée magnifique. Et puis quand tu m'as demandé de t'aider à apprendre à flirter, j'ai eu envie de passer du temps avec toi. Je ne savais pas qu'on se parlait jusqu'à ce que tu me demandes un rendez-vous. Je ne pouvais pas. Je savais que si je le faisais, tu ne me parlerais plus. Sur l'application, tu étais différente. Je voulais apprendre à te connaître. Et là-bas, tu étais une autre version de toi. Plus détendue. Je ne voulais pas perdre la chance de connaître cette femme-là.

—Tu te moquais de moi pendant tout ce temps ?

—Jamais. Pas une seule fois. Je voulais apprendre à te connaître.

—Je… tu allais me retrouver pour déjeuner aujourd'hui ?

— Oui. J'allais tout te dire. Je voulais attendre que le mariage soit passé. Et puis on a commencé à se rapprocher, et je ne voulais pas tout gâcher. Je… je t'aime, Casey. Je sais que c'est rapide. Je sais que ça semble fou, mais c'est vrai. Je suis tombé amoureux de toi, et je ne voulais pas te perdre. Mais je sais que je te perdrai si je ne te dis pas la vérité.

— Est-ce vraiment la vérité ?

— Pourquoi… Quoi ? Si le fait que je t'aime est la vérité ?

— Oui. Ou est-ce que quelqu'un m'a vue hier et tu es au courant ?

— Au courant de quoi ? Qu'est-ce qui s'est passé hier ?

Je l'ai dévisagé. Je devais savoir. Ce n'était peut-être pas juste pour lui, mais je devais savoir s'il était convaincu de m'aimer parce que je portais son bébé ou s'il le pensait vraiment.

— Qu'est-ce qui s'est passé ? Tu es blessée ? Y a-t-il un problème ?

J'ai secoué la tête. — Je… Je suis enceinte.

— Tu es… Tu plaisantes ?

J'ai de nouveau secoué la tête, les émotions montant en moi. Je les ai ravalées. Je devais rester rationnelle et raisonnable. Je ne pouvais pas laisser mes hormones me gouverner. Je devais être plus intelligente que ça cette fois-ci.

Sa main a couvert sa bouche, me cachant ses émotions. — Tu vas bien ? Je sais que ce n'est pas ce que tu voulais.

J'ai expiré un rire. — Je ne sais pas encore comment je vais.

— Qu'est-ce que… Il a expiré lentement. — Qu'est-ce que tu veux faire, Casey ?

— Tu n'as pas… tu n'as pas d'avis là-dessus ?

— J'en ai plein. Il y a cinq minutes, je croyais que tu allais sortir d'ici en courant, en colère contre moi. Il y a dix minutes, j'étais terrifié à l'idée de te dire que je t'aime. Il y a trente minutes, je regardais des bagues de fiançailles en me demandant si je riuscirais un jour à te convaincre de m'épouser. Tout ça a changé maintenant. Tout ce qui compte, c'est ce que tu veux.

— Tu voulais m'épouser ?

Il a hoché la tête. — Je le voulais, et je le veux toujours. Ce n'était pas le plan au départ, mais je veux ça plus que tout au monde. Je te veux dans ma vie pour de bon. Mais seulement si tu le veux aussi. Je ne veux pas que tu te sentes piégée.

Mes mains tremblaient alors que je les portais à mon visage. — Landon.

— Casey.

— Répète-le.

— Répéter quoi ?

— Dis que tu m'aimes, ai-je murmuré.

— Je t'aime, Casey White. Plus que je n'ai jamais aimé personne dans ma vie. Et si tu veux de moi, je veux construire une vie avec toi. Avec Mikayla et notre bébé.

— Une vie salace ? ai-je demandé.

Un rire lui a échappé. — Très salace.

— Tu vas rester là-bas ou tu vas venir m'embrasser ?

Il a traversé la pièce d'un pas décidé et m'a enlacée dans ses bras, mais il a gardé ses lèvres à distance des miennes. — Je t'aime, Casey. Pas à cause du bébé. À cause de toi. Je serai toujours là pour toi, mais je ne veux jamais que tu aies l'impression que tu dois m'épouser. Je sais que tu n'en es pas au même point que moi, mais j'espère que tu me donneras une chance de te montrer ce que c'est que d'être aimée.

J'ai ri. — Espèce d'imbécile. Je suis tellement amoureuse de toi.

— Vraiment ? a-t-il lâché, vraiment surpris.

J'ai hoché la tête. — Oui. Je t'aime, Landon Boyd.

— Eh bien, merde. Je ne m'y attendais pas.

— Je ne t'ai jamais vu venir, mais je suis tellement heureuse que tu sois là.

— Je t'aime, Casey.

— Je t'aime.

Il m'a embrassée avec fougue, m'a fait tourner sur moi-même et m'a assise sur le bord de la table. Il s'est agenouillé devant moi et a embrassé mon ventre. — Salut, bébé.

Mes émotions ont gonflé et ont débordé.

Il allait être le meilleur des pères.

Et il était tout à moi.

LANDON

Mon bébé. Elle attendait mon bébé. Et elle en était heureuse. J'avais presque perdu tout espoir de vivre ça un jour, mais c'était là. Devant moi. Assise sur la table de mon atelier.

— J'ai besoin de toi, ai-je murmuré contre son oreille.

— On n'est pas vraiment seuls.

J'ai regardé autour de moi. La porte se fermait à clé, mais je n'allais pas risquer de l'exposer ou de la mettre mal à l'aise. — En haut. Tu peux dire non.

Elle a secoué la tête. — Je ne veux pas. Elle m'a repoussé d'une main sur le torse et a glissé de la table. — Mais il y a des gens ici, alors il va falloir être silencieux.

— Je vais essayer, ai-je dit en lui ouvrant la porte pour qu'elle passe devant moi.

Gail et Carson s'occupaient des clients, sans nous prêter la moindre attention tandis qu'on se faufilait vers l'escalier de service et qu'on se dépêchait de monter à mon appartement.

— Ils vont savoir ce qu'on est en train de faire, a dit Casey une fois que nous sommes entrés dans l'appartement et que la porte a été fermée et verrouillée.

Je l'ai plaquée contre la porte. — Tu es enceinte de mon enfant. Ils le sauront tous bien assez tôt de toute façon.

Elle a eu un petit rire. —C'est vrai.

— Tu es sûre que tout ça te convient ? Un bébé et moi ? J'avais l'impression que je ne serais jamais certain que notre relation était solide. Pas tant que je craindrais qu'elle se sente coincée avec moi.

Elle a soupiré et m'a pris la mâchoire en coupe. — Quand j'ai découvert que j'étais enceinte de Mikayla, j'ai eu peur. Je… Elle a secoué la tête. — Je suppose que j'aimais Kyle, d'une certaine manière, mais on était jeunes. On n'était pas vraiment prêts pour les réalités de la vie. Ni ensemble, ni avec un bébé. Je travaillais à temps plein, mais on ne parlait pas de se marier. Et puis j'ai découvert que j'étais enceinte, et on a tous les deux eu l'impression de ne pas avoir le choix.

— Ça ressemble beaucoup à ce qu'il se passe en ce moment, ai-je admis. Je ne cherchais pas à la repousser, mais je ne voulais pas que tout ça se termine.

Elle a hoché la tête. — Oui, mais la grande différence entre toi et Kyle, c'est que je pensais déjà à un avenir avec toi.

— Quoi ? ai-je lâché.

Elle a eu un petit rire. — Tu me faisais peur. Vraiment peur.

J'ai reculé d'un pas. — Pourquoi est-ce que je te faisais peur ?

— Parce qu'avec toi, tout a été si facile depuis le début. Quand on s'est rencontrés, j'ai su que je devais rester loin de toi à cause de Reegan.

J'ai ouvert la bouche pour l'interrompre, mais elle m'a fait signe de la main.

— Je sais. Mais à l'époque, je ne savais pas que c'était vraiment fini entre vous. Je pensais que vous étiez sur le point de vous remettre ensemble, comme tout le monde en ville.

J'ai soupiré, sachant qu'elle avait raison.

— Quand tu m'as demandé d'être ta cavalière pour le mariage, une partie de moi pensait encore que tu voulais m'utiliser pour la rendre jalouse. Et je me suis dit que ce n'était pas grave parce que le « toi » en ligne m'intéressait, et que je me lançais là-dedans en toute connaissance de cause. Mais plus on passait de temps ensemble, plus j'avais envie de te voir.

— Je ressens la même chose.

Elle a souri. — Je n'ai pas pu m'empêcher de t'aimer, même si je pensais que je finirais sur la touche et que toi et Reegan vous remettriez ensemble. Quand je l'ai vue hier...

J'ai eu le souffle coupé.

Casey a souri. — Elle a dit qu'elle était heureuse pour nous. C'est vraiment une bonne personne.

J'ai hoché la tête. — Elle l'est. C'est en partie pour ça que je suis resté avec elle si longtemps, même si je savais qu'on n'était pas faits l'un pour l'autre.

— Je ne veux pas que tu fasses ça avec moi.

J'ai laissé échapper un rire devant l'absurdité de cette phrase. — Je te désire plus que je ne l'ai jamais désirée. Te laisser partir chaque jour, c'était comme voir une partie de moi s'en aller. Avec Reegan, elle était l'une de mes meilleures amies. Je tiens à elle, je l'aimais, mais ça n'a jamais approché ce que je ressens pour toi.

— Vraiment ?

J'ai hoché la tête. — Vraiment.

— Je sais que rien de tout ça ne s'est passé comme on l'avait prévu, mais j'en suis heureuse. J'ai toujours voulu d'autres enfants. Mon rêve était d'en avoir quatre ou cinq, mais après Mikayla, je ne pouvais plus l'imaginer.

J'ai repoussé une mèche de ses cheveux et j'ai encadré sa mâchoire. — Pourquoi pas ?

Elle a eu un sourire triste. — Kyle n'a jamais vraiment été là pour nous deux. Il travaillait, rentrait à la maison et faisait je ne sais quoi, puis il allait se coucher. Il ne s'est pas impliqué quand Mikayla était bébé et ne l'a jamais été davantage en grandissant. Il disait qu'il ne savait pas quoi faire avec un bébé. Quand elle a grandi, il disait qu'elle m'aimait plus que lui.

— Si tu es le seul parent présent pour elle, bien sûr que c'est le cas.

Elle a ri. — C'est ce que je lui ai dit. Il n'était simplement pas très intéressé par le fait d'être père. Il se sentait piégé, tout comme moi. Piégé avec moi, piégé avec une enfant, piégé dans une vie qu'il n'avait jamais voulue.

— Je ne me sens pas piégé, Casey. C'est ce que je veux. Je te veux, toi, ce bébé, un mariage. Je veux être là pour tout. Je veux aller aux rendez-vous avec toi, te tenir la main, t'apporter des glaçons dans la salle d'accouchement et faire tout ce que je peux pour toi, notre enfant et Mikayla pour le reste de nos vies. Et si tu veux d'autres enfants après celui-ci, je le veux aussi.

Des larmes ont coulé sur ses joues. — Merci.

J'ai essuyé ses larmes avec mes pouces. — De quoi as-tu besoin tout de suite ?

Elle a levé les yeux vers moi, le feu et la passion dans le regard. —De toi.

Je n'avais pas besoin qu'on me le répète. J'ai soulevé la femme que j'aimais et je l'ai portée jusqu'à mon lit. Je l'ai allongée, en prenant soin de ne pas mettre mon poids sur son corps pour ne pas lui faire mal, à elle ou au bébé. Je l'ai embrassée, ma queue durcissant alors que sa douceur se moulait contre ma dureté.

Casey a enroulé ses bras autour de mon cou et a tiré sur ma chemise, la soulevant centimètre par centimètre jusqu'à ce qu'elle ne puisse plus tirer.

Je me suis redressé et j'ai arraché ma chemise, la jetant derrière moi, puis je l'ai aidée à se relever pour qu'elle se déshabille. Nue devant moi, j'ai regardé son ventre arrondi et j'ai ressenti une vague de fierté et de possessivité que je n'avais jamais connue.

— À moi, ai-je chuchoté en glissant ma main sur son ventre. — Tu es toute à moi.

— Je le suis, a-t-elle dit. — Et tu es à moi.

— Entièrement à toi, Casey. Tout ce que je suis et tout ce que j'ai est à toi. J'ai tendu la main vers un préservatif, mais elle m'a arrêté.

— Je n'ai couché qu'avec toi depuis plus d'un an. J'ai fait des tests, et je suis clean. Tu peux dire non, mais puisque je suis déjà enceinte…

J'ai aspiré une bouffée d'air. —Je n'ai jamais… J'ai toujours utilisé un préservatif.

— D'accord, a-t-elle dit en retirant sa main de mon bras et en se dirigeant vers le lit.

— Je… Être en toi sans rien potrebbe me faire me ridiculiser.

Elle a eu un petit rire. — Je t'aime. Tu ne peux pas être gêné avec moi.

Ma queue a bondi à ses mots. — Putain, j'adore t'entendre dire ça.

— Je t'aime, Landon.

Ma queue a palpité. — J'ai besoin de toi, Casey. Pas de préservatifs. Juste nous.

— Juste nous.

Elle s'est allongée sur le lit, et je l'ai tirée vers le bord. Je me suis agenouillé devant elle et j'ai écarté ses cuisses pour la voir, dégoulinante et prête pour moi. —Tu es trempée.

— L'homme que j'aime a dit qu'il ressentait la même chose. C'est plutôt excitant.

— Alors je suppose qu'il faudra que je te le dise plus souvent.

— Je pense que tu devrais.

— Je t'aime, ai-je chuchoté contre sa chair mouillée.

Elle a frémi.

— Je t'aime. J'ai parcouru ses replis de ma langue, chuchotant les mots tout en aimant son corps avec ma bouche. Mes mains maintenaient ses cuisses écartées, mes pouces taquinant son entrée alors que je prenais mon temps pour la savourer.

— Landon, a-t-elle soufflé. — Je t'aime, Landon.

Putain. Sa douce déclaration a été comme une décharge dans ma queue. Elle a palpité et bondi, voulant entrer dans la danse. J'ai grogné et j'ai caressé son clitoris du bout de ma langue.

Elle a gémi et a pressé ses hanches contre mon visage.

Mes couilles se sont serrées, ne me laissant pas d'autre choix que de la faire jouir rapidement. J'ai aspiré son clitoris dans ma bouche, titillant le tendre bouton de ma langue. Trois de mes doigts se sont enfoncés dans son intimité, et Casey s'est débattue, luttant pour laisser son orgasme déferler.

— Landon. Oh, putain. Landon. Je t'aime. Je t'aime tellement. Landon. Oh, oui. Je t'aime !

Je n'ai pas relâché la pression, me sentant comme possédé alors qu'elle jouissait en criant mon nom et en me déclarant son amour. Ma langue a de nouveau parcouru ses lèvres, puis est revenue sur son clitoris. Je l'ai léché avec le plat de ma langue, faisant sursauter ses hanches.

Elle a geint, puis a gémi.

J'ai ajouté un quatrième doigt dans son intimité et j'ai taquiné son clitoris jusqu'à ce qu'elle s'immobilise, tout son corps raidi pendant quelques secondes. Puis elle a joui, se débattant, gémissant et agrippant ma tête.

Elle a tiré sur mes cheveux, me faisant remonter le long de son corps jusqu'à ce que ses lèvres aspirent les miennes avec avidité.

J'ai retiré doucement mes doigts d'elle et j'ai positionné ma verge nue contre son intimité. La sensation de sa chaleur directe sur moi était presque plus que je ne pouvais en supporter.

— Aime-moi, Landon. Je veux te sentir tout entier en moi.

— Putain, Casey. Je t'aime.

Elle a de nouveau attiré mes lèvres sur les siennes et a basculé ses hanches pour m'accueillir en elle.

La sensation de son sexe trempé qui m'invitait m'a poussé à la pénétrer violemment. Instantanément, mon corps a reconnu la différence. Mes couilles se sont contractées, ma colonne vertébrale a été parcourue de frissons, une vague de chaleur m'a envahi tout entier.

— Putain, ai-je soufflé en arrachant mes lèvres des siennes. Putain.

— Est-ce que ça va ? a-t-elle demandé, la voix pleine d'inquiétude.

— J'essaie de ne pas jouir tout de suite.

— Qu'est-ce que tu veux dire ?

— Tu es tellement bonne que j'ai failli jouir à l'instant. J'ai inspiré et expiré contre sa gorge. Je veux profiter de ça un peu plus longtemps.

— Tu peux en profiter aussi longtemps que tu veux. Et mieux encore, tu pourras en profiter tous les jours pour le reste de notre vie. Moi, je sais que je le ferai.

— Putain, Casey. Je ne peux pas… J'ai besoin…

Elle a resserré son sexe autour de ma verge, et j'ai perdu le combat pour me retenir.

Je me suis redressé pour me mettre debout, tenant ses chevilles alors que je regardais ma verge nue disparaître dans ses lèvres charnues. Sa jolie chair rose était trempée, me laissant glisser facilement en elle.

— Landon, a-t-elle murmuré.

J'ai levé les yeux vers elle et l'ai surprise en train de me regarder avec une expression que je n'avais jamais vue dans ses yeux.

De l'amour.

Elle me regardait avec amour.

Avec le genre d'amour que j'avais toujours voulu trouver.

— Je t'aime, Landon. Laisse-moi te sentir jouir en moi.

Ses mots ont filé droit à ma verge. Je l'ai pilonnée, perdant la tête, ayant besoin d'elle. Mon corps a pris le dessus, la pénétrant si fort que le lit tremblait et que ses seins rebondissaient follement.

J'ai de nouveau regardé l'endroit où j'entrais en elle, et j'ai perdu tout contrôle. Mes couilles se sont contractées en même temps que son sexe, tous deux insistant pour que je reste là où j'étais.

— Casey ! ai-je rugi alors que mon orgasme me foudroyait. Chaque cellule de mon corps s'est embrasée, puis a lâché prise, emportant toute ma force, mon énergie et mon amour et les déversant en elle.

Elle a répondu par un orgasme, ses jambes me retenant contre elle et me soutenant d'une manière dont je ne savais pas que j'avais besoin avant qu'elles ne soient là. Son intimité a vibré autour de moi, ajoutant à mon orgasme et nous unissant.

— Je t'aime, ai-je murmuré.

Elle m'a souri, un air hébété et satisfait qui m'a dit qu'elle ressentait exactement les mêmes choses que moi. — Je t'aime, Landon.

Je me suis penché, l'embrassant doucement avant de me retirer d'elle. Nous nous sommes nettoyés, puis nous nous sommes rhabillés, et je l'ai convaincue de s'asseoir un moment avec moi sur le canapé.

— Je veux t'acheter une maison, lui ai-je dit.

— Non. Tu n'as pas besoin de faire ça.

— Mon logement est trop petit pour nous quatre, et le tien aussi. En plus, je ne veux pas que tu montes et descendes les escaliers tout le temps. Ce sera encore pire quand on aura un nouveau-né.

Elle a inspiré et expiré lentement.

— Est-ce que ça va trop vite pour toi ?

Elle a haussé les épaules. — Je ne veux pas que tu aies l'impression de devoir tout changer tout de suite. Et je ne veux pas tout te laisser faire. J'ai besoin de contribuer.

— Je ne te dirai jamais quoi faire. Si tu veux travailler, ça me va. Si tu veux rester à la maison, c'est bien aussi. La seule chose que je te demanderai, c'est que nous prenions les décisions ensemble.

Elle a reniflé. — Et toi qui dis que tu veux acheter une maison, c'est prendre une décision ensemble ?

J'ai ri. — D'accord, tu as raison. Mais au moins je te l'ai dit et je ne l'ai pas simplement achetée.

Elle a ri. — C'est vrai.

— Mais je veux vraiment acheter une maison. J'y pense depuis un moment, mais je…

— Tu es à l'aise ici.

Il a hoché la tête. — Je le suis. Mais ça ne veut pas dire que je devrais y rester.

— Nous avons beaucoup de décisions à prendre dans les prochains mois. Ajoutons ça à la liste.

— D'accord, ai-je accepté, seulement parce que nous avions le temps.

UNE SEMAINE après que Casey a quitté le journal, elle a reçu un appel de l'un de ses anciens collègues. Mike lui a dit qu'ils avaient dénoncé la rédactrice en chef au propriétaire du journal. Il allait devenir le nouveau rédacteur en chef et il voulait que Casey revienne à plein temps.

— Qu'est-ce que tu vas faire ? lui ai-je demandé quand elle me l'a annoncé.

Elle était épuisée et avait du mal à rester debout pour nettoyer des maisons. Elle m'a assuré que c'était normal pour le premier trimestre, mais je n'aimais pas qu'elle travaille si dur alors que je pouvais subvenir à ses besoins. Elle se mettait trop de pression.

— J'adore être journaliste. Surtout à L'anse MacKellar.

— Alors la réponse semble assez simple. Pourquoi hésites-tu ?

— À cause du bébé.

— Pourquoi ?

Elle a glissé ses mains sur son ventre, un geste qu'elle faisait fréquemment. Un geste protecteur, j'ai supposé. — Si je ne révèle pas ma grossesse, j'aurai l'impression de cacher quelque chose. Je vais prendre quelques mois de congé à l'arrivée du bébé, et les patrons ne prennent pas toujours très bien cette nouvelle, peu importe à quel point ils l'apprennent tôt.

— Que penses-tu de ce type ? Mike ?

Elle a hoché la tête. — Mike a toujours été un peu un requin. Il ne lâche pas une histoire quand il y a quelque chose à partager. Mais il est juste. Il a été le premier à me dire qu'il se barrerait quand Gretchen voulait que j'invente des choses sur Omar et Natalie.

— Tu penses que ça veut dire qu'il sera de ton côté ?

— Je ne sais pas. Mais je pense que plus tôt je lui parlerai, mieux ce sera.

— Appelle-le maintenant. Ça te tranquillisera l'esprit.

Elle a hésité une seconde, puis a rappelé l'homme.

J'écoutais depuis la cuisine, la regardant sur le canapé pendant qu'elle parlait à celui qui pourrait être son patron.

Elle lui a parlé de la grossesse et de la date prévue de l'accouchement. Elle a écouté, et au moment où elle a repris la parole, elle souriait.

— Merci, Mike. J'apprécie vraiment. On se voit la semaine prochaine.

— Alors ?

— Il me veut, peu importe le nombre d'enfants que j'ai. Il a dit que mon intégrité et mon talent en valent la peine, et que les gens ont des bébés tout le temps. Ça ne devrait pas être une raison pour ne pas embaucher quelqu'un.

— Bien. Je t'avais dit que ça irait.

Elle est venue dans mes bras et a incliné son menton en arrière pour un baiser.

J'ai obéi, m'attardant sur ses lèvres.

— Merci de me soutenir.

— Toujours.

— Je ne savais pas que l'amour pouvait être comme ça.

— Moi non plus, mais je suppose que quand c'est la bonne personne, c'est différent.

— C'est définitivement la bonne personne.

— Oui. Oui, ça l'est. Je t'aime, Landon.

— Je t'aime, Casey.

Je me suis réveillé au son de rires. Ils étaient étouffés, suivis de chuchotements pour imposer le silence. J'ai souri dans mon oreiller, me demandant ce que mes filles manigançaient.

Casey et moi cherchions toujours une maison pour notre future famille de quatre personnes, mais en attendant d'en trouver une, je vivais la plupart du temps avec elle et Mikayla. Nous y allions doucement pour le bien de Mikayla, mais elle et moi avons vite noué des liens. Casey et moi avons assisté à toutes les représentations de la comédie musicale, et nous avons passé Thanksgiving ensemble. J'aimais cette petite comme si elle était ma propre fille, tout en faisant tout mon possible pour respecter le fait qu'elle avait un père.

Mais putain, je l'aimais. Je ne savais pas que mon cœur pouvait déborder à ce point. Chaque fois que je les regardais toutes les deux, je me sentais comme le Grinch et mon cœur triplait de volume. C'est fou, l'amour. C'était sacrément génial.

Les rires sont devenus plus forts, et j'ai su que mes filles complotaient quelque chose. J'ai fait semblant de dormir jusqu'à ce que je les entende juste à côté du lit. J'ai entrouvert un œil juste assez pour voir ce qui se passait sans qu'elles sachent que j'étais réveillé.

Casey tenait un plateau, et Mikayla s'est approchée de moi à pas de loup, les mains vides.

Je me suis jeté sur Mikayla, l'attrapant et la plaquant sur le lit.

Elle a poussé un cri de joie, éclatant de rire quand je l'ai chatouillée. — C'est pas juste ! Tu étais censé dormir.

— Je t'avais prévenue qu'on allait le réveiller, a dit Casey. Elle a posé le plateau, et j'ai saisi ma chance, l'attrapant et la tirant dans la mêlée. — Landon !

J'ai ignoré sa protestation et lui ai chatouillé les côtes, en profitant peut-être pour la peloter un peu quand Mikayla ne regardait pas.

Les yeux de Casey se sont écarquillés en signe de protestation, mais le sourire qui étirait ses lèvres disait que ça ne la dérangeait pas du tout.

— On voulait te faire la surprise du petit déjeuner au lit, a dit Mikayla quand elle a pu reprendre son souffle.

— Pourquoi c'est moi qui ai toutes les surprises ? ai-je demandé.

— C'est Noël ! Maman voulait te dire qu'on t'aime.

Je les ai serrées toutes les deux contre ma poitrine et j'ai embrassé la tête de Mikayla, puis celle de Casey. — Je vous aime toutes les deux. Tellement.

Casey a senti la tension dans ma voix et a soupiré contre moi.

— Je n'ai besoin de rien de spécial, par contre. Je pensais qu'on allait passer la journée ensemble.

— Oui, mais on est debout depuis super longtemps, a dit Mikayla.

— Il y en a une qui n'est pas très patiente pour ouvrir ses cadeaux, a dit Casey.

J'ai ricané et fait un clin d'œil à Mikayla. — C'est ta mère, hein ?

Mikayla a ri et a hoché la tête. — Yep. C'est toujours elle qui me réveille tôt.

J'ai ri avec elles, adorant ce que ma vie était devenue au cours des derniers mois. Et ça n'allait faire que s'améliorer.

— Et si on emportait ce petit déjeuner dans l'autre pièce pour laisser ta mère ouvrir ses cadeaux ?

Mikayla a hoché la tête et a sauté du lit. Elle a couru devant nous jusqu'au salon.

— Elle est tellement excitée. Et tu as un peu abusé, m'a réprimandé Casey.

Je me suis moqué. — Même pas en rêve. Je l'aime, et je voulais qu'elle ait tout. Crois-moi, je me suis retenu.

Casey a ri. — Je t'aime. Mais tu n'es pas obligé de faire ça tout le temps.

— Je ne le ferai pas. Juste la plupart du temps.

Elle a reniflé et secoué la tête. Elle a tendu la main vers le plateau, mais je l'ai attrapé. — Je peux le porter.

— Je sais. Je ne suis pas en train de prendre le dessus. Mais tant que je suis là, je veux faire des choses pour toi.

— Tu as l'intention d'aller quelque part ?

— Seulement si tu es avec moi.

Elle a souri et nous a conduits au salon. Mikayla avait réparti tous les cadeaux et les avait placés devant un fauteuil pour chacun de nous. Je me suis assis là où on m'a dit de le faire et j'ai posé le plateau sur la table basse pour que nous puissions tous prendre notre petit-déjeuner en ouvrant les cadeaux.

J'ai pris mon café et me suis calé dans mon fauteuil pendant que mes filles commençaient. Mikayla a déballé tous ses cadeaux, exprimant sa joie à chaque chose qu'elle ouvrait. Je savais qu'il était important pour Casey que Mikayla ait plus que de simples objets, alors quand j'ai fait les achats, j'ai été prudent. Des jeux, du matériel de dessin, et des expériences, tout y était. Son gros cadeau était des billets pour une pièce de Broadway, une chose sur laquelle Casey avait discuté avec moi, mais dont j'étais convaincu que nous devions le faire ensemble.

Mikayla est devenue folle quand elle a vu les billets. — Sans blague. Sérieux ? Comment on peut faire ça ? Elle a regardé sa mère, bouche bée.

Casey a secoué la tête et m'a montré du doigt. — C'est entièrement lui. J'ai dit que c'était trop.

Mikayla s'est levée d'un bond et m'a sauté au cou. — Merci, merci, merci. J'ai toujours voulu voir une pièce à Broadway.

— Je sais. Après t'avoir vue dans la comédie musicale, je me suis dit que ça pourrait être sympa. C'est pendant tes vacances d'hiver en février, donc on doit trouver d'autres choses à faire quand on sera à New York.

— On peut faire d'autres choses ? a demandé Mikayla.

— Bien sûr. Qu'est-ce que tu veux faire ?

Ses yeux se sont écarquillés. — Je sais pas. Mais je vais me renseigner.

J'ai ri, adorant son excitation.

— C'est mon tour ? a demandé Casey.

— Ouais, Maman. Il faut que tu ouvres tes trucs. Mikayla s'est assise par terre aux pieds de Casey, la regardant fixement.

— Qu'est-ce que tu as ? a demandé Casey.

Mikayla m'a jeté un coup d'œil, et j'ai fait de mon mieux pour faire comme si de rien n'était, mais Casey nous avait démasqués.

— Qu'est-ce que vous avez fait, tous les deux ?

— Rien, a dit Mikayla, avec un ton qui n'avait rien d'innocent.

Casey a secoué la tête et a commencé à s'occuper de sa

pile de cadeaux. Je m'étais aussi retenu pour la moitié des choses que je voulais lui offrir, mais il y avait une chose que je ne pouvais pas laisser passer.

La dernière boîte que Casey a prise, celle intentionnellement au bas de sa pile, était emballée dans un papier différent des autres. Il était argenté et pailleté, comme l'avait demandé Mikayla, avec un ruban grenat. Casey a joué avec le ruban avant de le faire glisser de la boîte.

J'ai retenu mon souffle tandis qu'elle déchirait le papier. La boîte ne révélait rien, mais il ne lui a fallu que quelques secondes pour l'ouvrir.

J'ai posé mon café avant de le renverser sur moi tellement mes mains tremblaient. Peu importait ce dont nous avions parlé ces dernières semaines, tous les plans, les idées et les frustrations, il était temps d'avoir une réponse.

Casey a soulevé le couvercle de la boîte et m'a jeté un regard en coin. — Qu'est-ce que c'est ? Un cadre photo ?

Je n'ai rien dit. J'avais la gorge nouée.

Elle a soulevé le papier de soie qui protégeait le devant du cadre et l'a regardé, son regard balayant les mots écrits dans une police élégante.

Elle a porté la main à sa bouche. — Quoi ? Landon ?

— Prends-le, Maman, a dit Mikayla.

— Le prendre. Pourquoi ? Casey a sorti le cadre de la boîte et a, sans le savoir, tiré la bague attachée à l'arrière. Elle s'est balancée et a heurté sa main, me donnant l'occasion de poser un genou à terre.

— Casey White. Je t'aime. J'aime tout chez toi. J'aime la façon dont tu me fais rire, le sourire dans tes yeux quand je dis une bêtise. J'aime la façon dont tu aimes Mikayla et notre futur bébé. J'aime le fait que tu n'abandonnes jamais les choses qui comptent et que tu n'as pas peur d'arrêter quand tu sais que c'est la bonne décision. Je veux que tu saches que tu compteras toujours pour moi. Je ne nous abandonnerai jamais. Je veux passer le reste de ma vie avec toi. Si tu veux bien de moi.

— Tu sais que je t'aime. Tu n'avais pas besoin de m'acheter cette bague. C'est beaucoup trop.

J'ai secoué la tête. — Ce ne sera jamais trop, Casey. Je t'aime. Peu m'importe que j'aie cinq dollars ou cinq millions de dollars, tout est à toi. Et moi aussi.

— C'est un faire-part pour notre mariage ? a-t-elle demandé en montrant le cadre.

J'ai haussé les épaules.

— Tu sais que c'est dans six jours, non ?

— Il nous faut vingt-quatre heures pour obtenir un certificat de mariage, et je ne pouvais pas en avoir un sans toi. Je ne veux pas passer une autre année, ni même un autre jour, sans que tu sois ma femme. Tout est déjà prévu, si ça te va de te marier le soir du Nouvel An.

Elle a fixé le faire-part et la bague, et j'ai commencé à paniquer.

— On n'est pas obligés de le faire la semaine prochaine. On peut se marier l'année prochaine. Ou pas du tout si tu ne veux pas te marier. Je n'essayais pas de te forcer la main. Je me suis juste dit que si tout était planifié et organisé, ce serait plus simple pour toi, mais je n'ai pas pensé que tu voudrais peut-être l'organiser toi-même. Je vais tout annuler. Ce n'est pas grave. J'ai dégluti pour chasser la douleur dans ma poitrine et me suis relevé.

— Landon, a-t-elle murmuré.

— Tout va bien. Je te le promets. Je t'ai dit qu'on devait prendre les décisions ensemble, et voilà que je t'impose ça. Je n'aurais pas dû faire ça. Je vais dire à Melody qu'on doit annuler.

— Non, tu ne le feras pas. Parce que je t'aime. Et je ne veux pas que tu annules quoi que ce soit.

— Quoi… Comm… Comment… Je ne comprends pas. Tu n'as rien dit.

Elle a laissé échapper un rire. — Tu as tendance à me surprendre. Je n'y suis pas habituée, et il me faut quelques minutes pour raccrocher les wagons. Ça ne veut pas dire non, ça veut dire que mon cœur est plein et que ma tête essaie de rassembler toutes les pièces du puzzle. Il y a des jours où je n'arrive toujours pas à croire que tu es là.

Mikayla m'a serré autour de la taille. — Moi aussi.

J'ai serré Mikayla contre moi et j'ai embrassé le sommet de sa tête. — Qu'est-ce que tu es en train de dire ?

Casey s'est levée et a complété notre cercle, nous tenant tous les deux. — Je dis qu'il n'y a rien que j'aimerais plus que de t'épouser. Le plus tôt possible.

— Tu es sûre ? On peut tout refaire pour le mariage. Il ne faut pas que ce soit…

— Je te connais, Landon. Tu t'es occupé de tout. De chaque détail. Et tu as probablement choisi des choses que je ne savais même pas que je voulais. Et tu l'as rendu possible. C'est… Merci de prendre soin de moi. De nous.

— Je t'aime. Je prendrai toujours soin de vous deux. De vous trois.

— Même de moi ? a demandé Mikayla.

Je lui ai frotté le dos. — Tu es des nôtres maintenant aussi, gamine. Tu ne pourras pas te débarrasser de moi.

Elle m'a serré plus fort dans ses bras.

J'ai embrassé Casey. — Merci.

Elle a eu un petit rire, des larmes perlant à ses cils. — Merci de nous aimer.

— Je vous aimerai toujours.

Elle m'a laissé lui passer la bague au doigt, puis a lu l'invitation et m'a demandé tous les détails. Nous avons passé le reste de la journée à parler du mariage et à planifier le reste de notre vie.

— Moi, Landon Boyd, je te prends, toi, Casey White, pour légitime épouse. Pour le meilleur et pour le pire. Dans la richesse comme dans la pauvreté. Dans la maladie et dans la santé. Quand tu seras en plein bouclage ou en plein travail. À chaque instant de chaque jour, peu importe à quel point tu voudras que je te laisse tranquille. Je fais le vœu de t'aimer, te chérir, t'honorer et t'adorer tous les jours de ma vie, jusqu'à ce que la mort nous sépare.

Les invités ont gloussé alors que les joues de Casey devenaient rouges. Elle a secoué la tête.

Je lui ai fait un clin d'œil.

— Casey ? Avez-vous vos vœux ? a demandé Ramsey.

Casey a pris une inspiration et a souri. — Moi, Casey White, je te prends, toi, Landon Boyd, pour légitime époux. Pour le meilleur ou pour le pire, dans la maladie et la santé. Quand tu en feras trop et que tu exagéreras. Quand tu me rendras folle avec ton amour infini. Quand tu ne me demanderas rien et que tu ne me diras pas ce dont tu as besoin. Je fais le vœu de t'aimer, te chérir, t'honorer et t'adorer chaque jour, jusqu'à ce que la mort nous sépare.

J'ai souri à ma jeune mariée. Elle était sublime. Le sourire sur son visage a rempli mon cœur. Une fois de plus.

— Je pense que nous pouvons tous convenir qu'ils sont bien assortis, a dit Ramsey. — Maintenant, les alliances ? Il a présenté le livre qu'il tenait à nos témoins.

Andre, mon témoin, a posé l'alliance que j'avais achetée pour Casey sur le livre. Melody, la dame d'honneur, a mis la mienne à côté de celle de Casey.

— Ces alliances sont un symbole de votre amour et de votre engagement. Que vous les portiez ou non, ces alliances sont un cadeau pour montrer votre dévouement. Tout comme votre amour, ces alliances n'ont ni début ni fin. Elles continuent pour toujours et ne seront jamais brisées. Il a tendu le livre plus près de moi. — Landon.

J'ai pris l'alliance de Casey et lui ai tenu la main. — Par cette alliance, je t'épouse.

Elle a répété le processus pour moi, sans lâcher ma main.

— Par les pouvoirs qui me sont conférés par l'État de New York, je vous déclare maintenant mari et femme. Vous pouvez… Eh bien, il s'en est déjà chargé, a dit Ramsey.

Je l'ai ignoré et j'ai embrassé ma femme. Pudiquement. En grande partie. Un petit french kiss discret. Parce que je ne pouvais pas lui résister.

Ma femme.

Je lui ai pris la main et l'ai conduite à l'arrière de l'espace, nous accordant une minute seuls avant que la foule ne fonde sur nous. — Je t'aime.

Elle a souri, son visage s'illuminant. Elle se sentait enfin mieux, le deuxième trimestre lui donnant une énergie qu'elle n'avait pas eue pendant le premier. — Je t'aime. Mon mari.

— Putain, ai-je sifflé, en posant mon front contre le sien. — Tu dois faire attention à ça, ou je vais zapper la réception et te ramener à la maison.

Elle a gloussé. — Je veillerai à le dire souvent plus tard.

— S'il te plaît, ma femme.

Elle a frissonné. — Ouais, j'aime bien ça.

— Mon Dieu, je t'aime.

— Je t'aime.

— Bon, vous deux, il y a des enfants ici, a dit Andre, souriant et me donnant une tape dans le dos. — Félicitations. Il m'a serré fort dans ses bras, puis s'est tourné vers Casey. — Et mes condoléances.

Ma femme a ricané.

— Quel témoin tu fais. J'ai secoué la tête en le regardant.

— Juste pour te faire redescendre sur terre avant que tu

ne files par cette porte et ne disparaisses, a dit Andre, bien trop observateur.

— Attends un peu, lui ai-je dit.

Andre m'a fait un clin d'œil. — Crois-moi, je ne te remets pas en question. Je m'assure juste que tu profites du reste de la journée. J'ai entendu dire que c'était amusant.

— C'est amusant, a dit Melody. — Et nous sommes tous là pour célébrer avec vous. Elle a serré Casey dans ses bras. — Je suis si heureuse pour toi.

— Merci, a dit Casey.

— Et je suis si heureuse que vous vous soyez trouvés. Melody m'a pris dans ses bras.

Être accueilli si complètement dans le groupe d'amis était quelque chose auquel je ne m'étais jamais attendu. Casey et Melody étaient proches, et Ramsey m'avait accepté sans poser de questions. Grâce à son amitié, les autres hommes qui se réunissaient chaque semaine sont devenus mes amis aussi. Ian, Hudson, James, Nico, tous. Et ils sont tous venus à notre mariage, pour célébrer Casey et moi.

— Merci d'être là, ai-je dit à Melody.

Elle a souri. — Il n'y a nulle part où nous préférerions être. Je te l'ai dit quand tu m'as demandé si je pensais que c'était une bonne idée.

— Et j'apprécie que tu aies dit oui, a plaisanté Casey. — Il semble savoir ce que je veux et ce dont j'ai besoin sans même que je le sache, et je te remercie d'avoir suivi le mouvement.

— Vous êtes parfaits ensemble, a dit Melody.

— Elle, elle est parfaite. Je ne fais que me baigner dans son éclat. J'ai serré ma femme contre moi et l'ai embrassée. — Les fleurs sont plutôt réussies, non ?

— Les fleurs sont incroyables. Tout comme toi.

Je lui ai souri. Tout s'était déroulé comme c'était censé le faire. Ça avait été difficile de rompre avec Reegan. De penser que je serais seul pour toujours. De me demander si je trouverais un jour quelqu'un qui me retournerait complètement et me donnerait envie de plus.

Mais ensuite, Casey est entrée dans ma boutique, a trébuché sur mon présentoir et a volé mon cœur alors que je ne la cherchais même pas. Elle m'a donné un bonheur que je ne savais pas possible.

TRENT ET FINLEY MACKELLAR nous ont proposé leur maison pour la réception, puisque leur groupe y passait habituellement la soirée pour le réveillon du Nouvel An. Ça a été un choix facile de suivre le mouvement et de laisser notre réception de mariage être une fête pour laquelle nous n'avions pas à nous stresser. Melody m'avait assuré que ça conviendrait à Casey, et une fois que Casey l'a su, elle a adoré l'idée d'un événement familial qui ne ferait pas d'elle le centre de l'attention.

Nous avons dîné, et tous les enfants ont couru partout et ont profité de leur soirée. Trent et Finley ont invité tous les enfants à rester dormir pour une soirée pyjama géante, donnant aux parents qui voulaient une soirée de libre un peu de temps pour eux.

Casey regardait Mikayla rire avec Amber et a posé une main sur son ventre qui s'arrondissait doucement.

Je l'ai enlacée par-derrière et je lui ai embrassé le cou.

— Qu'est-ce que tu penses de notre vie jusqu'à présent, Mme Boyd ?

Elle a gloussé et a entrelacé ses doigts avec les miens. — Je pense qu'elle est assez spectaculaire. Nous sommes entourés de notre famille et de nos amis, et nous avons déjà quelque chose de spécial à attendre pour l'année prochaine.

J'ai frotté mes pouces sur son ventre. — C'est vrai. J'espère juste que nous trouverons une maison avant que celui-ci n'arrive.

— Nous en trouverons une, a dit Casey. — Je suis certaine qu'il y aura plus de maisons à vendre une fois que le printemps arrivera. C'est toujours comme ça.

— Je l'espère. Je veux que tu aies tout ce dont tu as toujours rêvé.

Elle s'est tournée pour me faire face et a enroulé ses bras autour de mon cou. Ses doigts ont taquiné les cheveux courts à l'arrière de mon cou. Elle m'a regardé avec un sourire dans les yeux. — J'ai déjà plus que tout ce dont j'ai jamais rêvé. Je t'ai.

— Je t'aime tellement, Casey.

— Assez pour me faire sortir d'ici en douce ?

— Tu es prête à partir ?

Elle a hoché la tête. — Oui. Allons-y…

— Trente secondes avant minuit ! Que tout le monde prenne ses cierges magiques et on peut sortir ! a crié Finley.

Finley et Blake ont fait le tour en distribuant des cierges magiques à tout le monde. Une foule s'est rassemblée dans leur jardin, avec les enfants courant dans la neige et les adultes restant sur la terrasse.

— Vous voulez des cierges magiques ? nous a demandé Blake.

Casey m'a regardé, le désir pétillant dans ses yeux.

— Je pense qu'on va s'arrêter là pour ce soir, lui ai-je dit, en prenant la main de ma femme.

Blake a souri comme une femme qui comprenait très bien. — Bonne année !

— Bonne année, avons-nous dit en nous hâtant vers la porte. J'ai attrapé nos vestes alors que le compte à rebours commençait.

— Dix !

J'ai aidé Casey à enfiler son manteau.

— Neuf !

J'ai jeté mon manteau sur mon épaule.

— Huit !

J'ai ouvert la porte d'entrée.

— Sept !

Nous sommes sortis dans le froid.

— Six !

Je lui ai pris la main.

— Cinq !

Nous nous sommes dépêchés vers la voiture.

— Quatre !

— Trois !

— Deux !

— Un !

J'ai attiré ma femme dans mes bras.

— Bonne année, ma femme, ai-je murmuré.

— Bonne année, mon mari.

Des feux d'artifice ont éclaté au-dessus de l'eau, des acclamations ont retenti dans toute la ville. Et j'ai embrassé la femme que j'aimais, ma femme, mon éternité.

Mon bonheur.

ÉPILOGUE

REEGAN

J'ai souri et fait un signe de la main tandis que les derniers bus s'éloignaient du trottoir. C'étaient enfin les vacances d'été. J'ai expiré comme si je n'avais pas pris une vraie bouffée d'air depuis des mois. J'avais tout l'été devant moi.

Mon estomac s'est noué à cette pensée. Je ne me souvenais pas de la dernière fois où j'avais eu un été entièrement libre. Mon travail pour Finley et Trent MacKellar m'avait tenue occupée ces dernières années. Avant ça, j'étais occupée par les cours. Avant ça…

Je ne m'en souvenais même plus. Mais un été entier de congé…

Avoir trop de temps libre n'était pas une bonne chose. Trop de temps me rappellerait tout ce que je n'avais pas.

Joyeux putain d'anniversaire à moi.

Je suis retournée dans ma salle de classe et j'ai emballé le reste de mes affaires. Mes collègues se dépêchaient de sortir, excités à l'idée de commencer leurs vacances d'été. J'ai fait un signe de la main à quelques-uns en les voyant passer. Je n'étais pas pressée de passer mon trente-sixième anniversaire toute seule.

J'ai traîné aussi longtemps que possible avant de me diriger vers ma voiture. Le temps était parfait, alors j'ai pris une minute pour décapoter mon cabriolet. C'était un cadeau d'anniversaire que je m'étais offert en avance. Rouge cerise avec une capote noire, et flambant neuve. Je n'avais jamais acheté de voiture neuve auparavant, et je l'adorais.

J'adorais aussi les gâteaux, et si j'allais passer mon anniversaire seule, j'allais en acheter un pour le dîner et ne pas culpabiliser de le manger en entier toute seule. Je suis sortie du parking de l'école et j'ai tourné pour couper à travers le quartier afin de me rendre à l'épicerie.

Des bus déposaient des enfants, et j'ai roulé au pas dans le quartier animé et familial, souriant aux enfants qui descendaient du bus en courant vers leurs parents qui les attendaient. Le bus a tourné à gauche et j'ai pris à droite, puis je me suis immédiatement arrêtée derrière un camion de déménagement qui reculait dans une allée.

J'ai fait une pause et je les ai attendus, sans que le retard me dérange, et j'ai regardé la maison.

Elle était mignonne. Un plain-pied en briques avec une baie vitrée à l'avant et d'immenses arbres dans le jardin. Une maison familiale parfaite. Le genre de maison que je n'ai jamais voulu. La vie que je n'ai jamais voulue. Mais quelqu'un d'autre si.

Je fixais la maison quand la porte d'entrée s'est ouverte, et une femme très enceinte est sortie. Juste derrière elle se trouvait un homme qui ne m'était que trop familier.

Landon Boyd.

Mon ex. L'homme avec qui je pensais passer le reste de ma vie. L'homme qui voulait cette maison et cette famille de carte postale qui me faisaient grincer des dents chaque fois qu'il en parlait.

— Reegan ? a dit Landon, me surprenant à le fixer, lui et sa maison. — Euh, salut.

Le camion était dans l'allée, et je n'avais pas bougé. — Salut. Désolée. Je n'avais pas réalisé que vous aviez acheté cette maison.

— Ouais, on emménage tout juste aujourd'hui. On a signé hier, mais ça n'avait pas de sens d'emménager tard dans la journée. Casey se déplace un peu lentement ces derniers temps.

— Tu te plains ? a demandé Casey, juste derrière lui. Elle a pâli en me voyant dans la voiture. — Reegan. Salut. Comment… Comment vas-tu ?

— Ça va. J'allais juste à l'épicerie quand le camion m'a bloquée. Félicitations.

Casey a caressé son ventre. — Merci. On a cherché pendant des mois, mais cette maison valait le coup d'attendre.

Landon lui a souri comme si elle était tout son univers.

Casey était une femme chanceuse.

— Je vais m'occuper des déménageurs, a dit Casey. — Contente de te voir, Reegan. Profite bien de ton été.

— Merci. Toi aussi. J'ai souri alors qu'elle s'éloignait, ramenant mon regard sur mon ex. — Tu as l'air vraiment heureux.

Le regard de Landon était fixé sur sa femme. À mes mots, il l'a glissé vers moi. — Je suis heureux.

— C'est bien, Landon. Je le souhaite vraiment pour vous deux. Vous allez vraiment bien ensemble.

Il a hoché la tête, une tristesse dans ses yeux. — Je suis désolé que les choses se soient terminées comme ça entre nous. Je sais que c'était la bonne décision, mais je veux que tu trouves ton bonheur, toi aussi.

— Merci. Je le trouverai. Peut-être. J'ai haussé les

épaules. — Quoi qu'il en soit, c'est une bonne chose que l'un de nous ait trouvé sa moitié.

Il a pris une grande inspiration. — Je n'ai jamais su que l'amour pouvait ressembler à ça.

Aïe. Je savais que ce n'était pas censé être une insulte pour moi, mais ça m'a piquée. — J'imagine que quand c'est la bonne personne, c'est différent.

— Ouais. Les déménageurs sont sortis du camion avec un grand meuble. — Je devrais aller aider. C'était bien de te voir.

— Toi aussi.

Il a commencé à s'éloigner, puis s'est arrêté. — Hé, joyeux anniversaire.

J'ai expiré un rire. — Merci.

Il a souri, a hoché la tête, puis est parti en courant rejoindre sa famille.

Je leur ai jeté un dernier regard, puis j'ai continué vers l'épicerie.

Je me suis garée et j'allais sortir quand mon téléphone a sonné. J'ai envisagé de l'ignorer, mais quand j'ai regardé, c'était ma meilleure amie qui appelait.

— Salut, Ash ! Qu'est-ce qui se passe ?

— C'est fini, Ree. Rob est parti. Elle a reniflé.

J'ai soupiré. J'avais reçu le même appel trois fois auparavant. Ashlyn et Rob, c'était le feu et la poudre. — Il reviendra, Ash. Il revient toujours.

Elle a eu un rire sans joie. — Pas cette fois. Cette fois, c'est différent.

— Qu'est-ce qui s'est passé ? Son ton était résigné. Pas triste. Au-delà de la tristesse. Elle baissait les bras.

— Il a dit qu'il ne pouvait plus continuer comme ça. Il m'a dit qu'il ne voulait pas de moi, qu'il ne m'aimait pas, et qu'il n'était pas sûr de m'avoir jamais aimée.

— Quel connard.

Elle a toussoté un rire. — Je pensais que c'était le bon. Je sais que les choses n'ont pas toujours été parfaites entre nous, mais je pensais qu'on finirait par trouver une solution.

— Tu vas bien ?

Elle a gémi. — Non.

Merde. J'ai regardé l'épicerie. Mes projets de dîner d'anniversaire en solo avec un gâteau se sont évanouis sous mes yeux. — Est-ce que ça irait mieux si je venais te rendre visite ?

— Quoi ? Non. Je ne peux pas te demander ça.

— J'ai tout l'été de libre. L'école est finie. Je suis totalement libre.

— Tu n'as pas à réparer ses conneries.

— Je ne répare pas ses conneries. Je passe quelques semaines ou un mois avec ma meilleure amie. On va nager dans la baie dont tu n'arrêtes pas de me parler, embrasser des mecs canons, et passer le meilleur été de notre vie.

— Ah ouais ? Ashlyn avait déjà l'air d'aller mieux.

— Ouais, Ash. Je dois passer chez moi faire quelques bagages, mais je te dirai quand je pars. Tu n'es qu'à environ trois heures de chez moi.

— Je t'aime, Ree.

— Je t'aime, Ash. Je serai toujours là pour toi. On peut faire un feu de joie ce soir. Tu as des affaires de Rob ?

Ash a reniflé un rire. — Je peux trouver quelque chose.

— Bien. Tu mérites mieux que quelqu'un qui te fait pleurer et te brise le cœur.

— Toi aussi. Nos ex n'ont aucune idée de ce qu'ils ont laissé tomber.

J'ai expiré un rire. Le mien savait exactement ce qu'il avait laissé tomber. Il avait fui une vie qui l'aurait rendu malheureux. Une vie qu'il ne voulait pas. Il a trouvé ce qu'il cherchait chez une autre femme qui l'a rendu plus heureux qu'il ne l'avait jamais été avec moi.

C'était une bonne chose. Même si j'étais un peu jalouse et très seule.

Mais j'allais remédier à ce deuxième point. Passer l'été avec ma meilleure amie ? Il n'y avait rien de mieux.

— Hé, Reegan ?

— Oui, Ashlyn ?

— Merci.

— De rien. Je te vois bientôt. Il se pourrait que j'apporte un gâteau.

— Oh, merde ! C'est ton anniversaire. Oh putain. Je suis la pire amie du monde. Ne viens pas ici. Profite de ton anniversaire. Qu'est-ce que tu avais prévu ?

— J'étais sur le point d'entrer dans l'épicerie pour acheter un gâteau, le manger en entier pour le dîner et m'apitoyer sur mon sort.

— Quoi ? Pourquoi tu ferais ça ?

— Parce que je n'ai aucun projet pour l'été et rien à faire. Je veux venir te voir, Ashlyn. Ça va être amusant. Et c'est la distraction dont j'ai besoin après avoir vu Landon et sa femme enceinte emménager dans leur nouvelle maison aujourd'hui.

— Mais tu l'as oublié.

— Oui, je l'ai oublié. Je ne veux pas de lui ni de leur vie, mais je ne veux plus être seule.

— Alors je suppose que c'est une bonne chose que tu viennes me voir. On pourra ne pas être seules, ensemble.

J'ai reniflé. — Ça a l'air parfait.

— Je ferai un gâteau. N'en achète pas un. Ramène juste tes jolies fesses ici pour qu'on puisse manger du gâteau, embrasser des mecs canons, et ne pas être seules.

— Ça me va. À bientôt.

— Sois prudente, Reegan.

— Je le serai. Salut, Ash.

— Salut !

J'ai raccroché et souri. J'imagine que j'avais des projets pour l'été, finalement. Avec la seule personne qui ne m'a jamais jugée et n'a jamais essayé de me changer.

Si seulement elle avait un homme pour moi, l'été serait parfait.

MERCI D'AVOIR LU l'histoire de Casey et Landon ! Je n'arrive pas à croire que cette série se termine avec eux. J'ai adoré ramener Casey dans la série, et Landon était tout simplement parfait pour elle. Cela semblait être le bon endroit pour dire au revoir à *À la Recherche du Héros Littéraire Parfait*, même si tous ces personnages vont énormément me manquer.

VOUS EN VOULEZ PLUS de Landon et Casey ? Ils ont les bagues. Ils ont la maison. Maintenant, il leur faut le bébé ! Leur épilogue bonus est disponible uniquement pour les abonnés. Inscrivez-vous maintenant !

AVANT QU'IL y ait *À la Recherche du Héros Littéraire Parfait*, il y avait *Les Opposés s'Attirent*. Sawyer se fait surprendre à mater la sœur de son nouveau colocataire, sans se rendre compte qu'elle est aussi sa nouvelle patronne. On peut dire que c'est une mauvaise première impression. Lisez **Ordre contre Chaos** dès aujourd'hui !

À PROPOS DE L'AUTEUR

Auteure à succès classée au *USA TODAY*, Mary E Thompson a passé la majeure partie de son enfance à souhaiter avoir quelques courbes en moins. Elle se cachait dans les pages des livres parce que ses personnages préférés ne se souciaient jamais de sa taille de vêtements. Aujourd'hui, Mary non plus, et elle écrit des histoires qui célèbrent les femmes comme elle. Des femmes réelles qui ont des courbes, poursuivent leurs rêves et trouvent l'amour, parce que nous devrions tous être heureux, quelle que soit notre taille.

Mary passe son temps hors écriture avec son mari et ses deux enfants, à regarder trop de télévision, à encourager l'équipe de football de sa ville natale (Allez les Bills !) et à cacher du chocolat à sa famille.

Inscrivez-vous maintenant à la newsletter de Mary. Les abonnés reçoivent des ebooks gratuits et d'autres choses amusantes, comme du contenu exclusif réservé aux membres et des concours, et sont les premiers à connaître les nouvelles parutions et les promotions !